TEMOS UM ENCONTRO *(de novo)*

JENEVA ROSE

TEMOS UM ENCONTRO *(de novo)*

TRADUÇÃO: Raquel Nakasone

GUTENBERG

Título original: *It's a Date (Again)*

EDITORA RESPONSÁVEL
Flavia Lago

EDITORAS ASSISTENTES
Natália Chagas Máximo
Samira Vilela

PREPARAÇÃO DE TEXTO
Natália Chagas Máximo

REVISÃO
Cláudia Cantarin

CAPA
Diogo Droschi
(sobre ilustração de Adobe Stock)

DIAGRAMAÇÃO
Guilherme Fagundes

Dados Internacionais de Catalogação na Publicação (CIP)
Câmara Brasileira do Livro, SP, Brasil

Rose, Jeneva
Temos um encontro (de novo) / Jeneva Rose ; tradução Raquel Nakasone. -- 1. ed. -- São Paulo : Gutenberg, 2024.

Título original: It's a Date (Again).
ISBN 978-85-8235-729-3

1. Ficção norte-americana I. Título.

24-190366 CDD-813

Índices para catálogo sistemático:
1. Ficção : Literatura norte-americana 813

Tábata Alves da Silva - Bibliotecária - CRB-8/9253

A **GUTENBERG** É UMA EDITORA DO **GRUPO AUTÊNTICA**

São Paulo
Av. Paulista, 2.073 . Conjunto Nacional
Horsa I . Salas 404-406 . Bela Vista
01311-940 . São Paulo . SP
Tel.: (55 11) 3034 4468

Belo Horizonte
Rua Carlos Turner, 420
Silveira . 31140-520
Belo Horizonte . MG
Tel.: (55 31) 3465 4500

www.editoragutenberg.com.br
SAC: atendimentoleitor@grupoautentica.com.br

Para os meus leitores de suspense, aviso:
este livro não tem assassinato.
Até tentei inserir um, mas parece que
"não é típico neste gênero".
Então preparem o coração – porque ele
vai acelerar, de um jeito ou de outro.

CAPÍTULO 1

A primeira gota de chuva pousa na minha bochecha. Está calor, apesar do ar frio de Chicago. Rajadas de vento sopram entre os arranha-céus iluminados, agitando meus cabelos compridos. Passei uma hora enrolando-os sem motivo, e tenho certeza de que devem estar parecendo um ninho de passarinho, e os cachos suaves e soltos que eu tinha conseguido já se foram. Vejo o meu reflexo na janela de uma loja fechada. É. Minhas mechas loiras estão como imaginei, e minha saia lápis torceu 180° no sentido horário. Giro-a de volta e fecho o sobretudo. Carros e ônibus passam por mim fazendo barulho. Buzinas ressoam sem parar. O trânsito é o som da cidade. Moro aqui há bastante tempo, então tudo isso virou uma espécie de ruído branco para mim. É até reconfortante – um lembrete de que não estou sozinha.

Respiro o ar fresco e gelado do outono, saboreando-o – porque sei que não vai durar mais que algumas semanas. As quatro estações são cheias de personalidade para nós do Meio-Oeste. Afirmamos com convicção que conhecemos todas, tagarelando sobre nossos verões quentes, nossas férias nevadas, nossos outonos coloridos e nossas primaveras floridas. Só que sempre deixamos de lado o fato de que o período de duração das estações varia. Temos três meses de verão quente e úmido, dois meses de primavera chuvosa, duas semanas de outono celestial e seis meses e meio de inverno congelante. Mas é este clima de agora que faz tudo valer a pena, mesmo que seja passageiro. É nos momentos fugazes que a vida acontece.

Mais uma gota acerta minha bochecha. Limpo-a com a mão, e só então percebo que não é chuva que está escorrendo pelo meu rosto. São lágrimas. Estou chorando e nem sei por quê. Ele disse que me ama. E respondi que não sentia o mesmo. Simples assim. Tipo uma equação matemática. Dois mais um não dá quatro. Nossos sentimentos não são recíprocos. É só que... não vai dar certo. Mas se é tão simples, por que estou chorando? Talvez seja por causa do que vi no olhar dele. Ele ficou perplexo. Não, ficou devastado, como se tivesse imaginado que as coisas se desenrolariam de um jeito bem diferente. Como se eu a minha fala, de que não sentia o mesmo, não estivesse no horizonte de possibilidades dele. Ele me perguntou algumas vezes se eu tinha certeza. Respondi que sim. Pois eu tinha. Eu tinha certeza. Não tinha? Daí ele me lembrou dos bons momentos que passamos juntos. E foram de fato bons momentos. Muitos. Mas eu disse que não. Pedi desculpas. Disse: "Não sinto o mesmo por você". Os ombros dele se encolheram. Lágrimas ameaçaram cair. Ele curvou o rosto e concentrou o olhar no chão. Eu me senti culpada na hora, ou pelo menos foi o que pensei sentir... culpa. Essa coisa ficou pesando no meu estômago feito uma pedra devastadora. Daí ele acenou a cabeça e foi embora. E foi isso. Então por que estou chorando? Por que é que as lágrimas continuam a cair? E por que é que me sinto tão vazia?

Enxugo o rosto com a manga do casaco. Não faz a menor diferença, porque elas continuam caindo incessantes, como se fossem chuva se derramando de nuvens carregadas que chegaram ao limite. Devem estar vindo de algum lugar. Em um cruzamento, espero o semáforo de pedestres abrir. Os carros passam num borrão, e não é porque estão em alta velocidade. É porque não consigo parar de chorar. Parece que estou vendo o mundo através de um vidro, sem saber qual é o meu lugar.

– Ei, senhorita – alguém chama.

Assustada, eu me viro depressa e deparo com um homem corpulento usando uma calça de moletom desbotada e uma jaqueta velha e enorme. Ele tem mais que o dobro do meu tamanho, ou talvez eu só o enxergue assim porque estou me sentindo minúscula. A pele é marcada pelo tempo, evidência de uma vida dura, mas seus olhos são bondosos, evidência de que não deixou a vida o endurecer. Entre o polegar e o indicador, há um pedaço de papelão rasgado com uma mensagem escrita à caneta: "Ando sem sorte. Qualquer coisa ajuda!". Apesar disso, de alguma forma os cantos dos lábios dele se levantam.

Sem pensar, enfio a mão na bolsa e saco algumas notas de um dólar. É a única razão de eu sempre carregar um pouco de dinheiro. Minha amiga Maya vive dizendo que é perigoso dar dinheiro assim, que posso ser roubada ou coisa pior. Sempre respondo, porém, que, se é perigoso ajudar alguém, então meu nome do meio deveria ser perigo. Sei que a diferença entre precisar de ajuda e não precisar pode estar num incidente grave ou numa decisão errada. Não temos como controlar se vamos precisar de ajuda ou não, no entanto podemos controlar se vamos ajudar ou não.

– É tudo o que eu tenho – digo, oferecendo-lhe as notas e um sorriso terno.

Ele olha para a minha mão e depois para o meu rosto.

– Então é tudo o que eu preciso. Obrigado, senhorita. Deus abençoe. – Seu sorriso não vacila enquanto aceita o dinheiro e o guarda. Quando está prestes a se virar, ele para e estreita os olhos, me examinando de novo. – Você está bem? – pergunta.

Enxugo o rosto mais uma vez e fungo.

– Sim.

Minha resposta não é nada convincente, mas penso que ele vai aceitá-la e seguir seu caminho. É o que seria esperado, é o que todo mundo faria.

Ele enfia a grana no bolso da jaqueta e mexe os pés.

– Desculpe, senhorita, mas não acredito em você.

Mordisco o lábio inferior, tentando impedi-lo de tremer. Não sei o que dizer. Essa não era a resposta que eu esperava.

– Não, estou bem, sério.

Abro um sorriso forçado. Que sai meio torto. É certo que devo estar um caco, com o rímel borrado, os olhos vermelhos e o cabelo bagunçado. Minha aparência, contudo, não parece perturbá-lo.

Ele comprime os lábios e examina meu rosto.

– Então por que está chorando? – pergunta.

Dou de ombros, olhando para baixo.

– Sei lá – respondo.

Estou envergonhada por estar chorando na frente deste homem, e ainda mais envergonhada por não conseguir nem explicar por que é que estou chorando.

– No fundo, você deve saber. Meu nome é Hank, aliás. – Ele me oferece a mão.

Olho para o rosto dele, coberto por uma barba começando a ficar grisalha, depois para as mãos grandes e calejadas, com unhas cuidadosamente aparadas.

– Prazer, Hank. Sou Peyton. – Minha mão desaparece entre a sua enquanto nos cumprimentamos.

– Igual o jogador de futebol americano?

– Isso, mas o Walter, não o Manning. Meu nome é igual ao do Manning, porque meu pai errou a grafia e minha mãe não corrigiu, preferindo o "e" em vez do "a". Mas, sim, é Peyton, igual a do jogador... – Ao perceber que estou tagarelando, me interrompo e fico remexendo os dedos.

Hank dá risada.

– Fico feliz por ser do Walter. Especialmente aqui em Chicago.

– É, eu também.

Parece que estou me afogando, pois as malditas lágrimas continuam caindo. Queria poder interrompê-las, então abro um sorriso. Devo parecer transtornada, mas Hank não percebe ou não liga. Ele apenas sorri de volta.

Enfiando as mãos nos bolsos da jaqueta, ele fica se balançando para a frente e para trás. Sua expressão muda de jovial para séria.

– E então? Quer me contar o que aconteceu com você esta noite? Não posso deixá-la aí chorando sem tentar fazer você se sentir melhor.

Dou uma fungada e limpo a garganta.

– Não é nada. Na verdade, é algo bem bobo.

– Se está chorando, não deve ser algo bobo pra você.

Desvio o olhar de novo e me fixo nos meus pés por um instante antes de voltar a olhar para Hank. Os olhos gentis dele examinam os meus e as sobrancelhas se franzem, como se estivesse preocupado de verdade. Não conheço este homem, porém tenho a impressão de que ele ficaria aqui a noite toda conversando comigo se eu precisasse.

– Bem, um rapaz disse que me ama.

Ele coça o queixo e solta um murmúrio.

– Que coisa terrível! – ele exclama, selando o sarcasmo com um sorrisinho.

Aceno a cabeça, dando risada e chorando ao mesmo tempo.

– Eu disse que era algo bobo.

Ele abana a mão.

– *Nah*, deve ter mais coisa aí. Como você respondeu a essa *declaração de amor*?

– Bem... – Abaixo o queixo e limpo o rosto molhado de novo, mas parece que estou tentando enxugar o oceano. – Eu falei que não sentia o mesmo.

O semáforo de pedestres fecha de novo e os carros passam rapidamente pelo cruzamento. Estamos numa cidade de quase três milhões de habitantes, cercados de pessoas por todos os lados – no entanto, neste momento, parece que só existimos Hank e eu. Um ônibus buzina quando um carro quase o fecha na pista. O veículo recua e o trânsito segue como se nada tivesse acontecido. Volto a atenção para Hank.

– Ah. – Ele arqueia as sobrancelhas e corre os dedos pelas laterais da mandíbula. – Já entendi o que está acontecendo.

– O quê? – Levanto a cabeça e o encaro, esperando ver o que quer que ele esteja vendo.

Hank fala com as mãos como se estivesse dando uma palestra ou algo do tipo. Ele me lembra o meu pai, o que acho cativante e reconfortante.

– Esse sujeito disse que ama você. E você disse que não sentia o mesmo. Agora, está aí chorando numa esquina qualquer. Sei que não fiz você chorar, ou pelo menos espero que não. Esta linda noite de outono não fez você chorar. Esse rapaz que disse amá-la não a fez chorar. Então deve ser o que você respondeu.

Deixo escapar um soluço, como se tivesse acabado de engolir algo para que não estava preparada – a verdade, talvez. Pisco várias vezes, tentando entender o que ele está dizendo. Sei aonde quer chegar, mas, às vezes, não enxergamos o que está bem na nossa frente porque não estamos olhando direito.

– Eu só falei o que estava sentindo – digo, dando de ombros.

– Foi isso mesmo?

– Sim. – Minha voz sai aguda e alta, como se eu estivesse tentando convencê-lo de algo. E me convencer também.

– E essa verdade veio do seu coração ou do seu cérebro? – ele me questiona.

– Não é a mesma coisa?

– *Não mesmo*. – Ele ergue o queixo. – O coração ama. O cérebro pensa. De vez em quando, os dois discordam. Minha esposa era doze anos mais velha do que eu quando nos conhecemos. Eu tinha 26. E ela, quase 40 anos. Meu coração a amava, mas meu cérebro precisava de um pouco de convencimento. O safado não achava que era uma boa ideia amar uma mulher mais do que dez anos mais velha. Ele tentou se colocar no caminho. Tentou me dizer que eu deveria ficar com alguém da minha idade. Alguém que fosse viver tanto quanto eu. Alguém com quem eu pudesse ter uma família grande. Mas o coração quer o que quer. Passei quase quarenta anos perfeitos com aquela mulher. Não tivemos filhos, mas tivemos um ao outro, e foi mais que suficiente. Assim como meu cérebro me avisou, ela morreu antes de mim, há uns dois anos, de câncer. Torramos nossas economias e perdemos a casa tentando pagar os boletos médicos, só que não conseguimos quitar as dívidas… – Ele abaixa o queixo.

– Sinto muito, Hank.

– Não sinta pena de mim. Sim, estou sozinho agora, mas vivi uma vida incrível com ela e não mudaria nada, nada, nada. Apesar de às vezes meu cérebro tentar fazer eu me arrepender das minhas escolhas, aquele amor é tão forte no meu coração que vai ser capaz de me levar para a minha próxima vida. Então, respondendo a sua pergunta, Peyton: não, cérebro e coração não são a mesma coisa.

Quando Hank termina de falar, há lágrimas nos olhos dele, e as lágrimas nos meus dobraram de volume. Agora estou chorando por nós dois.

– Não sei o que dizer. Sinto muito.

– Não há pelo que lamentar. Sou um homem incrivelmente sortudo. Posso não parecer. – Ele gesticula para si mesmo, rindo. – Mas sou.

– Como é que você sabe a diferença? – Olho para ele.

– Entre o quê?

– O cérebro e o coração?

– Por que você falou para o sujeito que não o ama? – ele quer saber.

Mordo o lábio inferior, tentando pensar em algum motivo, porém tenho dificuldade para encontrar a resposta certa. Por que falei aquilo?

– Porque… – Cutuco o canto das unhas. Acabei de pintá-las de rosa-claro.

– Por que o quê?

– Porque não queria me machucar, acho.

– Você acha? – Hank arqueia as sobrancelhas. – Não parece que tenha sido seu coração falando.

– Eu não queria que acabasse.

– Você não queria que acabasse, então nem deixou a coisa começar?

– Eu… eu… não sei. – Abaixo um pouco a cabeça e solto um suspiro.

– Parece que deixou seu cérebro tomar a decisão e seu coração está chorando por isso. Confie em mim, Peyton, é melhor viver com um coração partido do que nunca deixar ninguém entrar. – Hank inclina a cabeça. – O meu se partiu em dois nos últimos anos, mas ainda tenho as duas metades comigo.

Lágrimas escorrem dos meus olhos em um fluxo estável e incontrolável.

– Mas e se...

Ele me interrompe:

– E se nada. O coração não pergunta "e se". Ele só vai. Tipo quando pedi sua ajuda. Você nem hesitou. E me deu essas notas sem nem pensar. Por quê?

– Sei lá. – Dou de ombros. – Você pediu e eu tinha, então lhe dei.

– Foi seu coração.

– Mas isto é diferente.

– É mesmo? – Ele franze o cenho. – Porque eu não acho que seja. Este homem está pedindo o seu amor. Você tem amor para dar para ele?

– Bem, sim.

– Você disse que estava com medo de que fosse terminar. Por isso disse não. Mas o amor é infinito. Não tem fim. Pergunte a si mesma: você o ama?

– Acho...

– Não. – Hank me interrompe de novo. – Não me diga o que acha. Diga se você o ama.

– Eu... eu...

Fecho os olhos por um instante. Vejo-o de todos os jeitos que já o vi, em todos os momentos que compartilhamos. Seu sorriso, tão luminoso quanto ele. Vejo as expressões bobas capazes de mudar meu humor em um nanossegundo. Vejo sua expressão pensativa, reservada para quando está trabalhando ou prestando atenção em algo. Vejo seu sorriso, tão genuíno e contagioso que faz todo mundo rir também. E a carranca, que ele só mostra para os mais chegados. Minha pele começa a formigar só de pensar nele. Meu coração acelera. Um calor toma conta de mim, como se estivesse aninhada numa fogueira, em vez de parada no meio da rua em pleno outubro. Então visualizo minha vida sem ele. Vejo-o virando as costas e indo embora sem nem olhar para trás. E se ele nunca mais se virar? E se apenas continuar caminhando... para longe de mim? Um calafrio percorre meu corpo, me deixa paralisada e dolorida. Meu estômago parece vazio e embrulhado ao mesmo tempo. Meu coração mal está funcionando, trabalhando apenas o suficiente para me manter viva, ainda que não o suficiente para que eu me *sinta* viva.

Finalmente entendo. Abro os olhos de repente.

– Eu o amo. – As palavras saem de uma vez da minha boca, como se estivessem enfiadas debaixo da língua, só à espera de serem pronunciadas.

– Eu sei – Hank responde, rindo.

– Mas é tarde demais. Já falei pra ele que não sinto o mesmo.

– Nada a ver. Nunca é tarde demais.

– Você não viu a cara que ele fez. – Solto um suspiro. – Eu parti o coração dele. Não, foi pior que isso. Acho que não tem volta.

Um grupo de jovens de vinte e poucos anos passa por nós e lança um olhar para Hank e para mim. Eles cochicham algo e atravessam a rua, dando uma segunda olhada. Concentro a atenção no homem sábio e gentil à minha frente.

– É aí que você está errada, Peyton. Sempre tem volta. – Ele aponta para a direção de onde eu vim. – Agora, vá dizer pra esse rapaz que você o ama.

– Mas e se...

Hank levanta a mãozorra, impedindo que eu continue.

– O que eu falei sobre "e ses"?

– Certo... então tá. – Assinto várias vezes, tentando me animar e seguir em frente.

Construí muros tão altos ao meu redor que eles parecem impossíveis de serem quebrados. Mas, se eu não fizer isso agora, nunca vou ver o que há do outro lado. Preciso tentar. Não posso manter todos longe por medo de perdê-los. Repito o mantra de Hank silenciosamente: *É melhor viver com um coração partido do que nunca deixar ninguém entrar.* – Vou falar pra ele. Agora mesmo – digo.

– Então vá. – Ele mostra os dentes e gesticula para mim, movendo os pulsos.

– Obrigada, Hank – falo, já me virando.

– Obrigado você.

Hank me dispensa com as mãos, e saio correndo a toda velocidade, um pouco bamba. Os saltos que estou usando mal foram feitos para caminhar, quanto mais para correr.

– Siga seu coração. Ele nunca vai errar o caminho! – ele grita, e não consigo evitar um sorriso. É tão simples, no entanto eu nunca tinha pensado nisso.

No final do quarteirão, tiro os sapatos e resolvo carregá-los, temendo torcer o pé se continuar com eles. Apesar da meia-calça grossa que estou usando, sinto o pavimento gelado sob os meus pés, mas não paro. Passei a vida toda fugindo das coisas, e agora estou finalmente fazendo o contrário. Bem quando chego a um cruzamento, o semáforo de pedestres abre. É como se a cidade estivesse me escoltando ao meu destino.

Não posso acreditar que falei não pra ele. Sempre faço isso. No fundo, eu devia saber que estava mentindo assim que as palavras saíram da minha boca, contudo não pude evitar. É mais fácil mentir pra gente mesmo porque assim não temos de questionar os próprios pensamentos. Nós os aceitamos como se fossem fatos, mesmo quando não são. São apenas reflexos, como quando nos olhamos no espelho. Nos vemos ali, mas não vemos o que os outros veem. Ficamos diante de uma versão distorcida de nós. Meus pés chutam a calçada. A chuva cai no céu – de verdade agora. As gotas são grossas, geladas e esparsas. De repente, elas explodem das nuvens enterradas no céu.

Meu celular toca e paro de repente, quase caindo. Enfio a mão na bolsa para pegá-lo. Talvez seja ele. Talvez tenha pressentido que eu estava correndo de volta para ele. Na tela, vejo que a "Pessoa Mais Engraçada que Conheço" está me ligando. É Maya. Ela mudou o nome dela nos meus contatos anos atrás, e nunca destroquei porque é verdade. Aceito a ligação, levo o aparelho ao ouvido e retomo o ritmo, correndo pela calçada. Já perdi tempo demais e não quero perder nem mais um segundo. Estou a apenas algumas quadras dele e da vida que eu devia estar vivendo esse tempo todo.

– Alô – falo.

– Ei, garota. Espere, por que você está ofegante? Ai, ai, ai, peguei você no meio da trepada? – Ela dá risada.

– Não. Maya, chega disso.

– Disso o quê?

– De ficar tendo um encontro atrás do outro, de relacionamentos curtos. Chega de tudo isso, Hinge, Bumble, Tinder, todos esses aplicativos. Eu sei quem eu amo. Sei com quem quero estar.

– Você está bêbada, Peyton? – Ela ergue a voz.

Maya claramente apertou o celular contra a orelha para me ouvir melhor, de modo a analisar se estou arrastando as palavras ou não. Do outro lado da linha, ouço bastante barulho de fundo, vozes altas, risadas e alguém falando num microfone. Ela deve estar no Zanies, esperando a vez, ou talvez tenha acabado de se apresentar.

– Não, não estou bêbada.

Um carro buzina para mim quando disparo por mais um cruzamento. Levanto a mão e balbucio "desculpas", sem parar de correr. Nada vai me impedir, porque já removi a maior barreira de todas: eu mesma.

– Onde você está? Está tudo bem? – Maya pergunta, toda preocupada.

– Sim, estou bem. Eu só não estava enxergando direito. Mas agora estou. Ele é minha alma gêmea. É com ele que eu deveria estar. Eu o amo, e vou falar isso pra ele agora mesmo, antes que seja tarde demais.

– Quem? De quem você está falando? Daquele consultor? Seria legal. Ele tem bastante grana. Ou é o empreiteiro? Ele viria a calhar. Pegou? – Ela dá risada. – Ahhh, é o *chef*? Quem sabe ele não faz um rango pra mim?

Outro carro buzina. Os pneus cantam tarde demais. Vejo um par de faróis ofuscantes por alguns segundos, até que não vejo mais nada. Solto um grito agonizante. Meus pés saem do chão e sinto que estou voando. Maya berra meu nome no celular. Ouço mais gritos, porém não sei direito de onde eles vêm. Vidros se estilhaçam. Mais pneus cantam e guincham. Metal se choca contra metal. Vejo as gotas de chuva caindo do céu enquanto caio com elas. Meu corpo acerta o chão com um baque surdo. Algo estala na calçada. Tenho certeza de que é o meu crânio.

E logo não há mais chuva.

Não há mais som.

Não há nada.

CAPÍTULO 2

Acordo com um bipe tocando sem parar. Primeiro, penso que é algum alarme. Mas não, o som é calmo e controlado demais. Minhas pálpebras tremem e tenho dificuldade para abri-las. Parece que estão coladas. Quando enfim consigo, só consigo ver um borrão. Pisco várias vezes até que as coisas ficam mais nítidas. Estou deitada numa cama hospitalar, debaixo de cobertas e conectada a várias máquinas. Um aparelhinho de plástico está preso no meu dedo indicador. Uma agulha intravenosa foi inserida na minha mão e uma fita a mantém no lugar. Um tubo transparente foi colocado no meu nariz, emitindo um fluxo constante de ar. O teto tem telhas estéreis e brancas. Viro a cabeça para a direita. Há uma cadeira vazia e duas portas fechadas. Na parede em frente da cama, passa em uma televisão um programa de *game show*. Está no mudo, ou não consigo ouvir nada. Abaixo da TV há um móvel enfeitado com vasos de flores coloridas e cartões abertos.

Minha cabeça lateja e é como se o conteúdo dela tivesse sido arrancado, sacudido e lançado de volta no meu crânio. Uma série de perguntas se agitam no meu cérebro. Por que estou no hospital? O que aconteceu? Como vim parar aqui? Ouço alguém escrevendo algo em um papel. O som é ensurdecedor. Viro a cabeça devagar para a esquerda, de onde vem o som, e deparo com uma mulher sentada numa cadeira. Sua cabeça está voltada para a frente, focada no *laptop*. O cabelo escuro tem cachos pequenos e luzes castanhas. Sua maquiagem é minimalista, exceto pelos cílios extralongos e lábios vermelhos, como se ela soubesse que essas são suas características mais marcantes. Ela veste uma *legging* preta, coturno e moletom folgado. É bonita, mas não a conheço. Tento falar e só solto um suspiro. Ela mexe a cabeça e arregala os olhos cor de mel.

– Ah, minha nossa. Você acordou. – Ela fecha o *laptop* e fica em pé. – Enfermeira!

Tento falar de novo, mas não consigo. Parece que engoli areia. Tudo o que sai é um suspiro rouco. Ao perceber que não consigo falar, ela pega um copo no móvel ao lado e o leva aos meus lábios.

– Aqui, beba um pouco de água – ela oferece, virando o copo.

Depois de alguns goles, respiro fundo, na tentativa de recuperar o fôlego. Ela emana um aroma frutado e floral. É agradável e familiar, embora eu não saiba por quê. A mulher chama a enfermeira mais uma vez. Eu me esforço para falar:

– Por que… estou… no hospital? – As palavras saem vagarosamente, baixas e roucas. Não tenho nem certeza se falei em voz alta.

Ela arregala os olhos.

– Você não se lembra do que aconteceu?

Viro a cabeça de um lado para o outro em um movimento mínimo.

– Ah, Peyton… – Ela segura minha mão. – Você foi atropelada.

– Peyton? – pergunto.

Ela se aproxima e coloca a mão na minha testa, como se quisesse verificar minha temperatura. Só que não sinto nada. Tem alguma coisa enrolada na minha cabeça.

– É, Peyton.

– É o seu nome?

Uma expressão de perplexidade domina o rosto dela.

– Não, é o seu nome. O meu é Maya.

– Maya?

– Enfermeira! – a mulher grita em pânico, disparando para a porta.

Bem na hora que ela está saindo às pressas, um homem carregando dois copos do Starbucks empurra a porta. Eles acabam trombando e derrubam o café neles e no chão.

– Maya! – ele resmunga, afastando os copos amassados do peito.

Ele é alto, muito mais alto do que ela, e tem ombros largos. Os olhos são azuis, quase elétricos. Apesar de serem brilhantes, o homem parece cansado. O cabelo é bem curtinho nas laterais e mais comprido em cima. Ele tem uma barba rala. Não sei se é intencional ou se só não teve tempo de aparar.

– Ela acordou – Maya diz, apontando para mim.

O homem me olha e sua mandíbula bem marcada se abre com a surpresa. Soltando um suspiro de alívio, ele sorri, revelando um conjunto de dentes perfeitamente brancos.

– Peyton – ele fala. Sua voz é uma mistura de empolgação e apreensão.

– Ela não sabe quem é – Maya sussurra.

Estou a apenas três metros de distância, então ouço tudo com clareza.

– Como assim? Ela sabe, sim. Não é, Peyton?

Com alguns passos largos, ele atravessa o quarto sem tirar os olhos de mim e coloca os copos não mais cheios na mesa ao lado da minha cama. Balanço a cabeça.

– Você sabe quem eu sou? – ele pergunta.

Balanço a cabeça de novo. Quem sabe se eu balançar o suficiente consigo sacudir a minha memória? Como é que eu não sei quem sou? Sinto as lágrimas chegando, quentes e pesadas, prontas para escaparem a qualquer segundo.

– Enfermeira! Temos um problema! – Maya grita.

Uma mulher alta de uniforme verde aparece na porta. Olheiras escuras marcam a parte de baixo dos olhos dela. Depois de enxugar a testa com o dorso da mão, ela suspira.

– Não vou lhe trazer mais gelatina, Maya.

– Não é isso – Maya diz, abaixando o queixo. – Mas eu bem que queria mais uma. – Ela aponta para mim. – Minha amiga acordou, mas parece que botaram uma batata no lugar do cérebro dela, porque ela não sabe quem é.

– Eu fiz uma cirurgia no cérebro?

Levo a mão à cabeça e tento me erguer, entretanto meu corpo todo está rígido e dolorido. É como se estivesse tentando dobrar uma tábua de madeira em dois.

– Vou chamar o médico – a enfermeira fala, saindo do quarto apressada.

O homem dos olhos azuis segura minha mão.

– Não, não. Ignore ela. Você não fez uma cirurgia no cérebro – ele diz.

– Então por que não sei quem eu sou? – Meu lábio inferior treme, e aquelas lágrimas que estavam à espreita resolvem se adiantar.

Ele segura a minha mão, e não sei se deveria estar fazendo isso, porque não sei quem ele é. Mas é uma mão quentinha e reconfortante, então não a afasto.

– Não sei – ele fala, com um olhar solidário. Pelo menos, é o que parece.

– Quem é você?

– Sou seu amigo, Robbie.

Ah, ele é meu *amigo*.

– E eu sou sua melhor amiga, Maya. Não acredito que você não sabe quem eu sou. – Ela cruza os braços na frente do peito. – Lesão cerebral ou não, fiquei meio chateada.

Não consigo segurar a risada. Não sei se ela está tentando ser engraçada, mas, de todo modo, ela é.

– Pelo menos, seu senso de humor segue intacto. – Ela abre um sorrisinho. – Você ainda acha minhas piadas engraçadas. – Ela dá a volta na cama e retoma a posição do outro lado de Robbie.

– Então vocês são meus amigos? – pergunto.

– Isso – Robbie diz, tentando sorrir, porém os cantos dos lábios dele tremem, como se estivesse com pena de mim.

– Não – Maya diz. – Sou sua melhor amiga. Robbie é seu amigo. Sou a melhor amiga de Robbie também. Mas ele é meu amigo. Entendeu?

– Não – respondo, movendo os olhos de um para o outro feito um pêndulo.

– Pare, você está deixando ela confusa – Robbie repreende Maya. – E, só pra constar, Peyton é minha melhor amiga. Você é minha amiga.

Ela estreita os olhos.

– Desde quando?

– Desde que você falou pra eu atacá-la naquela apresentação, e eu fui parar naquele *site* de esporte.

Ela bufa.

– Isso já tem quase um ano, e como é que eu podia saber que tinha alguém filmando tudo e que o vídeo viralizaria? O clube de comédia proibia celulares. – Maya se recosta na cadeira e cruza a perna. – Mas foi ótimo terem me chamado de surpreendentemente engraçada, né? Apesar do que aconteceu, isso catapultou minha carreira. – Ela abre um sorrisinho.

– Eu ainda sou reconhecido por isso. – Ele estreita os olhos.

– Foi mal – ela diz.

– Você é comediante de *stand-up*? – pergunto.

Robbie dá risada.

– Ela é mais engraçada que você, Maya.

– Eu sei que isso não está em questão. – Ela o olha de um jeito provocador.

Alguém bate na porta. Um senhor de cabelo grisalho enfia metade da careca na porta. Ele está usando uma máscara de determinação e um jaleco branco de médico. O estetoscópio pende livremente do pescoço.

– Bem-vinda de volta, Peyton. Sou o dr. Hersh.

– Oi, doutor.

– Soube que está tendo dificuldades com a sua memória. – Ele atravessa o quarto segurando um prontuário.

– É, não me lembro... de nada, acho.

Pensamentos se agitam no meu cérebro enquanto tento conjurar minhas lembranças. Só que elas não chegam ao primeiro plano da minha mente. Só me lembro de nomes de coisas que sei, ou que pelo menos acho que sei. Como os nomes dos Estados. Wisconsin. Illinois. Nova York. Depois penso em animais. Cachorro. Gato. Vaca. Olho pelo quarto, prestando atenção nas coisas. Cadeira. Cama. Flores. TV. Homem gato. Mulher engraçada. Médico.

– De nada? Qual é o seu nome? – Ele fica observando meu rosto.

– Peyton.

– Ela não se lembrava, eu que falei – Maya diz.

– E seu sobrenome?

Robbie lança um olhar suplicante para mim, como se dissesse: "Por favor, Peyton. Você sabe. É só falar". Olho para Maya. Sua boca está ligeiramente aberta, prestes a me contar a resposta certa, mas ela não fala nada.

– Não sei – respondo ao dr. Hersh.

– Tudo bem. Seu nome é Peyton Sanders.

Ele está tentando me encorajar, mas não funciona. Não há nada de positivo em não saber o próprio nome.

– E seus amigos? Pode dizer o nome deles? – ele pergunta.

– Robbie e Maya.

– A gente também falou – Maya explica. – Qual é o meu sobrenome?

Examino o rosto dela, torcendo para que a resposta se revele. Ela tem uma pinta um pouco acima do lábio superior, do lado direito. As maçãs do rosto são altas, mas as feições são suaves. Sua tez é de um bege quente com tons dourados. Fico olhando para os grandes olhos castanhos dela salpicados de ouro, mas a resposta não vem.

– Não sei – solto, balançando a cabeça.

Ela suspira e faz carinho no meu ombro com a mão de unhas bem-feitas.

– Tudo bem. É James. Maya James.

– Maya James – repito, tentando memorizá-lo.

Robbie limpa a garganta.

– Sou Robbie Parker. – Ele dá tapinhas na minha mão.

– Robbie Parker – repito.

O dr. Hersh pega uma prancheta na ponta da cama e lê a minha ficha antes de abrir o prontuário que trouxe consigo. Depois, faz algumas anotações.

– Há quanto tempo estou aqui?

– Você foi trazida quatro dias atrás – ele me conta, erguendo os olhos para mim por um instante antes de voltar a atenção aos papéis.

– Fiquei em coma por quatro dias?

– É – Robbie responde. – Você se lembra do acidente?

Tento me lembrar do que aconteceu antes de estar nesta cama, mas não me vem nada. É tudo um quadro branco. Não há nada. Estou num túnel escuro e infinito e não vejo nenhuma luz. Só sei palavras soltas e os nomes das coisas. Como o estetoscópio no pescoço do médico. Sei o que é carro, acidente, hospital e amigos. Mas não tenho lembrança nenhuma relacionada a qualquer coisa que eu conheça. Engulo em seco. Sou tipo um computador novinho que acabou de ser ligado pela primeira vez. O conhecimento está todo ali, sem contexto nenhum.

– Não, não me lembro.

– Nem do que aconteceu mais cedo aquele dia? – Robbie pergunta.

Balanço a cabeça.

Maya se inclina para a frente.

– Você se lembra do final de *O sexto sentido*?

Estreito os olhos.

– Não. Qual é?

– É um dos melhores filmes da nossa geração. – Ela levanta o queixo. – *Afe*, você é tão sortuda.

– Maya! – Robbie a repreende de novo.

– Que foi? O que eu não daria pra ver aquele filme pela primeira vez de novo! – Ela sorri.

– Você abriria mão da sua memória?

– Talvez. – Ela dá de ombros. – É um ótimo filme.

Acho que Maya está sendo um pouco insensível com a minha situação, mas agora quero muito ver esse filme.

O dr. Hersh limpa a garganta, fazendo Robbie e Maya se calarem imediatamente. Concentramos toda a nossa atenção nele.

– Pode me dizer a capital de Illinois? – ele pergunta.

Maya balança a cabeça.

– Springfield – respondo.

– Ela se lembra disso e não se lembra do meu nome? – Ela revira os olhos. Robbie a silencia.

– Pode me dizer quantos planetas existem?

– Nove, se contar Putão – digo. – Mas acho que não ele não é mais um planeta, então oito.

O médico assente.

– Bom. – Ele olha para a ficha de novo, fazendo uma breve pausa antes de erguer a cabeça. – Quando você chegou, fizemos uma ressonância magnética para examinar possíveis lesões. Não encontramos ossos quebrados, hemorragia interna, ligamentos rompidos, nada. Então, essa é a boa notícia. Também realizamos uma tomografia computadorizada de crânio e encontramos uma pequena lesão estrutural no córtex pré-frontal.

– Ah, que ótimo, então só o seu cérebro sofreu o impacto do acidente. – As palavras de Maya estão cheias de sarcasmo.

O médico lança a ela um olhar de frustração.

– Mas lesões podem se curar sozinhas. Só leva um tempo. O local da lesão afetou a sua memória, resultando em amnésia retrógrada.

Maya estreita os olhos.

– O que significa isso?

– Significa que Peyton perdeu a memória do que aconteceu antes do acidente, mas é difícil saber até onde vai essa perda. Pode ser coisa de dias, meses ou décadas. Como ela não consegue se lembrar de informações pessoais, acredito que também esteja diante de uma amnésia dissociativa, que é muito rara. Há quanto tempo vocês são amigos?

Maya responde:

– Desde o primeiro ano da universidade, então outono de 2009.

– É, mais ou menos por aí – Robbie confirma.

Concordo, mesmo sem saber se a informação está correta ou não. Olho para Maya, me perguntando como nos conhecemos. Será que fazíamos aulas juntas? Dividíamos o dormitório? Talvez a gente tenha trabalhado no *campus*. Só não sei qual. Fecho os olhos com força, torcendo para encontrar as lembranças ali no escuro, atrás das pálpebras ou flutuando em algum lugar do meu cérebro. Mas elas não estão ali. Abro os olhos e encaro Robbie. Ele disse que nos conhecemos mais ou menos na mesma época. Provavelmente também na universidade. Deve ser por isso que Maya, Robbie e eu parecemos ser tão próximos.

– Tem algo de que você se lembra depois de 2010, Peyton?

Mexo a boca de um lado para o outro e sacudo a cabeça.

– E nada antes disso?

– Não me lembro de nada.

Ele solta um suspiro mínimo e assente.

Maya faz carinho no meu ombro de novo e Robbie aperta a minha mão com gentileza. É como se estivessem me dizendo: "Está tudo bem, vamos superar isso".

– Sua amnésia também parece ser episódica, o que significa que afeta as suas lembranças, não seu conhecimento geral nem a linguagem. Entendo que isso pode ser muito confuso para você, já que perdeu a memória e não se lembra de detalhes da sua vida pessoal. Mas, considerando seu exame, sua idade e sua saúde, acredito que essa condição seja temporária.

– Quão temporária? – Robbie pergunta.

– É cedo demais para dizer. É provável que os detalhes pessoais voltem antes das memórias. Já vi casos que duram alguns dias, outros, semanas ou meses.

– Teve algum caso em que o paciente nunca recuperou a memória? – Faço a pergunta e prendo a respiração, me preparando para a resposta e já me arrependendo de ter feito a pergunta.

O dr. Hersh assente.

– Infelizmente, sim. Mas não acredito que seja o seu caso.

– Não? – pergunto, vacilante.

Acreditar. Ele é um médico. Não deveria ter certeza? Não deveria ser um fato, e não uma crença? Não foi para isso que ele estudou tantos anos? Para saber das coisas?

– Não posso dizer com certeza. Sinto muito, Peyton.

O bipe da máquina acelera.

– Vai ficar tudo bem – ele diz. – Só fique calma.

– Estou calma, supercalma.

Abro um sorriso forçado. O aparelho me trai, emitindo um bipe ainda mais rápido.

– O que podemos fazer para ajudar, doutor? – Maya se levanta da cadeira como se estivesse pronta para liderar a situação e tomar uma atitude. – Tem alguma coisa que ela deve comer, algo que faça bem para o cérebro? Sementes de chia ou salmão? Ela deve se exercitar? Meditar? Já ouvi que rir é o melhor remédio. Ajudaria se ela frequentasse os meus shows de *stand-up*?

Robbie revira os olhos.

– Obviamente, comer bem é sempre uma coisa boa. Mas evite exercícios extenuantes, por enquanto fique só com caminhadas leves, quando estiver se sentindo bem. Evite álcool e drogas. A melhor coisa a fazer é interagir com os outros, falar sobre coisas que aconteceram, se expor a experiências, atividades e comidas de que gosta, pessoas que conhece, lugares que costumava frequentar. Tudo isso pode ajudar a refrescar a memória e trazer as lembranças de volta. Vou prescrever um ansiolítico, um relaxante muscular, um anticoagulante e um anticonvulsivante, além de diuréticos. Eles vão evitar quaisquer complicações que possam ocorrer e vão contribuir para acelerar a sua cura e a sua recuperação.

Sinto os músculos do meu rosto repuxando em todas as direções. Ele deve ter percebido a minha confusão, porque inclina a cabeça e me olha encorajadoramente.

– Não se preocupe, Peyton. – Ele fecha o prontuário e devolve a prancheta ao suporte da cama. – A enfermeira vai repassar as medicações com você com mais detalhes, e, como seus sinais vitais estão ótimos, posso lhe dar alta mais tarde, se tiver alguém para passar pelo menos as próximas duas semanas com você, até nossa próxima consulta. Se não, recomendo que continue a recuperação aqui.

Balanço a cabeça concordando, apesar de não ter entendido direito o que ele disse.

– Posso ficar com ela – Maya diz.

– Eu também – Robbie acrescenta.

– A gente pode revezar. – Maya olha para Robbie. – Para garantir que alguém sempre esteja com ela. Posso ficar durante o dia, e você, durante a noite.

Robbie concorda. Tudo me parece estranho. Preciso ser vigiada por essas pessoas 24 horas por dia, sete dias por semana. Ora, eles estão dizendo que são meus amigos, mas não os conheço. Que merda, não conheço nem a mim mesma.

– Não quero ser um fardo. Posso ficar aqui – digo.

O hospital é familiar. Sei o que esperar. É um lugar onde as pessoas podem se curar... ou morrer, na verdade. Talvez não seja a melhor escolha, porém me sinto esquisita demais, como se fosse um alienígena que foi parar num planeta completamente diferente.

O dr. Hersh limpa a garganta.

– Eu diria que a recuperação para os casos de amnésia funciona melhor em casa, cercada por pessoas que a amam. Você tem algum parente por perto?

Não sei a resposta dessa pergunta. Como é que eu não sei se tenho parentes e onde eles moram?

– Não, ela não tem parentes por perto – Robbie diz solenemente.

– Nós somos a família dela. – Maya olha para mim e acena a cabeça com firmeza.

– Certo. Então só pra confirmar: um de vocês dois vai estar com ela o tempo todo?

Maya e Robbie fazem que sim.

– Ótimo. Querem perguntar mais alguma coisa? – Ele enfia a pasta do prontuário debaixo do braço.

Eu tenho um monte de perguntas. Número 1: quem sou eu? Mas não falo nada. Eles podem me contar todos os meus dados demográficos, no entanto isso não responde quem sou eu. Então só falo para o médico que não tenho mais perguntas. Vou descobrir tudo depois, acho.

– Bem, descanse um pouco e vá com calma, Peyton. Você está em boas mãos.

O dr. Hersh sai do quarto.

Ficamos em silêncio por alguns instantes, trocando olhares e absorvendo tudo.

– E aí, como você se sente? – Robbie quer saber.

– Sei lá. Como é que não consigo me lembrar de quem eu sou? Como é que não tenho memórias da vida que vivi? – Mais uma vez, lágrimas se acumulam nos meus olhos.

Maya pega um lenço na bolsa e o oferece para mim. Enxugo a umidade.

– Suas lembranças não estão perdidas, Peyton. Só estão enterradas em algum lugar aí nesse seu cérebro grande, mas vamos encontrá-las.

– E se elas nunca voltarem? – Sinto meu lábio inferior tremer, então o puxo para dentro da boca.

Eles trocam um olhar preocupado, então vejo suas expressões se transformarem. Os dois estão bancando os corajosos.

– Daí a gente vai criar novas memórias – Maya responde.

Um alarme apita, ressoando alto. Está vindo de Robbie. Ele enfia a mão no bolso e pega o celular, desligando-o. Suas sobrancelhas se franzem e ele resmunga baixinho.

– Desculpe, mas preciso ir a uma reunião de trabalho. Sei que é um momento péssimo, só que eu é que vou apresentar, então não posso faltar. – Ele aperta minha mão. – Volto antes de você receber alta, Peyton.

Abro um sorrisinho, que deve ser a coisa mais triste que existe.

Ele afasta a mão e se levanta para pegar suas coisas.

Quero implorar para ele ficar. Mas não o conheço, e não acho que tenho o direito de pedir isso. A julgar pelas olheiras debaixo dos olhos de Robbie, está bastante claro que ele passou dias aqui, à espera de que eu acordasse.

– Tudo bem. – As palavras são pouco mais que um sussurro, e parecem muito falsas.

– Não se preocupe, Robbie – Maya diz. – Estou aqui. Vá cuidar dos seus negócios, ou do que quer que você faça no trabalho. – Ela gesticula para que ele se vá. – Não sou nem eu que tenho amnésia, e nunca consigo me lembrar do que você faz.

Ele dá risada.

– Volto logo – ele diz, virando-se.

– Ei, Robbie – chamo.

Ele olha para trás.

– Sim?

– O que você faz?

Ele sorri de novo.

– Sou atuário, então calculo e gerencio os custos de riscos e incertezas, usando Matemática e Estatística.

Maya finge roncar e acordar de repente.

– É por isso que eu nunca me lembro. Pego no sono na hora, como se fosse uma canção de ninar.

Robbie vai embora dando risada. A porta se fecha atrás dele e fico sozinha com Maya. Minha amiga. Não, minha melhor amiga. Ou será que essa função é ocupada por Robbie? Não me lembro.

– O trabalho dele parece interessante – digo, olhando para ela.

– Só porque é a primeira vez que você se lembra de ter ouvido.

– Espere, e eu? O que eu faço? Será que ainda tenho trabalho? Eles sabem que sofri um acidente? – Tento me erguer um pouco na cama.

– Sim, você tem um trabalho. Estou mantendo todos atualizados. Estão sendo supercompreensivos e flexíveis, então não precisa se preocupar com isso. – Ela aponta para o vaso de flores. – Várias delas são dos seus colegas e da sua chefe.

Então tá.

– Com o que eu trabalho?

– Você é cientista.

– Sério?

Tento pensar em coisas científicas. Tem a tabela periódica, mas não consigo me lembrar de nenhum elemento, a não ser prata e ouro. Ah, e hidrogênio. E potássio. E iodo. Nossa, eu sei mais do que pensava. Contudo, isso não deve ser suficiente para uma cientista.

– Tem certeza? Não acho que essa seja a minha carreira. Não parece muito a minha praia.

– É, sim. Você trabalha com partículas subatômicas e ligações de compostos químicos netunianos – Maya me conta, acenando a cabeça.

Arregalo os olhos, passando-os de Maya para a janela atrás dela. Não sei o significado de nenhuma dessas palavras. Como vou continuar trabalhando com isso se não entendo nada? Se a minha memória não voltar, vou ter de arranjar uma nova carreira ou retornar para a escola, porque não vou conseguir fingir saber alguma coisa disso.

Maya abre um sorriso e tenta abafar uma risada, mas não aguenta e explode.

– Estou brincando. Você é péssima em Ciências. Na verdade, você bombou em Química no primeiro ano.

Faço uma carranca, que não dura muito tempo e logo se transforma em um sorriso, pois estou muito aliviada com o fato de esse não ser o meu trabalho. Só que, lá no fundo, eu já sabia que não era. O que deve contar para alguma coisa.

– Certo. – Estreito os olhos. – Então com o que eu trabalho *de verdade*?

– Com redes sociais – ela fala, bufando.

– Isso tem mais a minha cara. Ou pelo menos eu acho.

Maya dá tapinhas no meu ombro.

– Peguei você!

– É, foi bem fácil enganar uma pessoa que sofreu uma lesão cerebral traumática, *Maya*. – Enfatizo o nome dela. – Agora, estou mais confusa ainda. – Percebo que estou fazendo manha.

Ela fica séria e sua risada se extingue. Então se aproxima.

– Desculpe, Peyton. Eu não devia ter feito isso. Você sabe como eu sou... bem, acho que não sabe. Mas uso o humor pra lidar com tudo. Peço desculpas, de verdade. – Ela solta um suspiro pesado.

Eu a encaro, mantendo as sobrancelhas franzidas. Mas eventualmente vacilo e os cantos da minha boca se curvam para cima.

– Também peguei você!

Ela dá um tapinha no meu ombro e se recosta na cadeira, gargalhando.

– Eu devia saber. Está sem memória, mas continua bancando a espertinha.

Não me lembro de Maya, entretanto sei que nossa amizade é daquelas que, mesmo se ficássemos um tempão separadas, a sensação seria de nunca termos nos afastado. O que me deixa triste e feliz ao mesmo tempo. Triste por não me lembrar, mas feliz porque, apesar de não ter lembranças dela, senti uma conexão. Ela atira o tronco para a frente, como se tivesse acabado de pensar em algo importante.

– Então, sei que você não se lembra de nada, mas a gente estava no telefone quando você foi atropelada, e você estava me contando...

Alguém dá duas batidas na porta, interrompendo Maya, e uma mulher vestida de um jeito casual, porém profissional, entra falando "Toc, toc". Será que é mais alguém que eu deveria conhecer? Seu cabelo está preso num rabo de cavalo baixo, e sua maquiagem é um pouco pesada para o ambiente hospitalar: batom rosa-escuro, cílios postiços e o rosto todo rebocado. Não está de uniforme, no entanto tem um crachá. Certo, então ela trabalha aqui. Solto um suspiro de alívio por não ser alguém de quem eu deveria me lembrar, mas não me lembro.

– Tem visita para você, srta. Sanders, mas você só pode receber duas pessoas por vez.

A mulher estala os dedos, e três homens muito bem-apessoados entram, colocando-se lado a lado diante de mim, em fila. Não, eles não são só bem-apessoados... são bem bonitos. Interrompo meu pensamento, vai que são parentes ou algo assim. Desvio o olhar para Maya, tentando descobrir se ela os reconhece. Ela fica de boca aberta, enquanto olha para os três. Claramente está tão surpresa quanto eu.

– Todos disseram que são seus namorados – a mulher diz com um sorrisinho.

Um deles está segurando um balão em que está escrito "Fique bem logo". É alto, negro e lindo. Ele ergue a mão. Outro segura um ursinho de pelúcia e uma caixa de chocolates. Tem o braço coberto por tatuagens e uma mandíbula bem definida e quadrada. É tão lindo quanto o outro. Acena a cabeça e me lança um olhar simpático. O último tem uma barba perfeitamente aparada e ombros largos. Suas mãos grandes carregam um vaso cheio de rosas, e seus lábios estão comprimidos, como se não soubesse como me cumprimentar. A mulher os observa de cima a baixo, como se estivesse avaliando obras de arte. Então limpa a garganta e direciona a atenção para mim.

– Então, qual deles é o seu namorado?

Respiro fundo.

– Não sei – respondo, balançando a cabeça.

CAPÍTULO 3

Ninguém fala nada por quase dois minutos, o que parece um século, de tão desconfortável e confusa que é a situação. Tenho três namorados. Como? Será que eu era uma... Não termino a frase. Olho para Maya pedindo ajuda, mas percebo que ela não vai servir para nada, pois está salivando. Não a culpo. Eles são todos gatos com "G" maiúsculo, e meu corpo já está reagindo: estou suando, minhas bochechas estão coradas e meu coração está disparado. E o maldito monitor está entregando tudo. Os três me encaram e se entreolham como se estivessem medindo uns aos outros. A mulher de crachá limpa a garganta e estreita os olhos.

– Como assim, você não sabe? – ela pergunta, nem um pouco familiarizada com a minha ficha médica.

Maya dá um passo à frente.

– Peyton está com amnésia e não consegue se lembrar da maior parte das coisas, como o próprio nome ou de quem ela é ou de quem eu sou ou de quem qualquer um de vocês é.

A mulher escancara a boca de surpresa, mas logo a fecha. Seus lábios se curvam num sorriso tímido.

– Ah. Bem, que situação complicada. É tipo os meus programas favoritos combinados, *Grey's Anatomy* e *The Bachelor*. – Ela dá risada, mas então se recompõe, assumindo uma postura profissional. – Sabe, a política de permitir apenas dois visitantes é bem arbitrária, então vou dar um tempinho pra vocês resolverem isso. – Ela gesticula para os homens e se encaminha para a porta. – Volto em dez minutos pra saber qual deles lhe trouxe o presente certo. – E abafa outra risada ao sair.

Ouço os saltos dela fazendo barulho pelo corredor. Volto o olhar para os seis homens parados diante de mim. Ah, espera aí. Três homens. São três. Um, dois, três. Minha visão dobrou as coisas por um segundo. Não sei quem eles são, mas sei que tenho muito bom gosto.

– Oi – falo, desconcertada.

Eles me cumprimentam com um ei, oi e olá.

– O que eu faço? – sussurro para Maya.

– É isto que eu estava tentando lhe contar – ela sussurra de volta. – Eu estava no telefone com você antes do acidente, e você estava falando que estava de saco cheio de ficar saindo com um homem depois do outro porque já sabia quem você amava, a pessoa com quem queria passar o resto da vida, e estava indo falar isso pra ele. Daí você foi atropelada.

Olho para eles e depois para Maya.

– Eu não contei pra você quem era?

Ela balança a cabeça.

Merda! Claro que perdi a memória logo depois de descobrir quem eu amava. *Timing perfeito*. E por que é que estava saindo com tantos homens? Será que tenho problemas com comprometimento ou algo assim? Será que gosto de ficar brincando com os sentimentos alheio? Será que eles se conhecem? Ah, Deus, espero que não.

– O que eu faço? – falo bem baixinho.

– Você pode esperar a memória voltar.

– Mas e se ela nunca mais voltar?

– Bem. – Ela bate o dedo no queixo, refletindo. – Você pode sair com eles... de novo. – Maya sorri. – Pode ser divertido. – Ela levanta as sobrancelhas.

– Como é que eu vou sair com eles se não lembro nem de quem eu sou?

Acho que Maya não entende quão pouco eu sei sobre as coisas ou quão confusa estou. Isso sem nem saber ainda que tenho três namorados.

Ela se inclina e fala baixo e rápido:

– Sei quase tudo sobre você, exceto quem você ama. Mas todo o resto eu sei. Vou ajudá-la, e a gente vai lidar com toda essa coisa juntas. Vou ser tipo sua produtora, só que vou marcar encontros, e não *shows*. – Ela abre um sorriso animado.

Solto um suspiro. Não me parece uma boa ideia, mas, se eu estava correndo para me encontrar com um deles feito uma doida só para declarar o meu amor, sinto que devo isso a mim mesma. Preciso descobrir quem é o escolhido. Os olhos de Maya estão suplicantes. Penso no que o médico falou. Ele disse que a memória tende a voltar mais rápido se eu estiver cercada das pessoas que amo. Então talvez essa não seja uma ideia tããão ruim assim.

– Está bem – digo.

Ela quase solta um grito, mas consegue manter a compostura.

– Certo, pretendentes – ela fala, enquanto pega um caderninho e uma caneta na bolsa. Depois, se levanta e começa a caminhar pelo quarto: – Sou a melhor amiga de Peyton, Maya. Como eu disse, ela não consegue se lembrar de nada, então vocês vão ter que se apresentar de novo. Nome, ocupação, há quanto tempo estavam saindo com ela e saldo bancário.

– Maya!

– O que foi? – Ela olha para mim.

– Não preciso saber o saldo bancário deles.

Eles dão risada.

– Certo, nada de saldo bancário, então. – Ela ergue a caneta, pronta para escrever, e aponta para o homem mais próximo de nós, o que está segurando um vaso de rosas vermelhas.

Ele dá um passo à frente e coloca as flores na mesa ao lado da cama.

– Para você – ele diz, mostrando os dentes.

Agradeço.

Ele é alto, tem ombros largos e bíceps grossos. O cabelo é castanho e comprido, preso num coque bagunçado. Surpreendentemente, o penteado lhe cai bem, ao contrário da maioria dos caras. Acho que é o maxilar forte combinado com a barba bem-feita e os olhos verdes e intensos que compõem o *look* todo. O homem diante de mim tem um aspecto meio rústico, com seus *jeans* rasgados (não intencionalmente, mas devido ao trabalho duro), botas e camisa de flanela.

– Sou Tyler Davis – ele diz, acenando a cabeça.

Sinto minhas bochechas esquentarem, então sei que estou corando. Mas torço para que ele não perceba. Vou colocar a culpa na lesão cerebral.

– Prazer em conhecê-lo de novo, Tyler.

Ele continua a apresentação:

– Então, a gente estava saindo fazia umas seis semanas. Recentemente, perguntei se poderíamos namorar, mas você disse que queria ir devagar, o que eu respeito e entendo, pelas coisas que me confidenciou. Nós nos damos superbem e acho que somos ótimos juntos. – Ele se balança para a frente e para trás e enfia as mãos nos bolsos da calça.

Gosto bastante dele. Talvez seja o homem que amo. Ele disse que fui vulnerável com ele. Não sei o que foi que confidenciei nos ouvidos dele, mas parece algo profundo, então nossa conexão deve ser forte. Não sei por que a minha versão pré-amnésia não quis namorar com ele. Avalio os outros homens. *Hum*. Deve ser por isso. Estava claramente dividida.

– Ocupação? – Maya para de anotar e olha para Tyler.

– Ah, é. – Ele limpa a garganta. – Sou empreiteiro.

– De construção? – Maya pergunta.

Sabia que trabalhava com as mãos.

Ele assente.

– Também estou trabalhando pra começar meu próprio negócio de construção.

– Não precisa se vender ainda. Só estamos começando; estou anotando aqui que você é tipo um Chris Hemsworth de cabelos escuros e menos musculoso, mas com cabelo parecido com o do Thor. Só pra organizar as coisas.

– Obrigado, acho – ele diz.

– Pode voltar pra fila – ela o dispensa. – Próximo.

Lanço um olhar severo para Maya.

– Pode parar de tratá-los como se estivessem numa delegacia?

Ela estreita os olhos de um jeito brincalhão.

– Certo. O próximo pretendente pode dar um passo à frente?

O segundo da fila se aproxima. Ele segura um balão em que se lê "Fique bem logo", que coloca no chão, ao lado da cama. Depois, abre um largo sorriso. O que é contagiante, porque quase no mesmo instante sorrio de volta. Sinto aquele frio na barriga que sentimos quando a montanha-russa dá uma queda rápida e brusca.

– Sou Shawn Morris – ele se apresenta, sem deixar o sorriso vacilar.

Alto, negro, está usando camisa branca e calça azul sob medida. Parece ter acabado de sair do escritório. A camisa é bem justa em torno dos bíceps e do peito. Ele visivelmente malha. Aposto que poderia carregar Maya e eu ao mesmo tempo. Seu cabelo foi cortado recentemente e a pele do rosto é lisa feito a de um bebê. É quase que o completo oposto de Tyler.

– Oi, Shawn. – Minha voz sai suave e sedutora.

Acho que o amo. Deve ser o Shawn. Olho para o pretendente número 1. Ou será que amo o Tyler?

Ele acena a cabeça e molha os lábios antes de falar:

– A gente estava saindo fazia dois meses, mas viajo muito a trabalho e às vezes passamos uma ou duas semanas sem nos ver. Na verdade, eu também a pedi em namoro, porém você disse que queria me conhecer melhor e passar mais tempo juntos, o que eu entendi, por causa do meu trabalho.

– E o que você faz? – Maya pergunta.

– Sou consultor.

– Não sei o que isso significa, mas parece importante – ela comenta.

– Prazer em conhecê-lo de novo, Shawn – digo.

– Ei, fico feliz por ver você bem, Peyton.

– Ah, sim, eu também – Tyler acrescenta. – Esqueci de dizer isso.

– Nada de falar fora da vez, Hemsworth – Maya diz, erguendo o dedo.

Ele abaixa um pouco a cabeça.

– Certo, Shawn, pode voltar pra fila. Vou marcar você como o Denzel mais jovem – ela brinca.

– Obrigado – ele fala. Seu sorriso fica mais largo e luminoso.

– Próximo – Maya chama.

Resmungo.

– Quer dizer, número 3, pode se aproximar da linda donzela.

O terceiro homem está segurando uma caixa de chocolate em uma mão e um ursinho de pelúcia na outra. Ele dá um passo à frente e abre um sorriso tímido, ao me entregar os presentes.

– Oi – ele diz, acenando a mão rapidamente.

Ele parece tímido, mas ao mesmo tempo confiante. É uma confiança silenciosa. Seus olhos de avelã hesitam um pouco antes de pousarem em mim, como se estivesse reunindo coragem para fazer contato visual. Noto pontinhos amarelos na íris. O cabelo castanho-claro é curto e não exige muitos cuidados. Está vestido de um jeito casual, de camiseta branca e *jeans*. O braço esquerdo é coberto por tatuagens coloridas. É muito bonita a forma como cada desenho se mistura perfeitamente com o outro. Ele é um pouco mais esbelto, e tão alto quanto Shawn e Tyler.

– Sou Nash Doherty – ele diz. – Os chocolates são caseiros. – Ele movimenta os pés constantemente. – Estamos saindo há umas cinco semanas. Eu sinto que meio que entrei na *friendzone*, porque a maioria das vezes nos encontramos durante o dia ou de segunda-feira ou quinta à noite, por causa do meu trabalho. Eu também disse que queria namorar você, e você me respondeu que precisava de um pouco mais de tempo. Mas me garantiu que tinha sentimentos por mim além de amizade. Espero que ainda seja verdade. – Nash dá uma risadinha nervosa. – Hummm, sou *chef* no Gretel, na Logan Square. Aliás, nosso último encontro foi lá, numa noite em que o restaurante estava fechado. – Os cantos dos lábios dele se curvam para cima e ele para de falar.

– Você é o *chef* do Gretel? – Tyler dá tapinhas no ombro de Nash. – Esse lugar é incrível! Vocês têm tipo o melhor hambúrguer da cidade.

– E aquela musse de fígado de frango com pão de fermentação natural? – Shawn comenta. – Eu podia comer esse prato todos os dias.

Nash faz que sim com a cabeça. Eles se cumprimentam e trocam tapinhas firmes nas costas.

– Gente, foco! O lanche está aqui nesta cama de hospital. Preocupem-se com o jantar mais tarde – Maya os repreende.

– Desculpe – eles falam em uníssono, retomando o lugar na fila, ombro a ombro.

Olho para a caixa de chocolates e depois para Nash. Não acredito que ele fez tudo isso só para mim. Se meu coração fosse de chocolate, estaria derretendo agora mesmo. Fico toda arrepiada. Acho que também o amo.

– Muito bem – Maya diz, terminando as anotações. – Nash, você é o Adam Levine. Pela aparência, e não pela personalidade, espero. – Ela ergue a sobrancelha.

Ele ri de nervoso.

– Não sou como ele.

– É o que veremos – ela provoca.

Bato de leve na coxa de Maya e a encaro com um olhar sério.

– Quero dizer, bom saber, Nash. Obrigada – ela acrescenta.

– E agora? – pergunto para ela.

– Que tal uns encontros rápidos? – Ela dá um sorrisinho.

– Não estou muito a fim. É... coisa demais. – Viro a cabeça para olhar para eles. – Fiquei muito feliz por terem vindo me ver e pelos presentes, mas preciso perguntar: vocês sabiam que eu estava saindo com outras pessoas?

Por favor, digam que sim. Por favor, digam que sim. Não sei quem eu sou, mas espero não ser mentirosa nem traidora.

Todos fazem que sim. *Ufa!* Fico aliviada por ter sido honesta e transparente com eles. No entanto, essa história de sair com vários homens ao mesmo tempo misturada com a amnésia me deixou numa situação bastante complicada.

Shawn limpa a garganta.

– Eu também estava saindo com várias mulheres até uma semana atrás, mas era você que eu queria ver quando voltava das viagens de trabalho, por isso terminei com elas.

Meu coração se agita. *Eu amo o Shawn.* Nash ajeita a postura e fala:

– Eu também. Você é a única com quem estou saindo. Terminei com outra pessoa na semana passada porque decidi que queria passar meu tempo livre com alguém com quem eu pudesse enxergar um futuro. E essa pessoa é você, Peyton.

Lá vai meu coração de novo. *Tum-tum. Tum-tum.* O sorriso dele não é tão largo e luminoso quanto o do Shawn. É um pouco mais contido, porém tão fofo e convidativo quanto. *Eu amo o Nash.*

– Não estou querendo copiar o que o Shawn e o Nash disseram, mas aconteceu o mesmo comigo. Mais ou menos uma semana atrás, deletei os aplicativos de namoro do celular. Sei que você disse que não estava pronta pra namorar, só que eu estou, e eu queria que você soubesse que estou cem por cento comprometido, esperando você querer dar o próximo passo – Tyler diz. Ele passa a mão pelo cabelo, alisando as mechas esvoaçantes. E me lança um olhar sério. Ou melhor, ardente.

Meu coração está dando cambalhotas agora. *Eu também amo o Tyler.*

Certo, entendo completamente por que estava saindo com esses caras sem conseguir escolher um. Esses homens são quase perfeitos, cada um do seu jeito. Tyler é forte, engraçado e pé no chão. Shawn é inteligente, confiante e charmoso. Nash é criativo, excêntrico e apaixonado. Não sei como consegui decidir qual deles é o meu favorito. Como é que eu podia estar tão certa há cinco dias e agora não faço a menor ideia?

– Não sei o que dizer. – Cutuco as unhas. O aparelho preso no meu dedo indicador cai. O bipe lento fica longo e agudo. – Ops, acho que isso deveria ficar aqui. – Coloco-o de volta e o bipe estabiliza. – Ouçam. Sei que essa é uma situação bem incomum e não quero que ninguém perca tempo, porém preciso ser sincera. Não sei quando minha memória vai voltar. Pode ser daqui uns dias, semanas e até meses. Nos casos raros, pode ser que nunca aconteça. – Engulo em seco e desvio o olhar.

– Posso falar uma coisa? – Maya intervém, juntando as mãos. – Pouco antes do acidente, Peyton me disse que amava um de vocês. Que tinha achado a alma gêmea. Aquele que faz o mundo girar, que dá motivação para levantar todas as manhãs.

Todos sorriem. Shawn fica mais ereto e estufa o peito. Tyler mexe os pés, tira as mãos dos bolsos e as enfia de novo, como se não soubesse o que fazer com elas. Nash coça o braço coberto de tatuagens.

– O problema, como sabem, é que minha amiga não se lembra de nenhum de vocês. E que ela não me contou quem era o escolhido antes de ser atropelada. – Maya me olha brevemente. – Então, como não sabemos quando, ou se, a memória dela vai voltar, Peyton vai ter que sair com vocês de novo. Alguma objeção?

Shawn fala primeiro:

– Se é o que você precisa, Peyton, estou dentro.

– Eu também – Nash diz, concordando.

– Eu não vou dar pra trás – Tyler fala, acenando a cabeça firmemente. – A gente tinha um lance legal, e não vou deixar esse detalhe de você não se lembrar de mim ficar no caminho. – Um sotaque sulista escapa quando ele ri.

– Ótimo – Maya diz. – Peyton vai receber alta hoje. – Ela olha para mim. – Suponho que você não vá querer começar a sair com eles hoje, né?

– Desculpe, mas não. – Balanço a cabeça.

– E amanhã?

– Queria descansar um pouco em casa primeiro. – É estranho dizer "casa" e não saber onde ela fica.

– Que tal uma festinha com uns drinques ou um encontro de grupo, como fazem no *The Bachelor*? – Ela arqueia as sobrancelhas duas vezes rapidamente.

– Maya, não. Encontros normais, por favor. Isto não é um *reality show*.

– Certo. Certo. Certo. Vamos fazer do jeito normal. – Ela se volta para meus pretendentes e vira a página do caderno. – A data mais próxima é quarta-feira. Algum candidato?

Nash levanta a mão.

– Eu posso de tarde.

– Perfeito, Nash fica com a quarta à tarde então. – Ela anota o compromisso e depois olha para os outros. – E na quinta?

Tyler levanta a mão.

– Estou livre de noite.

– Anotado – Maya diz. – E você, Shawn?

– Sexta é bom pra mim. Qualquer horário depois das 18h.

– Shawn fica com a sexta à noite.

Tudo isso me parece demais. Preciso recuperar minha memória, sair com três caras e descobrir qual deles é o homem que amo. Além disso, literalmente, não sei nada sobre mim mesma. Não sei nem como é minha aparência. Devo ser bem atraente para ter três gatos me disputando. Ou talvez tenha uma personalidade cativante, daquelas impossíveis de resistir. De qualquer modo, essa parece uma péssima ideia, no entanto sinto que não tenho escolha. Quero dizer, tenho. Posso desistir deles e da oportunidade de estar com o homem certo. O que também não me parece bom, especialmente tendo em vista que os três estão dispostos a tentar o que quer que seja comigo. Se eles estão dispostos a passar por isso, eu também deveria estar. Maya fecha o caderno e o coloca na cadeira vazia. Ela pega vários cartões na bolsa.

– Meu cartão – ela diz, entregando um para cada um. – Vocês podem mandar uma mensagem ou ligar para o número que está aí pra combinar o encontro. Se quiserem que Peyton os encontre em algum lugar, eu a levo. Vocês também podem visitar o *site* pra descobrir quando será meu próximo *show* de *stand-up*.

– Maya, o que é que isso tem a ver comigo?

– STM, Peyton. Sempre Trabalhe o Marketing.

Maya volta a atenção para os rapazes.

– Agora, vou tirar uma foto de vocês. – Ela pega o celular no bolso de trás da calça.

– Para quê? – Tyler pergunta.

– Pra minha coleção pessoal e pra ajudar a Peyton a ativar a memória – Maya fala tão rápido que eles nem registram a primeira parte. Dou risada enquanto ela tira várias fotos, dirigindo as poses para fazer retratos e fotos de corpo inteiro, de todos os ângulos. Ao terminar, ela verifica as imagens no celular, dizendo "Ótimo" várias vezes. – Isso vai nos ajudar muito. Digo, ajudar a Peyton. – Ela guarda o celular e olha para eles. – Alguma pergunta?

Eles se olham e depois olham para ela, balançando a cabeça.

– Legal, então a gente se fala. Obrigada pela visita, mas Peyton precisa descansar agora.

Ela os acompanha para fora do quarto. Shawn diz que vai me escrever. Nash diz que me vê na quarta. Tyler diz que vai torcer para eu ficar bem. Aceno com a mão, e, antes que eu possa responder, Maya fecha a porta.

Com as costas contra a porta, ela me encara de olhos arregalados e um sorriso enorme. Está muito mais empolgada do que eu. Na verdade, estou um pouco assustada e nervosa, sem ter ideia do que estou fazendo.

– Você sabe que a acho incrível, mas onde é que você arranjou esses caras? – Ela leva as mãos ao coração dramaticamente. – Eles são maravilhosos. Acho que também estou apaixonada. Não conte para o Anthony – ela fala, rindo.

– Quem é Anthony?

– Meu namorado. Não é sobre ele, mas sobre esses partidões. Como é que você estava saindo com todos eles?

– Não faço a menor ideia – digo, balançando a cabeça. – Mas a verdadeira pergunta é: como vou decidir quem eu amo se nem sei quem sou? Eles são tão perfeitos... e eu... – Gesticulo para mim mesma, olhando para as minhas pernas debaixo do lençol e para as minhas mãos feridas e arranhadas. – Não sou.

– Tá claro que você é perfeita pra eles, e deve a si mesma descobrir o que seu coração quer. Não é culpa sua que você foi atropelada... – Ela faz uma pausa e estreita os olhos. – Bem, tecnicamente é, porque você saiu correndo num cruzamento quando o semáforo de pedestres estava fechado, porém essa não é a questão. Você estava tão empolgada em dizer a um deles como se sentia que se colocou em risco. Se isso não é romântico, então não sei o que é. – Maya se senta ao lado da cama e pega minha mão. – Desde que a conheço, nunca vi você deixar alguém amá-la de verdade. Esta é a sua chance.

– Sério?

– Sério, você é tipo uma ostra. Tem uma concha bem dura de quebrar.

Franzo o cenho. Eu nunca amei ninguém. E ninguém nunca me amou. Isso é triste. Talvez Maya tenha razão. Esta é a minha chance. Finalmente eu me abri para essa possibilidade antes do acidente, então não deveria deixar a amnésia me impedir de viver isso. Está claro que eles gostam de mim, já que vieram me ver.

– Espere, como é que eles sabiam que eu estava aqui?

– Publiquei sobre o acidente no seu Instagram ontem. Ainda bem que eu sabia sua senha. É a sua foto com mais curtidas. De nada – ela diz, satisfeita.

– O que você publicou?

Maya pega o celular e vira a tela para mim.

– Legal, né?

Estreito os olhos, observando a imagem com atenção. Na foto, estou deitada na cama do hospital, de olhos fechados e a boca um pouco aberta.

– Você publicou isso? Tem baba escorrendo da minha boca.

– Tem? – Ela olha para a tela e dá de ombros. – É bem difícil tirar uma foto boa de uma amiga em coma. Nem os filtros ajudam muito.

– Qual é a da legenda?

– O que tem de errado?

– Você escreveu que as pessoas poderiam mostrar seu apoio indo ao seu *show* de *stand-up*.

Maya sorri.

– STM, amor.

Dou risada, enquanto Maya guarda o celular e se senta na cadeira.

– É que não sei se vou conseguir levar isso adiante, e não quero enganar nenhum deles – digo, olhando para Maya.

Ela pousa a mão sobre a minha de novo.

– Você vai conseguir, e não está enganando ninguém. Todos entenderam bem a situação. Eles gostam de você e estão dispostos a correr esse risco. Então você também deveria estar.

Maya está certa. E ficou claro para eles como tudo isso vai funcionar, então os três sabem o que esperar de mim e do que quer que seja esse experimento de sair com alguém que tem amnésia. Se eu estava mesmo correndo para me declarar para um deles antes do acidente, devia ser algo muito significativo para mim. Devia ser a coisa mais importante do mundo, porque me coloquei em risco só para dizer a alguém como eu me sentia.

Solto um suspiro.

– Tudo bem.

– Isso! – Maya fica em pé num pulo e faz uma dancinha, terminando com uma arminha de dedo. – Isso vai ser divertido.

Franzo as sobrancelhas.

– Espere, você só quer que eu saia com eles de novo para seu entretenimento pessoal?

Maya para de dançar.

– Meu e dos outros. Isso vai dar render um ótimo material para os meus números. – Ela dá risada, entretanto logo para e fica séria de novo. – Sério, Peyton. Quero vê-la feliz. Seu cérebro sempre se colocou no meio do caminho. Você é muito cautelosa e mantém as pessoas longe. É como se estivesse tentando se proteger antes mesmo de correr o risco de se machucar. Exceto pelo acidente, claro. Mas acho que é uma espécie de bênção seu cérebro não estar funcionando direito, porque ele vai lhe dar a chance de se abrir e se permitir ser feliz de verdade pela primeira vez.

Enxugo os olhos cheios de lágrimas. Fico triste ao saber que vivia a vida desse jeito, fechada e indisponível para deixar que os outros entrassem. Por que eu fazia isso? O que me deixava com tanto medo de amar e de perder esse amor? E por que de repente me senti tão pronta?

A porta se abre e Robbie enfia a cabeça no quarto.

– Desculpem por demorar tanto. O que eu perdi?

– A estreia da nova temporada de *The Bachelorette* – Maya diz, bufando.

CAPÍTULO 4

– Você vai sair com todos eles de novo mesmo com amnésia e uma lesão cerebral traumática? – Robbie se levanta da cadeira e começa a andar pelo quarto, balançando a cabeça de um lado para o outro, como se estivesse tentando acordar de um sonho ruim. – É uma péssima ideia. Eu nunca devia ter ido para a reunião. Poderia ter impedido isso, e não encorajado. – Ele aperta os olhos na direção de Maya. – Peyton. – Sua expressão suaviza quando ele me olha. – Você vai se colocar sob estresse quando devia estar se recuperando. Você não devia fazer isso.

Maya coloca as mãos nos quadris.

– Ela ama um desses homens. O que é que ela deveria fazer? Jogar isso fora só porque não consegue se lembrar?

– Sim – ele diz, acenando a cabeça com firmeza. – Se eles a amam de verdade, deveriam esperar até ela ficar melhor e recuperar a razão.

Não sei direito de onde estão vindo essas reações tão fortes. Mas Robbie tem um ponto. Relacionar-se com alguém é estressante. Desestabilizante. Trabalhoso. E quase nunca termina bem. Especialmente na minha experiência – ou o que me contaram dela.

Maya, contudo, também tem um ponto. Isso devia ser tão importante para mim que arrisquei minha própria segurança e vim parar aqui. E, pelo que ela fala de mim antes do acidente, eu nunca me arriscava. Nunca me abria. Nunca deixava ninguém se aproximar. Pela primeira vez, ia fazer isso. Deve contar alguma coisa, não?

– E se a memória dela nunca voltar? – Maya pergunta.

– Vai voltar.

– Você é apiário, não médico.

Robbie revira os olhos.

– Sou atuário. Apiário trabalha com abelhas.

– Que seja. – Ela cruza os braços na frente do peito.

– Será que sou o único que ouviu o dr. Hersh? Ele disse que só em casos muito raros a memória não volta.

– Os médicos só dizem isso para os pacientes não se sentirem tão mal – Maya solta.

Mexo as mãos, encarando-os.

– Vocês podem parar de falar de mim como se eu não estivesse presente?

Robbie abaixa a cabeça e se senta na cadeira ao meu lado.

– Desculpa.

Maya também se senta.

– Me desculpa também.

Ele ergue o queixo e me encara de volta.

– Estou preocupado com você, só isso. Não acho que seja uma boa ideia, e quero que melhore.

Maya se inclina para a frente.

– Bem, a decisão é de Peyton. Não sua, Robbie.

Olho para Robbie. Eu poderia esperar minha memória voltar e torcer para que o homem que amo ainda estar à minha espera. Olho para Maya. Ou poderia ver no que isso vai dar e confiar que meu coração pode me colocar na direção certa, mesmo que minha mente não lembre qual é ela.

– E aí, o que quer fazer? – Robbie pergunta.

Ambos desejam o meu bem, apesar de quererem coisas diferentes. Robbie parece mais analítico, o que faz sentido, considerando seu trabalho. Ele pensa nos riscos e nas incertezas primeiro. Maya é mais de seguir o fluxo, deixar a vida levá-la e viver o presente. Eles são tipo *yin* e *yang*, completos opostos. Vejo a empolgação nos grandes olhos castanhos de Maya. Ela quer que eu encontre a felicidade e o amor, e acredita que devo fazer isso. Vejo preocupação nos olhos de Robbie, o que deixa os olhos azuis dele um pouco mais escuros. É como se estivesse implorando para que eu vá com calma, descanse, me cure, e só depois pense em encontrar o amor. O acidente pode ter roubado todas as minhas lembranças, no entanto me ensinou uma coisa: nada na vida está garantido... nem mesmo o *depois*.

– Quero sair com eles de novo – falo com firmeza, para que saibam que não vou mudar de ideia. – Acho que devo a mim mesma descobrir para quem eu estava correndo na noite do acidente.

Robbie suspira e afunda da cadeira. Maya solta um gritinho.

– Se é o que você quer – ele diz.

Dobro as mãos no colo e balanço a cabeça.

– É o que eu quero.

Robbie lança um olhar decepcionado na minha direção.

– Mas eu não apoio.

A enfermeira de antes entra no quarto.

– Oi, Peyton. Está pronta para voltar pra casa?

Não digo que sim porque não sei qual é minha casa nem onde fica. Será que eu moro sozinha? Em um apartamento? Ou em uma casa? Será que vou sentir que estou no meu lar? Obrigo minha cabeça a se mover para cima e para baixo.

Ela pega a ficha na ponta da cama e lê algumas páginas, repassando cada medicação, listando os efeitos colaterais, os horários e se devo comer antes ou não de tomá-los. Ainda bem que Robbie e Maya estão prestando bastante atenção, porque as informações entram por um ouvido e saem pelo outro. Só consigo me perguntar se minhas lembranças vão voltar e o que vai acontecer se isso não acontecer.

*

Robbie estaciona em uma rua ladeada por árvores. É um bairro lindo, bem silencioso, mas não o reconheço. Ele desliga o carro e se vira para mim, dizendo:

– Chegamos em casa.

– É. *Casa.* – Dou de ombros.

Eu me sinto como um passarinho que saltou para fora do ninho cedo demais e está tentando navegar em um mundo desconhecido. Olho para os prédios baixos um ao lado do outro de ambos os lados da rua. Alguns são modernos e recentes, enquanto outros preservaram a antiga estrutura de tijolos e concreto. Quase todos têm jardins com cercas. Se me perguntassem qual é a minha casa, eu não saberia dizer.

– Eu moro sozinha?

Robbie arregala os olhos, sem acreditar, como se estivesse percebendo quão pouco eu sei sobre mim mesma. Então relaxa, tentando parecer calmo, e faz que sim.

– Sim, você mora no andar de cima daquele dúplex. – Ele aponta para um apartamento à esquerda do carro.

O lugar é bem fofo e charmoso, com um alpendre espaçoso e escadas que levam até ele. Ao contrário dos prédios mais novos da rua, esse manteve a antiga fachada de tijolos vermelhos e janelas pretas. Há duas portas lado a lado, pintadas de vermelho brilhante. E uma pequena área gramada na frente, protegida por uma cerca de ferro preto. Vinhas verdes cobrem a cerca, em uma fusão da criação da natureza e do homem.

– Quem mora aí embaixo? – pergunto.

– Debbie. Ela aluga o apartamento de cima pra você. Não conseguimos falar com ela. Acho que está viajando.

Não sei quem é Debbie, então não pergunto mais nada. Estou tentando me concentrar nos meus três namorados. Nash, o *chef* tatuado que se parece com um cantor que Maya disse ser canalha. Shawn, o consultor, a quem Maya chamou de jovem Denzel. Tyler, o cara das construções. Acho que ela disse que ele parecia o Shore ou o Roar. Não me lembro. Ela preparou umas fichas com as anotações e me mandou revisar tudo, mas na verdade estou é mais confusa.

Abro a porta do carro e desço, me segurando para não cair. Tudo parece um pouco instável. O mundo todo. Robbie estica o pescoço por cima do carro.

– Você está bem?

– Sim.

Ele pega minha bolsa e minha mala no porta-malas e se junta a mim. Olho para o prédio, absorvendo tudo. Observo a varanda acima do alpendre. Quero pensar que eu passava bastante tempo ali, mas não sei. Talvez só esteja assim porque fiquei os últimos quatro dias deitada numa cama de hospital. Um esquilo corre pelo jardim carregando na boca uma noz quebrada.

– Há quanto tempo moro aqui?

– Uns cinco anos – ele diz, me conduzindo pela calçada.

Robbie destrava o portão e gesticula para que eu vá na frente. É uma sensação bem estranha não reconhecer a própria casa. Uma brisa forte sopra, agitando as folhas de outono e derrubando outras das árvores. Aperto o cardigã de lã em volta de mim. Diante da porta, Robbie pega um molho de chaves na minha bolsa. Só sei que são minhas porque ele falou. Lá dentro, seguro o corrimão de madeira com força enquanto subo um lance de escadas acarpetadas.

– Lar, doce lar – ele fala com uma expressão simpática, colocando minhas coisas na mesinha da cozinha.

O lugar é maior do que parece do lado de fora. As escadas dão na cozinha, na sala de jantar e de estar. O pé-direito é alto, e grandes janelas arqueadas deixam entrar bastante luz natural. Apesar de a decoração ser uma mistura de rústico com moderno, os detalhes em verde-escuro e azul-real fornecem conforto para a casa. Devo adorar plantas, porque há várias delas espalhadas por toda parte. Há suculentas alinhadas no parapeito da janela acima da pia. Duas grandes espadas-de-são Jorge estão dentro de vasos brancos na lateral da porta que dá para a varanda. Uma figueira no canto. Suas folhas e galhos ocupam uma área grande da sala de estar. Na cozinha, há uma fritadeira e uma cafeteira sobre o balcão. Devo gostar de café e também de praticidade. Está tudo tão arrumado e limpo que parece que tenho muito orgulho da minha organização.

– Maya está perguntando como você está – Robbie diz.

– Diga que estou bem.

Ele digita a mensagem depressa e a envia.

– Ela vai chegar amanhã de manhã pra ficar com você enquanto estou no trabalho.

Concordo e sigo para o corredor, explorando a minha casa. Meus dedos deslizam pela parede bege. A primeira porta à esquerda é o banheiro. É bem pequeno, com um vaso, uma pia e um chuveiro. A próxima porta dá num cômodo em que há uma máquina de lavar e uma secadora. A porta à direita dá em um quartinho que parece um escritório improvisado. Há uma escrivaninha, uma cadeira, uma esteira ergométrica e uma poltrona, com uma estante alta de livros atrás. Eu me aproximo e pego vários livros. Quase todos romances. Devo ter desejado muito o amor, e só o encontrei nos livros até semana passada. Também há vários livros de aperfeiçoamento pessoal de diversos assuntos, de amor-próprio a hábitos saudáveis. E me pergunto o que ela... quer dizer, eu estava buscando melhorar.

No final do corredor fica a suíte. A cama *queen* está arrumada com travesseiros de diferentes tamanhos, em tons de branco e bege. Há uma manta esticada na parte de baixo, com uma bandejinha de madeira em cima dela. Sobre a bandeja, há uma caixa de lenços, controles remotos, um aromatizador de ambientes e uma vela. Sou muito organizada, e tudo o que se vê tem um propósito, como se eu usasse o espaço de forma bastante intencional. Do outro lado da cama, há uma grande televisão de tela plana pendurada na parede. E me pergunto a que eu gosto de assistir. Abaixo da TV, há uma cômoda comprida de madeira, pintada de verde-esmeralda. Acho que posso presumir que minha cor favorita é verde, ou, para ser mais exata, esmeralda. Corro os dedos pela superfície do móvel. Está enfeitado com uma caixa de joias, vários frascos de perfume organizados numa bandeja dourada e dois porta-retratos. Um mostra Robbie, Maya e eu. Estamos empacotados com roupas de frio, sorrindo para a câmera, e Robbie está com o braço esticado. Na outra foto, estou entre duas pessoas – um homem e uma mulher de mais idade. Pego o porta-retrato para observar a imagem mais de perto. Sou parecida com eles. Tenho o nariz arrebitado, maçãs do rosto altas e cabelo loiro, como a mulher. Já os olhos verdes e as sobrancelhas arqueadas são do homem.

– Ei – Robbie diz.

Ao me virar, deparo com ele parado na porta.

– São meus pais? – Mostro a foto para ele.

– Sim. – Ele olha para os pés e depois para mim. Vejo um brilho em seus olhos azuis e seus lábios se comprimem em uma linha reta.

– Onde eles estão?

Acho que já sei a resposta. Não importa se tenho lembranças ou não, algumas coisas a gente só sente. É como se as memórias deles existissem no meu coração também. Há uma dor ali, uma dor bastante incômoda. Acho que sempre esteve ali, mas só a estou percebendo agora. É como se tivesse aprendido a viver com ela.

– Sinto muito, Peyton. – Ele esfrega a mão testa e solta um suspiro, como se não quisesse ser o portador da notícia. – Eles morreram.

As palavras são um soco no estômago, rápido e repentino. Sem as lembranças, só há a dor. Olho para a foto mais uma vez, absorvendo o rosto sorridente dos dois, guardando-os na memória – ou melhor, nas minhas novas memórias. Coloco o porta-retrato de volta no lugar e fico parada por um instante, esperando o soco no estômago abrandar. O que não acontece. A dor ainda está ali. Está ali há muito tempo. Não é sempre agonizante, mais como uma pontada.

– Faz quanto tempo?

– Você tinha 18 anos.

Meu lábio estremece. Pisco várias vezes, tentando lutar contra as lágrimas.

– Como eles morreram?

– Em um acidente de carro. – Robbie se aproxima e fica perto o suficiente para que eu sinta sua presença, mas longe o bastante para me dar espaço. É como se soubesse do que preciso. – Você está bem?

– Não sei. – Enxugo os olhos com a manga do cardigã.

– Tem um banheiro ali – ele diz, apontando para a porta fechada ao lado da televisão.

– Obrigada. Só preciso de um momento.

Vou até o banheiro e fecho a porta. O cômodo é amplo, com um chuveiro e uma jacuzzi. Há velas em um canto, junto com um pote de sais de banho. Outra porta dá num grande *closet*, no entanto não entro. Jogo água no rosto e o seco com uma toalha. Observo a mulher olhando para mim no espelho e solto um suspiro pesado.

– Quem é você? – sussurro para o reflexo.

Meu cabelo comprido está preso num rabo de cavalo alto. Nem sei se esse cabelo é meu. O mesmo vale para os olhos verdes com pontinhos amarelos me encarando de volta. Solto o cabelo e ajeito algumas mechas e fios mais curtos para cobrir os hematomas e os cortes no topo da minha cabeça. E me pergunto se vão sarar um dia. Se eu também vou.

Ao lado da pia, há uma caixa de plástico transparente abarrotada de maquiagem e produtos de cuidados com a pele. Passo hidratante no rosto, seguido de uma base, na esperança de que isso disfarce a palidez da minha pele. Mas acho que ela vem de dentro. Passo rímel nos cílios, aplico um *blush* rosa e brilhante nas bochechas e um protetor labial de frutas vermelhas na boca.

Não me sinto nem um pouco diferente, mas pelo menos estou mais corada. Não quero parecer que acabei de ressuscitar do mundo dos mortos. Viro o rosto de um lado para o outro, observando cada centímetro, tentando me familiarizar com minha própria face. Captei alguns breves reflexos de mim nos retrovisores durante a viagem. Foi chocante ver um rosto que eu não conhecia. Era como se eu estivesse usando uma máscara. Mas não, sou eu, quem quer que seja. Abro um sorriso tão largo que os cantos dos meus olhos se enrugam, revelando duas fileiras de dentes brancos e retos. Passo a língua nos dentes de cima. Será que usei aparelho? Franzo as sobrancelhas, faço cara de brava, depois retomo a expressão neutra. Abro um pouco os lábios, relaxo os músculos. Sou Peyton, contudo, sem saber quem ela é, isso não significa nada. São só palavras, sem nenhum contexto.

Penso em ir até o *closet* para dar uma olhada nas roupas e ter uma noção do meu estilo. Mas o que eu costumava vestir não pode revelar quem sou. Encontro Robbie na cozinha pegando comida da geladeira e da despensa. Esse lugar parece mais dele do que meu.

– Você está bem? – ele pergunta.

– Eu estava bem antes do acidente?

Sei que é uma pergunta estranha, e torço para que ele entenda por que estou perguntando.

– Sim, estava.

Ele entende. Balanço a cabeça e abro um sorrisinho.

– Então acho que estou bem agora.

Sento-me em um dos bancos alinhados junto ao balcão da ilha e observo Robbie se mover pelo espaço. Dá para ver que não é a primeira vez que ele cozinha aqui, porque sabe onde ficam as coisas. Ele joga um pouco de manteiga e alguns pedaços de pão em uma frigideira, que chiam enquanto fritam. Depois, corta meio abacate e algumas fatias de queijo de um bloco de cheddar.

– O que está fazendo?

Ele para e olha para mim.

– Sanduíches.

– Sanduíches?

– Não é qualquer sanduíche, é sanduíche *gourmet*. Pão de fermentação natural na chapa com *aioli sofrito*, recheado de peru assado, cheddar envelhecido por dois anos, cebola em conserva e pimenta, abacate e brotos de ervilha. – Ele joga um pano de prato no ombro e coloca os brotos numa peneira.

Minha boca já está salivando, e não sei nem por quê. Bem, na verdade eu sei. Passei os últimos quatro dias me alimentando por um tubo, então qualquer coisa sólida que eu possa mastigar me parece incrível. Apoio os cotovelos na bancada e o queixo nas mãos.

– E eu já comi esse sanduíche *gourmet* antes?

– Várias vezes. Você diz que é seu favorito. – Robbie lava os brotos na torneira e vira rapidamente os pedaços de pão na frigideira.

– Acho que posso lhe contar se ainda for – provoco.

Ele dá risada.

– Acho que sim.

Ele tira os pães, passa *aioli* nas fatias e empilha todos os ingredientes, fechando o sanduíche com outra fatia de pão; então, corta-o na metade e serve-o em um prato.

– Vamos ver se ainda levo jeito.

Meu estômago ronca quando pego uma metade e dou uma mordida. Uma multidão de sabores explode na minha boca: picante, doce, azedo e herbáceo – todos combinando perfeitamente.

– E aí? – ele pergunta.

Limpo os cantos da boca com um guardanapo e balanço a cabeça em um gesto afirmativo.

– Ainda é meu favorito.

Ele junta as mãos, encantado.

– Era exatamente o que eu estava precisando, obrigada – digo, dando outra mordida.

– De nada – ele fala, finalizando a montagem do próprio sanduíche. – Quer comer lá na varanda?

Olho para a porta de vidro que dá para a parte externa. Há um sofá, uma cadeira, uma mesinha e várias plantas. Eu estava certa. Devo passar bastante tempo ali.

– Sim, eu adoraria.

– Ótimo. Vou só lavar as mãos e encontro você lá.

Sento-me no sofá e continuo comendo. Os vasos estão cheios de flores murchas. Com a mudança de estação, elas vão morrer e renascer na primavera, vibrantes outra vez. Será que se lembram das vidas anteriores, das estações que passaram florescendo antes de murchar e adormecer? Ou são como eu, acordando sem passado, apenas com o futuro diante de si?

Olho a rua pela varanda e vejo várias pessoas passeando com o cachorro ou empurrando carrinhos de bebê. Algumas estão mexendo no celular, outras observam a vizinhança, apreciando as cores outonais.

A porta se abre com um rangido e Robbie entra com uma manta no ombro, um prato de comida em uma mão e duas garrafas de água apertadas entre o antebraço e o peito. Ele se inclina e eu pego as garrafas. Depois, ele se senta e ajeita o cobertor sobre nós.

– Está gostoso aqui fora – digo.

– É por isso que você queria um espaço externo privativo.

– Acho que eu já sabia disso. – Mordo meu sanduíche, mastigando devagar e saboreando cada pedaço.

Seus olhos se demoram em mim por um instante antes de ele começar a comer. Ficamos ali sentados em silêncio, comendo o sanduíche e bebendo água, ouvindo uma mistura de sons da cidade e da natureza. Há o tráfego da avenida principal no final da rua. Os carros passam fazendo barulho. Um pássaro canta e uma brisa agita os galhos e as folhas caídas. As buzinas são intermitentes. Um cachorro late ao longe. De alguma forma, todos os sons se misturam perfeitamente.

– Como está se sentindo? – ele pergunta.

Acho que Robbie vai continuar perguntando até eu lhe dar a resposta verdadeira. Algo com mais substância do que só "Estou bem" ou "Estou ótima". Dou um gole na água, tentando pensar no que dizer.

– Confusa. Triste. Curiosa. Frustrada. Com raiva. Preocupada. Ansiosa. Acho que essas são algumas das emoções que estou sentindo. – Dou de ombros e coloco o prato na mesa. Ainda sobrou um pouco do sanduíche, porém, por algum motivo, não quero mais. Talvez seja difícil demais engolir qualquer coisa agora.

– Totalmente compreensível – ele diz. – Mas acho que você vai voltar ao normal rapidinho.

Viro a cabeça para Robbie e observo o rosto dele. Será que ele acredita mesmo nisso ou está só sendo otimista?

– Por que você acha isso?

Ele junta as sobrancelhas enquanto me encara.

– Porque você é Peyton. Você é a pessoa mais forte que conheço.

– Não me sinto muito forte.

– Mas você é.

– Está tentando fazer eu me sentir melhor?

– Não, é sério. – Ele enfia o último pedaço do sanduíche na boca e mastiga, contente.

– Pode comer o meu. – Gesticulo indicando o prato.

O canto dos lábios dele se curva para cima.

– Você não mudou nada.

– Como assim?

– Você sempre deixa as duas últimas mordidas da comida no prato, então eu sempre como. – Robbie pega o resto do meu sanduíche e o atira na boca.

Franzo as sobrancelhas.

– Sério?

– Sim – ele diz, limpando as mãos.

Saber que algumas partes de mim ainda estão aqui é reconfortante. É como se eu ainda fosse eu, mesmo que não me lembre de quem sou. Recosto-me na almofada e fico vendo o sol se esconder no horizonte. O céu começa a escurecer e um conjunto de luzinhas enroladas ao longo da grade da varanda pisca. Robbie pega nossos pratos e se levanta.

– O que quer fazer agora?

Olho para ele e sorrio.

– Quero assistir àquele filme que Maya recomendou. Aquele pelo qual ela daria tudo só pra ver pela primeira vez.

– *O sexto sentido*? – Ele assente e dá risada. – Bora!

*

– O quê? – Dou um pulo, quase derrubando a tigela de pipoca. – Ele estava morto esse tempo todo?!

Robbie pausa o filme. O rosto perplexo de Bruce Willis preenche a tela. Saio andando pela sala com as mãos na cabeça. Robbie pega a tigela e enfia pipoca na boca enquanto ri.

– Isto é mais chocante do que quando percebi que não tinha memória hoje. – Também dou risada.

– Não sei, não – ele fala, sorrindo.

– Você ficou assim surpreso da primeira vez que viu o filme?

– Ah, sim. A maioria das pessoas fica.

– Incrível. Queria poder assistir pela primeira vez de novo.

– Bem, tecnicamente você teve duas primeiras vezes. O que é uma sorte, se quer saber. – Ele pega uma pipoca que caiu na camiseta e a atira na boca.

Eu me jogo no sofá ao lado dele, colocando os pés na mesinha de centro.

– Obrigada por assistir de novo comigo.

Robbie vira a tigela para mim, e pego algumas pipocas.

– Sempre que quiser. – Ele se inclina para a frente e coloca a tigela na mesa. – Pronta pra encerrar a noite?

Lanço mais uma pipoca na boca e limpo as mãos.

– Sim, acho que é melhor descansar dos quatro dias de coma – brinco.

Ele dá risada e se levanta.

– Pedi um celular novo pra você. O seu não estava ligando. Vai chegar amanhã.

– Obrigada. Você precisa de cobertores e travesseiros? – Não sei onde eles estão, a não ser os que estão na minha cama, mas pergunto mesmo assim.

– Sim, vou pegar. – Ele leva a tigela para a cozinha, joga as sobras no lixo e a coloca no lava-louça.

É quase meia-noite, mas não estou nem um pouco cansada. Apesar disso, eu deveria tentar descansar. E talvez, só talvez, acorde com minha memória de volta amanhã. Robbie coloca um copo de água e alguns remédios no balcão.

– Não se esqueça de tomar os remédios – ele me lembra.

Vou até a cozinha.

– Não sei o que eu faria sem você – falo, colocando os comprimidos na boca junto com a água. Engulo e solto um suspiro refrescante. – Hum.

Robbie sorri com os lábios comprimidos. Observo-o atentamente, noto os olhos vermelhos e a pele sem viço. E me pergunto se ele dormiu enquanto eu estava no hospital esta semana. Será que ficou acordado à espera de que eu saísse do coma? Não conheço Robbie, ou pelo menos não me lembro dele, porém meu amigo parece o tipo de pessoa que faria isso.

– Precisa de mais alguma coisa? – ele pergunta.

Quase respondo: minha memória. Mas, em vez disso, só lhe dou boa-noite.

CAPÍTULO 5

Meus olhos se abrem de repente, e levo um tempo para me localizar, entender que estou deitada na minha própria cama, e me lembrar de que sofri um acidente e que perdi a memória. Sou Peyton Sanders. Tenho dois melhores amigos, Robbie e Maya. E tenho três namorados. É isso.

Levanto a cabeça e fico olhando para o despertador na mesinha lateral. Os números brilham, vermelhos: 6h15 da manhã. Penso em ficar deitada mais uma hora, mas, antes mesmo que eu me dê conta, meus pés já estão pisando com firmeza no tapete branco e felpudo. Eu me apoio na lateral da cama para me equilibrar e garantir que não vou cair. Em um minuto, minha cabeça está ótima e, no minuto seguinte, parece pesada demais, como se tivesse uma bola de boliche em cima dela.

Vou até o banheiro, jogo água no rosto e fico encarando o meu reflexo. Mexo os lábios de um lado para o outro e franzo o nariz, tentando me acostumar à mulher que me olha de volta. Ela está ficando um pouco mais familiar. Passo diferentes produtos na cara, escovo os dentes e penteio meus cabelos compridos – enquanto isso, decido enfrentar essa situação com uma postura positiva. Não posso mudar o que aconteceu. Não posso obrigar minha memória a voltar. Tudo o que posso fazer é aceitar o novo começo. Sim, é assim que vou chamar: novo começo. Sorrio para o meu reflexo e concordo com a ideia.

– Você é Peyton Sanders. Você é... – Estreito os olhos. – Loira e... – Murcho um pouco e respiro fundo. Ajeito os ombros, olho diretamente para o espelho e continuo: – Você é Peyton Sanders. Esse é o seu nome. O resto, bem, vamos descobrir. Este é o primeiro dia do resto das nossas vidas.

Certo, é o suficiente por agora. Junto as mãos.

Sigo para o *closet* e escolho uma camisa xadrez, uma blusinha branca e um *jeans skinny* levemente rasgado. Depois de me vestir, calço tênis e pego uma nota amassada de vinte dólares na gaveta da mesinha de cabeceira. Atravesso o corredor na ponta dos pés, me esforçando para não fazer barulho. A casa está silenciosa e escura, a não ser pelos raios de sol que se infiltram pelas janelas da sala. Robbie está dormindo no sofá. O cabelo está todo bagunçado e os lábios estão parcialmente abertos. Uma perna está dobrada e a outra esticada, com o pé apoiado no braço. No mesmo instante, eu me sinto mal por ele. Robbie é alto demais para dormir no sofá. Penso em acordá-lo, mas me lembro de como ele estava cansado na noite passada. Então cubro-o, puxando o cobertor até os ombros.

Na cozinha, encontro um bilhete ao lado de um copo de água e alguns comprimidos. Ele escreveu: "Caso você acorde antes de mim – Robbie". É como se meu amigo soubesse que eu ia mesmo acordar cedo.

Engulo os remédios e bebo um gole d'água. Certo, e agora? O que eu faço? Olho em volta da cozinha e da sala, à procura de alguma coisa para ocupar meu tempo. Quando nada me vem à mente, decido sair para caminhar. O ar fresco vai me fazer bem. Desço as escadas, abrindo e fechando a porta com cuidado.

Respiro o ar frio antes de descer as escadas do alpendre e atravessar o jardim até o portão. Olho para a esquerda e para a direita. A rua é igual de ambos os lados, com predinhos geminados como o meu e árvores ladeando o asfalto. Não sei direito para onde estou indo, mas sigo para a esquerda e, no final da rua, viro à direita. A cidade está silenciosa, como se ainda não tivesse acordado direito. Passarinhos cantam. Um esquilo atravessa a calçada na minha frente.

Este é o meu bairro. É onde escolhi morar. Eu devo curtir a cidade, entretanto parece que gosto de estar perto o suficiente para senti-la, e longe o suficiente para também curtir a vegetação e a natureza. Viro em uma avenida de quatro pistas chamada Division. Pequenas lojas, bares, restaurantes e cafeterias ocupam os dois lados da rua. Algumas sorriem para mim e retribuo. Eu me pergunto se estão apenas sendo educadas ou se me reconhecem. Será que costumo fazer caminhadas? Já vi essas pessoas antes?

Uma placa na vitrine de um café chamado Fox Trot chama minha atenção. Com letras coloridas, leio as seguintes palavras: "Venha se aquecer com um *macchiato* de caramelo". Perfeito. Lá dentro, sou cumprimentada por uma mulher ruiva um pouco mais nova do que eu, com o rosto cheio de sardas.

– Bom dia, Peyton. O de sempre?

Eu a encaro, obrigando os cantos da minha boca a se curvarem para cima. A mulher não sabe que eu não sei quem ela é, e acho que gosto disso. Do jeito como está me olhando.

– Na verdade, vou experimentar algo diferente hoje. Vou querer um *cold brew* e...? – Faço uma pausa para dar uma olhada no grande cardápio acima dela. – Um bolinho de mirtilo.

Ela me olha confusa e depois dá risada.

– O que foi? – pergunto.

– Está me zoando, Peyton? Isso é o que você pede sempre.

Solto uma risada forçada e me justifico dizendo que estava brincando. Ela pega a nota amassada e me entrega o troco.

– Só um minuto – ela diz, virando-se para servir o café.

O espaço é fofo e pitoresco, com prateleiras de vinho, vitrines cheias de salgadinhos e uma parede de geladeiras repletas de bebidas, refeições e ingredientes para preparar aperitivos na hora. Não acredito que vim parar no lugar que costumo frequentar, e não só isso: pedi a mesma coisa de sempre. É como se, no fundo, eu soubesse quem sou, só não consigo me lembrar. Mas ela está ali. Então preciso confiar em mim mesma, apesar de não saber quem ela é. De algum jeito, encontrei este café. Foi o primeiro em que entrei, e pedi os itens costumeiros. Isso deve contar alguma coisa. Deve ser um progresso. Ela entrega o meu café e meu bolinho de mirtilo e me deseja um bom-dia. Digo o mesmo e saio. Não tem vento hoje. O sol está brilhando e não há uma nuvem sequer no céu para bloquear seus raios. Sento-me numa das mesinhas montadas do lado de fora e desembrulho meu bolinho. Pego um pedaço e o enfio na boca.

– Oi, Peyton – alguém fala com voz calorosa e simpática. Levanto a cabeça e deparo com uma senhora usando um suéter colorido de lã e *jeans* folgados. O cabelo cacheado e grisalho está preso no topo, e algumas mechas soltas emolduram seu rosto. Os olhos são brilhantes e bondosos e parecem já ter vivenciado muitos altos e baixos. O pescoço e as orelhas estão enfeitados com bijuterias coloridas. Ela empurra os óculos no nariz e sorri. – Andei tentando falar com você.

Mastigo mais do que o necessário, transformando o bolinho em uma papa. Não sei o que dizer, então só falo:

– Desculpe. Meu celular não está funcionando.

Gosto de como ela me olha; me lembra a garçonete do café, porém de um jeito mais carinhoso, como se soubesse mais sobre mim do que o que eu costumo pedir para comer.

– Ahhh, entendi. Bem, como você sabe, passei a semana fora da cidade para um funeral. Cheguei em casa tarde ontem. – Ela contorce os lábios.

– Sinto muito – digo, sabendo que é isso o que as pessoas dizem nessas situações, independentemente de quão bem nos conhecemos.

– Eh. – Ela mexe o pulso. – Você sabe que eu não gostava dela. Era uma parente distante, mas uma P-U-T-A próxima. – Ela dá risada.

Sorrio com os lábios comprimidos.

– Mas pude ver meus netinhos. Desde que Jason se mudou com a família para a Flórida, a gente não se vê tanto quanto gostaria. Vai ficar aqui mais um pouco?

– Sim, mais um pouco.

– Ótimo, vou me juntar a você. Só vou pegar um café e algo pra comer. – Antes mesmo de abrir a porta, ela já está acenando para o caixa pela janela. Está claro que também é frequentadora deste lugar. Mas não sei quem é. Talvez a gente tenha se conhecido aqui.

Será que devo lhe contar sobre o acidente e a amnésia? Maya publicou aquela foto no meu Instagram, mas, pela idade dessa mulher, acho que ela não usa o aplicativo. Se ela não sabe, será que finjo ser a mesma Peyton da semana passada? É bom ter alguém me olhando como se não houvesse nada de errado comigo. Robbie, Maya e até aqueles homens me olham de um jeito solidário. Sei que não é intencional, mas é assim. Não quero a solidariedade deles. Só quero que as pessoas falem comigo, me olhem e me tratem como fariam antes do acidente. A senhora empurra a porta com o quadril e sai segurando uma bebida e uma sacola marrom de papel. Ela se senta na minha frente e tira um bolinho de mirtilo da embalagem.

– Peguei o último – ela fala, satisfeita.

Como mais um pedaço.

– Boa.

– E aí? Faz um tempo que não nos falamos. Tem alguma novidade? – Ela ergue as sobrancelhas grossas e bebe o café quente com cuidado.

Novidade? O que ela quer saber? De onde a conheço e qual é seu nome? Será que eu trabalho com essa senhora? Será que é minha chefe? Não, minha chefe está sabendo do acidente, segundo Maya. Então não pode ser. Eu podia contar logo o que aconteceu, porém estou gostando de verdade da forma como ela me olha, como se eu fosse uma pessoa completa, e não uma coisa quebrada precisando de conserto.

– Qual foi a última novidade que contei pra você? – pergunto, batendo o dedo no queixo.

– Semana passada você disse que ia terminar com um dos rapazes com quem estava saindo porque ele acabou se mostrando diferente do que você pensava. E aí, terminou? – Ela saca um garfo da bolsa e o espeta no bolinho, cortando um grande pedaço.

Certo, então somos próximas. Eu lhe conto coisas pessoais, tipo com quem estou saindo. Mas espere um pouco. Eu ia terminar com um dos rapazes? Por quê? E com qual deles? Ah, Deus! Isso está ficando cada vez mais complicado. Era para ser fácil. Um garoto conhece uma garota. O garoto e a garota se apaixonam. O garoto e a garota se casam. Fim da história. Mas não, a minha história não. A minha contém amnésia, um *boy* lixo disfarçado, mais de um *boy* e uma alma gêmea. E se eu acabar escolhendo o homem com quem eu ia terminar? E se minha memória voltar só depois? Quando já estivermos noivos ou casados? Preciso saber mais.

– Ah, sim. Teve isso. Eu contei o que ele fez? – Faço a pergunta com um sorrisinho, torcendo para que ela não perceba minha confusão ou falta de memória.

Ela me olha de um jeito estranho, no entanto sorri de volta.

– Parece que você descobriu umas mentiras. Nada de mais, mas foi um sinal vermelho, como dizem hoje em dia. Como lhe disse, se alguém mente por alguma coisinha, não vai ter problema em mentir por alguma coisa mais séria.

Então quer dizer que tem um mentiroso entre os três. Quem será? Todos pareceram tão legais! Tyler, o *boy* da construção, era engraçado e pé no chão. Shawn, o consultor, era inteligente e charmoso. Nash, o *chef*, era atencioso e gentil. Eles pareciam os melhores da safra, entretanto, agora, não tenho apenas que descobrir qual deles eu amo, mas também qual é o mentiroso. Bebo meu café gelado, pensando em como fazer isso sem cometer nenhum erro.

– É verdade. Uma vez mentiroso, sempre mentiroso.

Ela assente.

– Exatamente. Meu primeiro marido era mentiroso. Ele só não mentia quando estava dormindo, e, mesmo assim, juro que sonhava com mentiras pra me contar. – Um sorrisinho malicioso se espalha pelo rosto dela.

Dou risada, e ela também. Tem algo acolhedor nela que eu adoro, e me pergunto como foi que essa senhora entrou na minha vida. Conversar com ela é como receber um abraço, apesar de estarmos sentadas e de haver uma mesa entre nós. Essa mulher é importante para mim, posso sentir. Vejo em seus olhos vibrantes, em seu sorriso contagioso e no jeito como ela me olha.

– Ainda preocupada com o pacto antenupcial?

Franzo as sobrancelhas e relaxo logo em seguida, me ocupando em mastigar um grande pedaço do bolinho.

– É – digo, apreensiva, porque não faço ideia do que ela está falando.

Fiz um acordo matrimonial. Quem é que faz isso? Quem sou eu, uma personagem de um filme romântico? Deve ser alguma piada. Ou será que ela está falando de algum filme ou livro?

Ela olha para o relógio.

– Bem, você tem menos de duas semanas pra resolver isso.

Engulo com força, mas sinto o bolinho preso na garganta. Bebo mais café, tentando fazê-lo descer. O que quer a fala dela signifique, ficou entalado. Menos de duas semanas para resolver o quê? Isso não pode estar acontecendo. A amnésia. Os vários caras. Um pacto de casamento. O que é isso? Enredos diversos enfiados na minha vida de uma só vez? O que vem depois? Namorar de mentira ou dividir minha cama? Solto um suspiro e fecho os olhos por um instante, torcendo para que minha memória volte logo.

– O que foi? – ela pergunta.

– Só é coisa demais.

– É a vida. Se não fosse demais, não valeria a pena.

– É – respondo.

– Acho legal você e Robbie terem feito esse pacto quando tinham o quê? Uns 19 anos, não era? Lembro-me de que, quando você me contou, no começo pensei que você tinha ficado maluca. Mas eu vi o que aconteceu com você. O pacto a ajudou. Você andava preocupada de acabar sozinha porque só saía com rapazes que não eram legais. Daí você e Robbie concordaram que, se não estivessem casados nem noivos nem em um relacionamento sério até os 32 anos, vocês ficariam juntos. Então os "e ses" derreteram. Você deixou o medo e a ansiedade pra lá. – Ela me olha carinhosamente.

Fiz um pacto de me casar em menos de duas semanas com o Robbie? Não, não pode ser verdade. Ele é meu amigo, e não comentou nada sobre isso. Se bem que acho que seria demais contar a uma mulher com amnésia que ela concordou em ficar com você se não estivesse num relacionamento sério com alguém em menos de duas semanas. Mas, pensando bem, ele falou que não achava uma boa ideia eu sair com aqueles caras. Ele disse para eu esperar até estar melhor. Talvez só estivesse tentando ganhar tempo para podermos cumprir o pacto. Será que ele é um sabotador? Não, ele não faria isso. Robbie prepara sanduíches para mim. Sabotadores não fazem sanduíches.

– Mas a gente não vai fazer isso de verdade – digo, estreitando os olhos. Estou falando sério. Eu nunca faria algo tão bobo.

– Por que não? Vocês concordaram, e devemos cumprir nossas promessas.

– Sim, mas isso é ridículo. Não podemos ficar juntos porque decidimos isso mais de uma década atrás, quando éramos praticamente crianças. E 32 anos nem é muito. – Eu me recosto na cadeira e bebo meu café.

– Eu nunca disse que era. Falei que vocês eram jovens demais naquela época. Mas os jovens de 19 anos olham para os de 32 como se fossem múmias. Nessa idade, o cérebro não está todo desenvolvido, então dá pra entender. O que Robbie acha desse pacto? – Ela inclina a cabeça e abre um sorriso.

– Eu... não falei com ele sobre isso.

Porque ele não me falou nada a respeito. Mas não falo essa parte em voz alta.

– PEYTON! PEYTON! – uma voz grita à distância. Reconheço-a imediatamente. É Robbie. Sua orelha devia estar coçando.

Viramos a cabeça na direção dos gritos. Ele surge de camiseta branca e calça do pijama, correndo a toda velocidade. Seu cabelo se agita e seu rosto está vermelho feito uma beterraba. Quando me vê, Robbie para de gritar meu nome, diminui o ritmo e passa a caminhar, ainda apressado. Uma expressão de alívio toma conta dele. Ao chegar à mesa, ele praticamente tomba, ofegante, tentando recuperar o fôlego.

– Oi, Robbie. A casa está pegando fogo? – a mulher na minha frente pergunta, cheia de sarcasmo.

Ele a olha confuso.

– O quê? Não, só estava procurando Peyton. Desculpe, Debbie.

Debbie. Finalmente sei o nome dela. Repito-o silenciosamente várias vezes para guardá-lo na memória. A minha nova memória.

– Que jeito mais dramático de procurar alguém. – Debbie dá risada. – E ainda de pijama. – Ela o olha de cima a baixo. – Onde estão seus sapatos? – ela o repreende, com os lábios comprimidos.

Constrangido, ele coloca um pé sobre o outro, em uma tentativa de se cobrir. Eu devia ter deixado um bilhete ou algo assim, porque, ao acordar e não me encontrar em casa, ele deve ter entrado em pânico. Pensando bem, é Robbie quem está escondendo segredos de mim. Segredos dos grandes, que envolvem casamento e relacionamento, ou o que quer que tenha sido o pacto que fizemos. Estreito os olhos para ele, que me olha perplexo, sem entender por que estou agindo assim.

– Peyton não estava em casa quando acordei, então fiquei preocupado – Robbie diz, olhando para Debbie e depois para mim.

– Ah, então quer dizer que vocês estão firmando o pacto mais cedo? – ela indaga com uma voz sedutora.

– O quê? – ele pergunta, apontando para mim. – Não, é por causa da...

Um celular toca, interrompendo-o. Debbie pega a bolsa e encerra a conversa.

– Preciso atender. Eu me inscrevi naqueles negócios que retornam a chamada com algum robô, pra não ter de esperar para sempre. – Ela se levanta da cadeira e gesticula para que Robbie se sente. – Vai demorar um pouco, então vejo vocês em casa. Pode ficar com o resto do meu bolinho. – Ela leva o celular ao ouvido e acena enquanto se afasta.

Em casa. Ah, então Debbie é a mulher que mora no apartamento debaixo do meu. É a minha locatária. As peças do quebra-cabeça estão finalmente se encaixando... bem, mais ou menos, porque é como se eu tivesse colocado as peças e visse que ainda há um monte delas faltando.

Robbie se senta à minha frente. Seus olhos apertados me dizem que ele está bravo, e espero que perceba que também estou. Robbie come o bolinho de Debbie e me encara.

– Por que não me acordou? – ele pergunta.

Cruzo os braços.

– Porque queria deixar você descansar.

– Por que não deixou um bilhete?

– Não percebi que precisava fazer isso.

– Não precisava, na verdade. – Ele franze as sobrancelhas. – Só teria sido legal. Fiquei muito preocupado com você, ainda mais com tudo o que...

Interrompo-o:

– Certo, mas estou bem – digo, bebendo o resto do meu café.

Ficamos em silêncio. Ele come o bolinho enquanto eu o encaro, à espera de que me conte sobre o pacto antes que eu tenha de perguntar.

Inclino a cabeça.

– Então você não ia mesmo me contar desse pacto?

Ele enfia outro pedaço de bolinho na boca.

– Pacto?

– De casamento ou relacionamento ou o que quer que seja esse pacto.

Ele mastiga depressa, engole e depois solta uma risada.

– É por isso que você está agindo assim?

Faço que sim.

– Espere. Era disso que Debbie estava falando? Do pacto? – ele pronuncia a palavra como se fosse um faz de conta, uma espécie de unicórnio.

– Sim. Parece que eu falei do pacto pra ela semana passada porque o prazo está se aproximando.

Ele abafa outra risada.

– E por que você foi falar disso?

– Sei lá, Robbie. Não me lembro de nada.

Ele solta um longo suspiro.

– Eu sei. Foi mal. Eu só quis saber por que você quer falar disso como se fosse algo importante. Foi só um pacto bobo que fizemos na universidade. Não vamos cumprir.

– Foi isso que pensei, até me lembrar de que você não queria que eu saísse com nenhum daqueles caras que apareceram no hospital. Você disse pra eu esperar minha memória voltar. Pra me concentrar na minha recuperação. Por quê?

– Porque eu queria que você melhorasse.

Arqueio a sobrancelha, desconfiada.

– Ou você estava querendo ganhar tempo para que o pacto fosse cumprido, sabotador. – Pego o copo vazio e fico em pé. Dou as costas para ele e saio andando pela calçada.

– Peyton, espere. Não é assim – ele diz.

Olho por cima do ombro e vejo-o enfiar o resto do meu bolinho na boca. Ele não consegue se segurar mesmo. Depois, Robbie sai atrás de mim, jogando o lixo em uma lixeira no caminho. Aperto o passo. Sei que devo estar exagerando, mas ele não me contou nada sobre isso, o que deveria ter feito, já que não me lembro de nada. Poderia ter dito algo como "Ei, Peyton, você tem três namorados e, bem, você e eu concordamos em ficar juntos se não tivéssemos um relacionamento sério até os 32 anos, o que vai acontecer em duas semanas, então é melhor escolher alguém". Isso teria sido suficiente. Eu teria falado "Legal, deixe-me acrescentar isso à lista". MAS ELE NÃO ME FALOU NADA.

– Peyton!

Ignoro-o e sigo em frente. No cruzamento, viro à direita.

– Aonde você está indo? – ele grita.

– Para casa.

– Você errou o caminho.

Paro de repente, batendo os pés no chão. Não consigo nem fazer uma saída dramática. Solto o ar, nervosa, dou meia-volta e caminho na direção dele relutantemente.

– Por favor, podemos conversar? – ele implora.

– Claro. Fale.

Paro na frente dele e coloco a mão no quadril. Estou mostrando bastante reação para alguém sem memória, e não faço ideia de onde isso está vindo.

– Eu tinha me esquecido do pacto – ele diz, abaixando o queixo.

Arregalo os olhos.

– O quê? Como é que pôde se esquecer de uma promessa que fez pra mim?

Acho que estou mais chateada do que brava. Eu tenho amnésia e por isso não me lembro de nada, mas qual é a desculpa dele? Robbie tem um cérebro que funciona muitíssimo bem.

– Não achei que estivéssemos falando sério naquela época, e juro que continuo achando isso. Na verdade, estou surpreso por você ter se lembrado. Quero dizer, antes de perder a memória. – Ele me encara como se estivesse procurando o motivo de eu ter mencionado o pacto para Debbie, pra começo de conversa. Mas a resposta não está ali, porque eu também não sei.

O semáforo de pedestres abre e eu atravesso a rua. Robbie fica para trás, porém logo me alcança. Caminhamos lado a lado.

– Não entendi por que você está brava – ele diz.

Eu também não. Contudo não falo nada. Só continuo andando, tentando organizar meus pensamentos e sentimentos. Fiquei brava quando pensei que ele se lembrava do pacto e não me contou. Agora, Robbie está dizendo que não se lembrava e... estou chateada. Deve ser isso. Como é que eu me lembrava e ele não? Ouvir os outros contando coisas da minha vida é péssimo, mas, quando não contam, é pior ainda. Preciso poder confiar nas pessoas mais próximas, porque não posso confiar em mim mesma. Quando quase passo a rua de casa, ele segura minha mão e me conduz na direção certa. Depois a solta e caminha ao meu lado balançando os braços, esperando a minha resposta.

– Por que está brava?

– Porque você mentiu pra mim e se esqueceu do pacto, e acho que também está mentindo que se esqueceu do pacto – digo, abrindo o portão do jardim.

– O quê? Não faz o menor sentido.

Subo os degraus batendo os pés, atravesso a porta e subo a escada acarpetada. Ele deve estar certo. Posso não estar fazendo sentido, mas não é o que sinto. Na cozinha, pego um copo de água. Robbie aparece no topo da escada um momento depois.

– Faz todo sentido – digo. – Você não quer que eu saia com aqueles caras porque quer cumprir o pacto. – Olho para ele sobre a borda do copo.

Ele passa a mão pelo cabelo ainda bagunçado da cama (ou melhor, do sofá) e resmunga.

– Não é verdade, Peyton. Eu tinha me esquecido desse pacto estúpido. E, mesmo que eu me lembrasse, não ia tentar cumpri-lo. Você e eu nunca daríamos certo juntos, acredite em mim.

Abro a boca. *O que há de errado comigo? Ou com a gente?* Fecho-a e levanto o queixo. Estou magoada. Como é que Robbie sabe que não daríamos certo juntos? Como tem tanta certeza? Será que já ficamos antes? Foi um desastre? Quase arruinou nossa amizade? Ou será que não sou o tipo dele? Mordo o lábio inferior antes que ele comece a tremer. Nem sei de onde estão vindo todas essas emoções.

– Como assim? – pergunto.

– A gente não daria certo como casal. Somos amigos. Somos bons amigos, e eu não ia querer estragar isso por um pacto que fizemos quando tínhamos 19 anos. – Ele se apoia na bancada.

Estreito os olhos.

– Não acredito que você se esqueceu – digo, só porque não quero acreditar nele.

– Por que eu mentiria?

– Para acobertar seu plano e para sabotar, claro.

– Peyton, estou falando a verdade.

– Desculpe, Robbie. Não acredito. – Balanço a cabeça.

Ele tinha de se lembrar, porque eu me lembrava. Mas espere. Debbie disse que o pacto me ajudou. Que acalmou minha ansiedade e minha preocupação de nunca encontrar alguém para amar que me amasse de volta. É óbvio, o pacto era mais importante para mim do que para o Robbie.

Ele bufa e ergue as mãos.

– Vou falar uma coisa pra você – ele diz, olhando diretamente para mim. – Eu não concordei com esse negócio de você sair com aqueles caras porque queria que você melhorasse primeiro, mas estou de boa agora. Que droga, vou ajudá-la com os encontros. Vou investigar cada um deles. Vou participar de todo o ritual de fofoca que fizer com a Maya pra falar deles. Vou avaliar os prós e os contras. E vou garantir que saiba quem você ama até o seu aniversário, só pra que não se sinta pressionada a cumprir nosso pacto idiota. – Robbie solta um longo suspiro, sem nunca abandonar o contato visual. – Só quero que você seja feliz, e sei que você não vai ser se ficar pensando numa promessa que fizemos quando éramos adolescentes.

Levanto o queixo e o encaro, examinando seu rosto à procura de alguma pista.

– Está falando sério?

– Sim.

Ou ele não está mentindo, ou não tem pista nenhuma. Mas não sei o que é verdade e o que não é. Sem minha memória, tudo o que tenho são sensações sem nenhum contexto.

– Está bem – falo baixinho, porque não sei mais o que dizer.

Talvez Robbie tenha mesmo se esquecido do pacto e estivesse querendo o meu bem. Talvez essa coisa fosse tão importante para mim porque funcionava quase como uma rede de proteção, um plano de contingência.

Sei lá. Está tudo tão confuso na minha cabeça. Eu sei tão pouco, e está tudo misturado com o que não sei. Meu amigo estende a mão para mim. Olho para ela e franzo as sobrancelhas.

– O que foi? – pergunto.

– Vamos apertar as mãos e fazer um novo pacto.

– Qual é o novo pacto?

– Vou ajudá-la a descobrir qual deles você ama antes do seu aniversário.

Estreito os olhos.

– E o que você ganha com isso?

– Não preciso cumprir o antigo pacto.

Nós nos encaramos por um momento, como se estivéssemos em uma espécie de duelo.

– Tem certeza de que é o que você quer?

Ele assente e fala:

– Certeza.

Então estendo a mão, vacilante, e digo:

– Que bom.

E selamos o novo pacto.

CAPÍTULO 6

Robbie e eu estamos sentados nas extremidades do sofá assistindo a uma reprise de *Friends* na televisão. Para mim, é a primeira vez, mas ele disse que essa era uma das minhas séries favoritas. Ele está com o nariz enfiado no *laptop*, fazendo anotações em um bloco de papel, dividindo a atenção. Pensei que estivesse trabalhando, só que não. Está fazendo uma "pesquisa", como ele mesmo definiu – vasculhando as redes sociais e o Google e até procurando os antecedentes dos caras num esforço de me ajudar a escolher. Parece que está levando o novo pacto a sério demais. Até que acho fofo… do jeito dele.

A porta da frente se abre e fecha.

– Oiê – Maya fala cantarolando enquanto sobe as escadas.

– Oi – respondo.

Robbie está concentrado demais e não fala nada. Maya coloca a mochila no chão junto com várias sacolas de compras. Está vestida de um jeito bem diferente do que vi no hospital. Em vez de moletom, está usando um jeans *skinny* rasgado, uma blusa ombro a ombro e botas de cano alto. Adorei o estilo. Combina com sua personalidade atrevida e extrovertida. Ela pega uma caixa em uma sacola e a atira para mim.

– Estava na sua porta.

É da Verizon, então sei que deve ser o celular que Robbie mencionou. Abro-o depressa, enquanto Maya separa as compras, uma mistura de mantimentos e artigos de papelaria. Robbie ainda não tirou os olhos do *laptop*. Ele está num outro mundo de pactos novos.

– Encontrei Debbie quando cheguei. – Maya me olha. – Ela não sabe do acidente, né?

– Acho que não.

– O quê? Por que você não contou? – Robbie pergunta, finalmente desviando a atenção da sua "pesquisa". Pensei que já tivesse percebido pela forma como Debbie falou com ele de manhã, mas, pelo visto, essa história do pacto o distraiu.

– Bem, no começo eu não sabia quem ela era. Quando percebi que nos conhecíamos bem, pareceu tarde demais. – E me ocupo com o meu novo iPhone.

– Você devia contar pra ela – Maya diz.

Olho para um e para o outro.

– Por que vocês não contaram quando eu estava em coma?

– Porque não tínhamos o telefone dela. Parece que Debbie trocou de número recentemente por causa de algum fiasco com aplicativos de namoro, e não pegamos o número novo. Além disso, seu celular quebrou e ela não estava em casa. Acredite em mim, a gente tentou. Se ela tivesse Instagram, saberia. Eu só consegui encontrar você porque estávamos no celular quando o acidente aconteceu. Liguei pra todos os hospitais da região até descobrir onde você estava. – Maya coloca as mãos nos quadris. – Você tem que contar pra Debbie.

– Maya tem razão – Robbie diz. – Ela vai surtar se descobrir que você não contou.

– Não quero contar – falo, desafiadoramente. A tela do celular acende com uma mensagem de boas-vindas.

– Por quê? – eles perguntam ao mesmo tempo.

– Porque gosto de como ela me olha.

– Como assim? – Robbie indaga.

– Como se eu não estivesse quebrada. Se souber, vai me olhar como vocês me olham. – Aponto para eles.

Maya, boquiaberta, diz:

– Não é verdade. A gente olha você do mesmo jeito de sempre.

– Não, não olham.

– Olhamos, sim. Você nem se lembra de como a gente a olhava antes – Maya argumenta.

– Primeiro, que grossa. Segundo, não, vocês não me olham como antes. É como se tivessem pena de mim. – Olho para o celular e percorro as instruções de configuração. O aparelho é tipo eu, novinho em folha e sem memória nenhuma.

– Bem, eu me sinto mal de verdade com tudo isso – Maya diz.

– Eu também – Robbie acrescenta.

– Eu sei, mas não quero que ninguém sinta pena. Por isso não quero contar pra Debbie.

– Mas é a Debbie – Maya argumenta.

– E daí? Ela é só minha vizinha de baixo. – Bufo.

Eles trocam um olhar preocupado. Maya se senta na cadeira na diagonal oposta ao sofá. Robbie apoia o *laptop* na mesinha lateral e ajeita a postura para ficar de frente para mim. Sinto que vai ser uma conversa séria e acho que não estou preparada para isso. Solto um suspiro pesado e volto a atenção para meus amigos a contragosto.

– Debbie não é só sua vizinha de baixo – Maya diz, inclinando-se.

– Então quem é ela?

Robbie limpa a garganta.

– Lembra quando você me perguntou sobre aquela foto no seu quarto e eu contei que eram seus pais e que eles tinham morrido?

Faço que sim. Lágrimas se acumulam nos cantos dos meus olhos. Sabia que não estava pronta para essa conversa.

– Seus pais morreram num acidente de carro em dezembro de 2009 – Maya explica.

Meu coração acelera tanto que posso senti-lo em cada parte do meu corpo. É aquele mesmo soco no estômago de ontem quando olhei para a foto.

– O que isso tem a ver com a Debbie?

– Peyton, você também estava naquele carro – Maya continua. – Uma tempestade de neve bizarra surgiu do nada e causou um engarrafamento na rodovia. Debbie estava lá, mas conseguiu parar o carro e desviar do acidente. Ela é médica, aposentada, e saiu em busca de ajuda enquanto esperava a ambulância. Eles não estavam conseguindo chegar por conta do tempo e da magnitude do acidente. Então Debbie viu o carro dos seus pais e tentou ajudar, só que eles já tinham morrido. Daí ela a viu no banco de trás. Ela salvou a sua vida. Quando a ambulância finalmente chegou, Debbie foi junto. Ela ficou com você até que melhorasse, e se manteve ao seu lado desde então. Você passou todas as férias com ela depois disso, e, quando se mudou pra cá, Debbie alugou esse apartamento pra você por um valor muito mais baixo do que poderia cobrar. É quase uma pechincha. Então Debbie não é só sua vizinha de baixo. Ela é a sua família, seu anjo protetor. – A voz de Maya vacila. É a primeira vez que a vejo séria e emotiva.

O que me deixa ainda mais emotiva. As lágrimas escorrem de uma vez e meus lábios tremem. Robbie dá tapinhas na minha perna e me oferece um lenço, dizendo que está tudo bem. No entanto, não tenho tanta certeza. Talvez não me lembre de nada porque é tudo terrível demais. Como foi que sobrevivi ao acidente? Não fisicamente, mas emocional e mentalmente. Maya pega um lenço da caixa e enxuga os próprios olhos. Não acredito no que Debbie fez por mim. Ela me salvou... mais de uma vez.

– Desculpe, eu não sabia – digo, olhando para as minhas pernas.

– Não precisa pedir desculpas – Robbie diz.

– Posso contar pra ela amanhã?

Eles fazem que sim.

– Claro – Robbie fala.

Maya pergunta:

– Você está bem?

– Sim, só é coisa demais. Eu não sabia que tinha passado por tudo isso antes de perder a memória, e agora não sei direito se quero me lembrar.

– Não diz isso – Robbie repreende.

Maya limpa a garganta e levanta o queixo.

– As coisas ruins que aconteceram com você não são sua vida toda, apesar de às vezes parecer. Você tem tantas memórias boas, Peyton. Prometo que vai valer a pena se lembrar.

Olho para o celular, torcendo para que seja verdade. A instalação das configurações termina e várias mensagens surgem na tela. Começo a lê-las. São dos rapazes.

Tyler escreveu: *Bom dia, linda. Acabei de chegar no trabalho, mas queria que soubesse que estava pensando em você, e mal posso esperar pra te ver na quinta-feira à noite ☺.*

A próxima é de Nash: *Oi, Peyton. Espero que tenha tido um bom dia. Gostou dos chocolates?*

Depois leio a de Shawn: *Oi, amor. O avião está quase decolando. Pensando em você. Descanse.*

Robbie espia por cima do meu ombro, bisbilhotando meu celular. Eu me afasto e o olho com uma expressão que quer comunicar *O que você pensa que está fazendo?*

Maya estreita os olhos e fala:

– O que é essa agitação toda no celular?

– Mensagens de Nash, Shawn e Tyler.

Robbie se aproxima de novo. Seu cheiro é bom, uma combinação de ervas e frutas cítricas.

– Deixa eu ver pra poder anotar – ele pede. Seguro o celular contra o peito e sorrio.

Maya cruza as pernas e fica mexendo os pés.

– Anotar o quê?

– Robbie acha que está me ajudando a descobrir qual deles eu amo.

Meu amigo inclina a cabeça.

– Eu não acho. Eu estou. Esse foi nosso pacto.

Maya franze as sobrancelhas.

– Pensei que era eu que estava gerenciando essa operação.

– Podemos gerenciar juntos. Peyton e eu já concordamos.

– Mas você disse que ela não deveria sair com ninguém até se curar.

Robbie abre um sorriso.

– Mudei de ideia.

Ela inclina a cabeça.

– Por quê?

– Porque ele quer cancelar nosso primeiro pacto, aquele que fizemos quando tínhamos 19 anos. – Reviro os olhos.

– Que pacto?

– Que a gente ficaria junto se não estivéssemos casados, noivos nem em um relacionamento sério quando fizéssemos 32 anos, o que vai acontecer daqui a duas semanas – explico, enquanto leio as mensagens.

Maya explode de rir.

– Vocês sabem que não precisam cumprir um pacto desses.

– Eu sei – Robbie diz, apontando para mim. – Ela que está sendo inflexível.

– Devemos cumprir nossas promessas – comento, dando de ombros.

– Isso é coisa da Debbie. – Maya balança a cabeça, ainda numa crise de riso.

– Ela disse algo assim hoje. – Mostro o celular para eles. – Agora me ajudem a responder a essas mensagens. Não sei o que dizer.

Robbie estica a mão com a palma para cima.

– Deixa eu ver.

Paro e estreito os olhos para ele, então lhe entrego o aparelho devagar.

– Ah, credo – ele solta.

– O que foi? – Maya se inclina para tentar ver também.

– Shawn a chamou de "amor".

– O que tem de errado? É uma palavra carinhosa.

– Não, Robbie está certo. "Amor" deve ser usado pra falar com uma namorada, não com alguém com quem não se tem exclusividade. – Maya faz uma expressão de desgosto.

– Eu acho fofo.

– É exatamente por isso que você precisa da gente – ela diz com firmeza.

Robbie faz algumas anotações, digita uma mensagem e a envia.

– Ei, espere. O que você escreveu? – pergunto, jogando o tronco para frente.

– Escrevi "Boa viagem".

Mordo meu lábio.

– Parece casual demais.

– Isso. É pra fazer um joguinho. Agora, vamos ver o que Tyler disse. Ah, ele a chamou de "linda"...

– Atrevido demais? – Maya pergunta.

– Não, tudo bem – Robbie diz. – Ele também disse que acabou de chegar ao trabalho e estava pensando em você e que mal pode esperar para vê-la na quinta-feira.

Maya me olha.

– Como você responderia, Peyton?

– Que eu também mal posso esperar, talvez.

– Que tal "Mal posso esperar também, bom trabalho"? – Robbie sugere.

Maya assente.

– Perfeito.

Robbie digita a mensagem e a envia.

– Certo, agora vamos para o *chef* Nash. Ele chamou você pelo seu nome. Legal. Especialmente porque perdeu a memória. É um bom lembrete. Depois lhe desejou um bom-dia e perguntou o que achou dos chocolates. – Antes que alguém diga qualquer coisa, Robbie escreve uma resposta e a envia.

– O que você escreveu? – Olho para ele.

– Escrevi: "Adorei os chocolates, espero que você tenha um bom-dia".

Cruzo os braços.

– Mas eu nem experimentei ainda.

– Eu experimentei, e são deliciosos – Robbie fala com um sorrisinho. – Ah, merda. – Ele me entrega o celular, fecha o *laptop* e se levanta do sofá. – Vou me atrasar para o trabalho. Depois vemos isso. – Ele dá batidinhas no computador.

– Isso, Robbie. Vaza daqui. Planejei um dia de garotas. – Maya volta a atenção para mim. – Vamos falar sobre os rapazes e depois fazer um *spa*. Sua pele precisa de uma hidratação urgente. O coma a deixou seca. Também trouxe uma sacola cheia de porcarias pra gente comer, porque vamos relaxar e ver *O sexto sentido*. – Ela apoia os pés na mesinha e cruza as mãos atrás da cabeça.

Olho para Robbie, trocando uma expressão cúmplice. Nenhum de nós conta que já assistimos ao filme juntos. Vai ser divertido tentar "adivinhar" o final no meio do filme, só para brincar com ela. Robbie coloca o casaco.

– Vejo você à noite – ele diz, acenando a mão e descendo as escadas.

– Tchau, Robbie – Maya e eu falamos ao mesmo tempo.

Ela já está mexendo nas sacolas que trouxe quando ouvimos a porta abrir e fechar, sinalizando que Robbie foi embora.

Maya se vira para mim.

– Qual é a dele?

Ajeito a postura, cruzando e descruzando as pernas.

– Como assim? – Eu não tenho como saber se Robbie está esquisito, porque não o conheço direito.

– Ele mudou de ideia do nada sobre essa história dos encontros. – Maya ergue as sobrancelhas. – Ele foi de "Nada disso, péssima ideia" para "Bora mergulhar fundo em cada um dos caras".

– Já lhe disse o motivo. Ele está tentando provar que não quer sabotar meus encontros só pra ganhar tempo pra que eu cumpra o pacto que fizemos. – Fico em pé e vou até a cozinha para pegar um copo d'água. Dou um grande gole.

Maya pega as compras da sacola e coloca tudo em cima do balcão.

– E por que ele teria que provar isso?

– Porque eu o chamei de sabotador – falo, dando de ombros.

– Você o quê? E como é que se lembrou desse pacto? – Ela aguarda um momento, estreitando os olhos. – Espere, sua memória está voltando? – Maya me olha, esperançosa.

– Não.

Ela franze o cenho no mesmo instante.

– Foi a Debbie que me contou do pacto. Parece que eu falei sobre isso na semana passada. Acho que estava pensando que, se eu não descobrisse qual desses homens eu amo, teria que ficar com Robbie.

Maya bufa.

– Sério, você não precisa cumprir esse pacto. Não é um contrato de verdade. É uma bobagem.

– Eu sei. De qualquer jeito, Robbie diz que nem se lembrava dele. – Bebo o resto da água e encho o copo de novo.

– Talvez não. Tipo, você nem me contou. – Ela morde o lábio. – Estou bastante chateada com a Peyton pré-amnésia por não ter me contado. – Maya desliza um pacote de salgadinhos pela bancada.

Pego-o antes que ele caia no chão.

– Bem, a Peyton pós-amnésia sente muito por isso – digo, abrindo os armários.

Quando finalmente encontro uma tigela, sirvo os salgadinhos e os empurro para Maya. Ela enche a mão e os enfia na boca.

Espero que ela termine de mastigar e pergunto:

– Já rolou alguma coisa entre mim e Robbie?

Robbie foi firme quando disse que não daríamos certo juntos, e fiquei curiosa para saber se é porque já tentamos.

Ela para de mastigar e me encara.

– Como assim?

– Tipo a gente já namorou ou ficou?

– Não, claro que não. Vocês sempre foram amigos.

– Tem certeza?

– Absoluta.

– Mas eu não lhe contei do pacto. Talvez também não tenha contado isso.

– Sem chance. Eu teria sacado num instante. Espere, por que você está me perguntando sobre o Robbie? Ele falou alguma coisa pra você?

– Não, eu só estava curiosa. – Dou de ombros. – Ele falou a mesma coisa que você. Que sempre fomos só amigos. – Atiro uns salgadinhos na boca e limpo as mãos.

Maya arqueia uma sobrancelha e depois relaxa.

– Certo, chega de Robbie – ela diz, erguendo as mãos. – Vamos nos concentrar nos seus três namorados. Pegue sua bolsa, seu celular e seu computador.

– Pra quê?

– Pra gente procurar alguma evidência do que você pensava sobre eles antes do acidente. – Ela pega a mochila no meio das coisas amontoadas e vai até o sofá com a tigela de salgadinho.

Alguns minutos depois, eu me junto a Maya no sofá. Abro o *laptop*. A tela se ilumina, pedindo minha senha. Estreito os olhos, tentando lembrar qual poderia ser, mas nada surge na minha mente.

– Você sabe a minha senha? – pergunto.

Ela balança a cabeça e continua folheando as anotações. Suspiro e coloco as mãos no teclado. *Pense. Vamos lá, Peyton. Só uma palavra... uma senha. Você consegue.* Nada vem à minha cabeça, mas meus dedos formigam e se movem sozinhos pelo teclado, apertando várias teclas e dando "enter".

– Ah, meu Deus.

Maya levanta a cabeça.

– O que foi?

– Lembrei a minha senha, olhe. – Viro a tela para ela. – Consegui.

O plano de fundo é uma foto de Robbie, Maya e eu sentados em uma toalha de piquenique, cercados de comidinhas e bebidas.

– Como? A senha só veio na sua mente? – Maya se levanta um pouco para enfiar um pé embaixo do corpo e se senta de novo. – O que mais você lembra?

– Sei lá. – Volto a tela para mim. – Só deixei meus dedos digitarem. Nem pensei no que estava fazendo, só fiz. Acho que é memória muscular.

– Talvez a gente possa usar essa memória muscular com os caras e deixar suas partes íntimas decidirem quem é que você ama. – Ela sacode as sobrancelhas.

– Nada disso. – Dou risada. – Eu nem sei se transei com eles antes do acidente. Você sabe?

– Você nunca me contou. Mas eu andava ocupada, então talvez sim.

Arregalo os olhos.

– E se rolou mesmo? Como vou continuar com o mesmo nível de intimidade se nem me lembro deles?

– Ah, vocês vão ter que começar de novo, e, se algum deles não entender, então não é o seu homem. – Ela dá tapinhas no meu ombro. – A não ser que... você só queira transar pra poder decidir.

– Não – digo, dando risada.

– É sempre uma opção – ela provoca. – Agora abra o histórico de mensagens no seu *laptop*. Deve estar tudo salvo na nuvem. Vamos ver as conversas com eles.

Começo a vasculhar o computador até encontrar o aplicativo de mensagens. Depois, abro a conversa com Shawn, que começou dois meses atrás, como ele disse.

– Certo, estou com as mensagens de Shawn.

Maya verifica alguma coisa no *laptop* e começa a escrever no caderno.

– Jovem Denzel. Pode falar. Frequência de mensagens, tom, e qualquer coisa que chame atenção.

– Ele escrevia diariamente e sempre me dava bom-dia.

Maya anota o que eu contei.

– Bom. Atencioso.

– Ele teve de cancelar ou remarcar alguns encontros por causa do trabalho.

– Não sei se gosto disso – Maya diz, batendo a ponta da caneta no queixo.

– Ah, é o trabalho dele, acho que é compreensível.

Olho para Maya e vejo-a escrever: "Inconstante, Peyton não é prioridade". Reviro os olhos.

– Que mais? – ela pergunta.

– Tem um textão aqui de uma semana atrás em que ele diz que entende por que não estou pronta pra assumir um compromisso, mas que está disposto a esperar. Ele fala que já passou por uma experiência parecida antes, quando não estava pronto pra isso. Daí lista todas as coisas que gosta em mim.

– Que fofo. Bate com a versão que ele contou no hospital. – Ela escreve "honesto" e "gosta de elogiar". – Mais alguma coisa?

– Ele diz que está ansioso pra me beijar de novo. – Arqueio as sobrancelhas. – E diz em outra mensagem que não vai conseguir dormir porque está morrendo de tesão.

– Safado – ela comenta.

– Parece que a gente ia mesmo se pegar.

– E pra valer. Vou anotar aqui que as coisas já avançaram bem com Shawn. Quem é o próximo?

Continuo vasculhando o aplicativo de mensagens e encontro a conversa com Tyler.

– Não tão musculoso quanto o Chris Hemsworth, mas com o cabelo de Thor – Maya comenta.

– Começamos a nos falar seis semanas atrás, então a história bate. Ele também me manda mensagem toda manhã, e sempre pergunta o que estou fazendo ou fala que pensou em mim por causa de algo que viu ou ouviu. – Olho para ela. – Fofo, né?

– Mais ou menos. Ele pode ser meio carente. – Ela escreve "fofo carente".

Sigo lendo e comento:

– Definitivamente nos beijamos, e ele dormiu aqui.

Maya se inclina para ver a tela.

– Espere, como você sabe?

– Aqui – digo, apontando para a mensagem. – Ele escreveu: "Não quis acordar você de manhã, mas tive que sair para o trabalho. Adorei e mal posso esperar pra vê-la de novo. Tem bolinho de mirtilo e café pra você na geladeira. Fui buscar e voltei, mas você ainda estava dormindo. Te amo".

– Puta merda! – Maya exclama. – Que bomba! Caso encerrado. É o Tyler, o homem da construção.

– Mas espera! Olha como eu respondi. Agradeci e disse que também tinha curtido. Não me declarei de volta.

– Você mandou um coração.

– Não é a mesma coisa, né?

– Bem, é um coração vermelho.

– E daí?

– Vermelho significa amor. Se fosse de outra cor, significaria outra coisa. Coração amarelo é amizade. Roxo é atração física. Verde é amor fraternal. Mas você usou o vermelho. É amor verdadeiro – Maya afirma, acenando a cabeça.

– Não pode ser só um *emoji*?

Ela encolhe o queixo.

– Nunca é só um *emoji*.

– Mas eu não usei a palavra amor.

– Talvez tenha dito quando estavam transando? – Ela abre um sorrisinho malicioso.

– Maya!

– Quero dizer, fazendo amor.

– Termine logo essas anotações – digo, dando risada. Ela escreve: "Transa provável e *emoji* de amor".

– Certo, agora vamos para o Nash. Estamos conversando há cinco semanas. Ele não me escreve todo dia.

– Menos um ponto.

– Ele escreve toda tarde, deve ser por conta do trabalho. – Olho para ela. – Ele é *chef*, então deve trabalhar até tarde.

Maya move os lábios, como se estivesse decidindo as regras do sistema de pontos.

– Certo, ele recuperou o ponto. O que mais?

– Não tem nada sobre beijos nem noites fora de casa, mas ele é bem fofo, só parece um pouco ocupado e nada bom com mensagens.

– Então não temos muito o que tirar daí. Vou colocar um ponto de interrogação nessa categoria, e ainda não sabemos o nível de intimidade de vocês.

– É só isso – digo, fechando o *laptop*. – E agora? – Coloco o computador na mesinha e pego um punhado de salgadinhos, enfiando tudo na boca de uma vez.

– E a sua agenda? – ela pergunta. – Está na sua bolsa. Sua personalidade é tipo A, ou seja, você sempre anota tudo, então deve ter algo ali.

– Ah, é?

Maya assente. Jogo o resto dos salgadinhos de queijo na boca e pego a agenda. O caderno é grosso e pesado. As páginas estão cheias de letras coloridas indicando compromissos, encontros, listas e reuniões. Eu anoto tudo mesmo.

– Ah, olha só o que estava na minha lista de afazeres na semana anterior ao acidente. – Aponto para Maya.

Ela se inclina.

– "Descobrir quem eu amo." – Ela dá risada. – Você devia ter acrescentado não perder a memória depois disso.

– Fica pra próxima – falo, rindo.

– Certo, então volte dois meses atrás, quando você começou a sair com o Shawn.

Vou para agosto.

– Parece que o nosso primeiro encontro foi no Gilt.

– Ah, boa escolha. Ele tem bom gosto. Vou anotar que está disposto a gastar uma grana com você.

– Escrevi a palavra "ostras" seguida de um ponto de interrogação. O que significa isso? Eu gosto de ostra?

Ela olha para mim.

– Gosta.

– Então é uma coisa boa? – Estreito os olhos.

– Pode ser. Mas, pensando bem, pode ser que você tenha achado estranho comer ostras no primeiro encontro. Ostras são afrodisíacas. Você pode ter pensado que ele só estava querendo sexo casual ou algo assim. – Maya dá de ombros e desenha o símbolo de dinheiro com um rosto sorridente ao lado no caderno.

Não sei se essas anotações estão ajudando, mas pelo menos ela está se divertindo. Além disso, estou aprendendo mais sobre esses homens de um jeito bem misterioso.

– Escreve ostras também – digo. – Para o caso de eu me lembrar de algo depois.

Ela concorda e gesticula para que eu vire a página.

– Nosso segundo encontro foi uma semana depois, no Loyalist.

– Estou impressionada com as escolhas. – Maya dá um sorrisinho. – O hambúrguer deles é de matar.

Aponto para a página e olho para ela.

– Escrevi ostras de novo.

– O que tem de errado com você?

– Sei lá. Deve significar algo.

Viro a página mais uma vez e vejo que o terceiro encontro era para ter sido no Gretel, mas está riscado, então deve ter sido cancelado ou remarcado. No dia seguinte, escrevi "encontro no café com Nash".

– Está vendo? – pergunto, virando o caderno para Maya para que ela veja.

– Interessante. Será que você foi ao Gretel e levou um bolo e acabou conhecendo Nash lá, já que é onde ele trabalha, e, *bum*, arranjou outro encontro? – Ela me encara.

– Ou, talvez, depois do encontro cancelado, topei sair com outro gatinho de aplicativo e pensei que era para ser, já que meu encontro deveria ser no Gretel e o Nash trabalha lá.

– Na verdade, isso é a sua cara. Vou escrever "destino forçado" no Nash.

Continuo folheando a agenda e repassando as informações para Maya. Na média, Shawn e eu tivemos um encontro por semana, com dois cancelamentos e uma remarcação. Quer dizer que, no total, jantamos em seis restaurantes bem bacanas, e definitivamente rolou uns amassos ou quem sabe até mais. Nash e eu costumávamos sair duas vezes por semana durante o dia, para tomar café ou almoçar. Então tivemos oito encontros, mas não dá para saber se nos beijamos ou não. Não sei se eu devia me preocupar com isso, então deixo pra lá.

– E Tyler? – Maya pergunta.

– O primeiro encontro foi há seis semanas. Ele me levou para atirar machado e depois jantamos no Tuman's Tavern.

– Que viril. Estou vendo por que você foi para o rala e rola com ele. Será que usou camisa de flanela no encontro? Eu teria curtido – Maya diz, abanando-se.

– O quê? Por quê?

– Por causa daquelas malditas armadilhas no TikTok de homens cortando lenha. Nunca pensei que fosse meu tipo até os vídeos aparecerem pra mim. – Ela balança a cabeça. – Aquele algoritmo dos infernos me conhece melhor que eu mesma. Anthony ouve o mesmo som de novo e de novo e me pergunta o que eu estou vendo, e sempre respondo que é um tutorial de maquiagem, mas é algum homem sem camisa cortando lenha. – Maya dá risada.

– Espere. Quem é Anthony mesmo? – pergunto.

– Meu namorado de quase um ano. Nos conhecemos no clube de *stand-up*, ele era segurança lá. Na verdade, foi na noite que Robbie me atacou naquela apresentação.

– E por que você fez o Robbie te atacar?

– Eu precisava de um assediador para o meu número. E também pensei que isso daria uma boa propaganda boca a boca. As pessoas diriam que sou ótima com multidões.

Minha expressão mostra que estou confusa.

Ela abana a mão.

– É uma coisa da nossa área. Enfim, foi Anthony quem expulsou Robbie da casa. Amor à primeira vista. Depois do *show*, ele me chamou pra sair. Destino. – Ela sorri.

Seu rosto se ilumina, e percebo o quanto quero isso. Quero brilhar só de falar sobre o homem que amo. Mas primeiro preciso descobrir quem é ele.

– Que fofo. Não a parte de Robbie ter sido expulso – comento, rindo.

– Ele levou numa boa, e os dois são ótimos amigos agora.

– Mal posso esperar pra conhecer ele… de novo.

– Ah, meu Deus. Vamos sair juntos. Assim posso ajudar você com os caras.

– Eu adoraria, mas acho que é melhor sair sozinha com eles antes.

– Boa. Algo mais sobre o Tyler?

– Ah, ele dormiu aqui, mas isso não significa que a gente transou. E ele disse que me ama, mas tecnicamente não falei que amo ele. Todos os nossos encontros são jantar seguido de alguma atividade, então parece ser divertido e aventureiro. Eu tive menos encontros com ele do que com o Nash, porém mais do que com o Shawn. – Fecho a agenda e coloco-a em cima do *laptop*, enquanto Maya termina de fazer suas anotações.

– Você tem uns candidatos bem fortes aqui. Não é à toa que estava saindo com os três. Eu também teria dificuldade em escolher.

– Mas tem um problema. Debbie me disse que eu ia terminar com um deles. Parece que peguei alguém mentindo.

– Eita, qual deles? Vou descartá-lo agora mesmo e cancelar o encontro. – Ela segura a caneta e parece determinada, pronta para riscar um nome da lista.

– Eu não sei. Acho que não contei pra ela.

Maya estreita os olhos.

– A trama se complica.

Enfio mais uns salgadinhos na boca e afundo nas almofadas.

– Daqui pra frente, vou precisar que você mantenha um diário bastante detalhado ou que repasse informações pra mim, pro Robbie ou pra Debbie. Mas principalmente pra mim. – Ela coloca o caderno sobre a mesa e come um punhado de salgadinhos.

– Anotado.

Alguém bate na porta e sou a primeira a levantar para atender. Não sei quem poderia ser, porque também não sei quem conheço. Por sorte, é uma pessoa a quem já fui apresentada depois da amnésia.

Do outro lado da porta está Nash. Seus olhos de avelã parecem mais claros debaixo do sol. Ele está usando gorro, casaco azul-marinho e cachecol, e abre um sorriso tímido.

– Oi, Peyton – ele diz.

Olho para ele confusa, não porque não estou feliz de vê-lo, mas porque não sei por que ele está aqui.

– Nosso encontro é hoje? Pensei que fosse amanhã.

– É amanhã, mas eu só queria lhe dar isso. – Ele me oferece uma marmita ainda quente. Não consigo ver o que é porque a embalagem está embaçada. – É uma sopa caseira de macarrão com frango pra ajudar você a se sentir melhor. – Nash mexe os pés, olha para baixo e depois para mim, como se estivesse constrangido com seu gesto. – Eu sei que você não está doente... mas sabe o que dizem, uma sopinha faz bem pra alma.

Olho para a marmita e depois para Nash. Não acredito que ele fez sopa para mim. Quero beijá-lo, mas me lembro da pesquisa que Maya e eu fizemos. Não sei se já nos beijamos antes.

– Que legal, Nash. Obrigada.

Ele se balança para a frente e para trás.

– Não foi nada. Eu ficaria mais, mas tenho que preparar umas coisas pra um especial que vamos ter no menu hoje.

– Não, eu adorei. – Eu me inclino para a frente e dou um beijo na bochecha dele.

Ele enrubesce e tenta disfarçar o enorme sorriso.

– Beleza, te vejo amanhã então. – Ele se afasta, acena timidamente e começa a descer as escadas. – Espero que esteja se sentindo melhor. – Ele para. – Quero dizer, espero que goste da sopa.

Dou risada e digo:

– Vejo você amanhã. – Ele se vira e acena de novo antes de sair, apressado.

A porta ao lado se abre e rouba minha atenção.

– Oi – Debbie fala.

– Sou só eu – digo, esticando a cabeça para que ela me veja.

– Oh, o que é isso? – ela aponta para a marmita nas minhas mãos.

– Sopa de frango.

– Está doente ou algo assim? – Ela deixa a porta bater atrás de si e coloca o dorso da mão na minha testa. – Você não está com febre.

– Não, não estou doente, mas... hum, quer entrar pra tomar uma sopa? Preciso lhe contar uma coisa. – Comprimo os lábios.

Debbie abre um sorriso carinhoso.

– Claro, querida. Deixe só eu pegar uma blusa.

Depois do que Maya e Robbie me disseram sobre Debbie, sei que preciso contar o que aconteceu. Não posso mais olhar nos olhos dela sem que ela saiba. Ela merece a verdade.

CAPÍTULO 7

Conto tudo para Debbie. Ela está sentada na cadeira na diagonal do sofá, com as pernas cruzadas, me encarando firmemente. Minha vizinha não tirou os olhos de mim desde que comecei a falar.

– Eu sabia – ela diz.

– Você sabia que eu estava com amnésia?

– Não, não necessariamente. Mas sabia que tinha alguma coisa estranha. Esta manhã, você estava me olhando de um jeito diferente. Primeiro, pensei que estava brava comigo por alguma coisa, mas daí começamos a conversar e percebi que não era isso. Pensei que estivesse grávida.

– O quê? Por quê?

Ela dá de ombros.

– Porque achei que qualquer outra coisa que tivesse acontecido, você me contaria. – Ela pega a tigela de sopa e coloca uma grande porção na boca. – Amnésia seria meu segundo chute – ela acrescenta, rindo.

Maya e eu trocamos um olhar.

– Qual dos rapazes trouxe esta sopa? – ela pergunta.

– Nash – Maya responde. – Ele é o *chef* do Gretel.

– Se não escolher esse, será que ele se interessaria por mim? – Debbie sorri, atacando mais um bocado.

Damos risada. Pego a sopa da mesinha e dou a primeira colherada.

– Ah, meu Deus. Que delícia!

– Está vendo? É o que estou dizendo! – Debbie fala. – Mas, pelo que ouvi, parece que sua conexão com Shawn e Tyler era mais profunda.

Maya assente.

– É, concordo.

– Mas um deles é mentiroso. – Debbie arqueia a sobrancelha por cima da tigela de sopa, que ela leva até a boca e sorve.

– Precisamos descobrir quem é o mentiroso e quem é o amado – Maya declara, olhando para o caderno. Ela pega uma bala comprida do pacote que está em cima da mesinha lateral e morde um pedaço grande, comendo teatralmente.

– É por isso que você não deve procrastinar, Peyton. Se tivesse dado um pé na bunda do mentiroso, só teria que escolher entre dois – Debbie fala.

– Vou pensar nisso da próxima vez que tiver amnésia – digo, sarcástica.

– Que bom – Debbie responde, ignorando meu sarcasmo. Deve estar acostumada. Ela se levanta da cadeira e estica a mão. – Terminou?

Tomo o resto da sopa e entrego a tigela para ela.

– Sim, obrigada.

– Claro, querida.

Debbie sai da sala. A torneira da cozinha abre e os pratos tilintam.

– Vou dar pontos extras para o Nash pela sopa – Maya declara.

– O que esses pontos significam? – Eu me aproximo para olhar as anotações dela. Maya escreveu o nome de cada um e dividiu a folha em três colunas, marcando os pontos em palitinhos. Shawn tem sete. Tyler tem nove. E Nash acabou de ganhar o sexto ponto pela sopa.

– Quando acho algo interessante, eu marco um ponto. – Ela me olha satisfeita.

– Mas o que cada ponto significa?

– Algo interessante para mim.

Inclino a cabeça.

– Mas isso não me parece útil, já que sou eu que vou sair com eles.

– Eu acho útil. A gente gosta das mesmas coisas.

Debbie volta com uma taça de vinho cheia até a borda. Ela se senta na cadeira e bebe um longo gole, dando um suspiro depois.

– Debbie, são duas da tarde – Maya observa.

– Estou aposentada, Maya. Não me importo com o tempo. – Ela dá outro gole e apoia a taça na mesinha lateral. – E aí, eliminamos alguém?

– Não, acho que não vou conseguir fazer isso antes de sair com eles.

– Verdade – Maya diz. – Só estamos revisando nossas impressões iniciais e as mensagens.

– Eu só não sei como é que esses encontros vão ser se não sei nem quem eu sou. Como vou conversar sobre meus gostos, crenças, valores e qualquer coisa do tipo? – Olho preocupada para Maya e Debbie.

Elas se entreolham e acenam a cabeça.

– É hora de um curso intensivo sobre você – Maya declara.

– Temos 32 anos para cobrir, então prepare-se – Debbie acrescenta.

Isso vai ser interessante. Vou poder aprender sobre mim mesma por meio do ponto de vista de quem me conhece. E me pergunto que tipo de pessoa eu sou ou o que me faz feliz. Tomara que elas falem coisas boas. Ajeito a postura e dobro as pernas debaixo de mim para ficar confortável.

– Beleza, o que eu gosto de fazer pra me divertir?

Maya e Debbie começam a listar coisas rapidamente. Pesco várias coisas, tentando guardá-las na memória. Caminhadas longas, que Maya chama de "caminhada da gostosa". Não sei direito o que isso significa. Ler. Principalmente romances. Isso eu já imaginava, pela estante de livros no meu escritório. Sair para jantar e para beber. Meus favoritos são sanduíche de frango frito, salada Caesar (não do tipo saudável) e martíni com limão. Não como nada apimentado. Às vezes acho até o McChicken apimentado demais, se tiver bastante pimenta-do-reino. *Shows* de *stand-up*. Não sei se é verdade ou se Maya só está fazendo propaganda de si mesma de novo. Assistir a filmes. Adoro comédia romântica e terror. Espetáculos da Broadway. Parece que vi o musical *Waitress* três vezes. Viajar. Fazer trilha. Sair com amigos. Maya disse que gosto de sair com ela. Debbie acrescentou Robbie. Cozinhar. Não sabia que eu cozinhava bem. Meus olhos se desviam para a cozinha. Talvez devesse tentar preparar alguma coisa. Certo, não tem nada de mais nessas coisas, vai ser fácil me lembrar.

– Para onde eu já viajei? – pergunto.

– Para Flórida, Nova York e São Francisco. Você, Robbie e eu viajamos por duas semanas na Europa. Visitamos Londres, Amsterdã, Paris, Barcelona, Viena e Budapeste – Maya conta.

Tento memorizar tudo, sabendo que já me esqueci de algumas cidades no processo.

– Que legal. Queria me lembrar disso.

– Foi incrível... E você vai se lembrar.

– A viagem para a Europa foi meu presente de formatura pra você – Debbie diz.

Arregalo os olhos.

– Você pagou uma viagem para a Europa pra mim?

– Claro. Também paguei para os meus meninos quando eles se formaram – ela conta, como se essa nunca tivesse sido uma questão para ela.

Debbie realmente me trata como se eu fosse sua filha. Ela é tão boa para mim que sinto que lhe devo o mundo. Tecnicamente, eu lhe devo mesmo, já que ela salvou a minha vida. Não sei o que poderia fazer para compensá-la pelo que fez por mim. Abro um sorriso e ela sorri de volta.

– Eu sei que devo ter dito isso antes, mas, como não me lembro, obrigada de novo.

– Você falou várias e várias vezes, Peyton. Você é uma pessoa bastante grata. É bom que saiba disso. Você não espera nada e valoriza cada coisinha que fazemos por você.

Maya move a cabeça para cima e para baixo enquanto fala:

– É verdade, e é bastante generosa também. Na minha primeira apresentação, eu estava tão nervosa pensando que não ia conseguir que surtei, sem saber o que vestir e como começar o número. No dia do *show*, você me deu uma jaqueta de couro vermelha. É a coisa mais descolada que eu tenho. Você me disse pra canalizar o Eddie Murphy fazendo *stand-up* de jaqueta vermelha. Ele é meu ídolo. Eu mandei mal, mas pelo menos estava bem-vestida – ela termina, rindo.

Debbie e eu damos risada.

– Você foi muito mal mesmo – Debbie acrescenta. – Mas agora está arrasando. Todo mundo tem que começar de algum lugar.

– Exatamente. E alguns precisam recomeçar. – Maya me olha.

Jogo uma almofada nela para provocá-la.

– Tem mais alguma coisa que eu precise saber?

Debbie se inclina na cadeira e fica séria.

– Você é uma boa pessoa, Peyton. Não teve uma vida fácil, mas de alguma forma conseguiu se tornar alguém gentil, o que não é sempre o caso de quem passou por tantas dificuldades. Sei que não se lembra de quem é nem das experiências que teve, mas saiba que você merece o melhor. Merece alguém que a valorize, que a respeite e que ame você profundamente. Então lembre-se disso quando for sair com esses rapazes de novo. Se não sentir que é o certo, provavelmente não é. – Ela coloca a mão sobre a minha e faz carinho.

Maya entrega um lenço para mim e outro para Debbie. Enxugamos nossos olhos, trocando um olhar cúmplice. Não sei muito sobre mim, porém saber que sou uma boa pessoa me parece tudo o que preciso saber. Mas, se sou tão boa e merecedora, por que ainda não encontrei o amor? Penso em perguntar, só não sei se quero saber a resposta.

– Assino embaixo de tudo o que Debbie disse – Maya fala, mordendo sua bala.

Uma batida na porta nos interrompe. Maya fica em pé de um pulo e desaparece nas escadas para ver quem é. Ela abre a porta e ouço-a falando para alguém entrar. Escuto passos vagarosos subindo a escada. Então Tyler surge no topo. Maya ainda está falando, então há mais alguém na porta ou ela está praticando algum esquete.

– Oi – ele fala, acenando a mão. – Desculpe por aparecer sem avisar, mas estava na área e pensei em passar aqui no meu horário de almoço pra saber como você está.

– Minha nossa! – Debbie diz, olhando-o de cima a baixo.

Parece que Tyler causa esse efeito em todas as mulheres. O cabelo escuro está preso em um coque alto, e a barba está um pouco mais bagunçada hoje. Ele está usando uma camisa xadrez preta e vermelha, e imagino que seja a que usou no nosso primeiro encontro. Ele é alto, bronzeado e lindo, tipo um lenhador *sexy*. Ele olha para Debbie e se aproxima, estendendo a mão.

– Sou Tyler, prazer.

– Debbie – ela diz. – Sou a fada madrinha solteira de Peyton.

Ele a observa com uma expressão peculiar e depois sorri. Em seguida, dá um passo para trás e enfia as mãos nos bolsos do *jeans*.

Maya entra trazendo um vaso enorme com pelo menos três dúzias de rosas vermelhas e mosquitinhos brancos. Ela o apoia no balcão da cozinha e solta um suspiro exausto, sacudindo os braços.

– Uau, obrigada, Tyler – digo.

– Oh, hum…

Maya pega um cartão enfiado entre as flores.

– Não são de Tyler, são de Shawn.

Tyler coça a nuca.

– É, é o que eu estava tentando dizer.

– Já que apareceu de mãos vazias, você se importa de me ajudar com uma torneira que está vazando? – Debbie se levanta. É mais uma sugestão que uma pergunta.

– Debbie! – Olho-a com uma expressão severa.

– O que foi? Disse que ele trabalha com construção, e ele pode conversar com você enquanto conserta a torneira. Posso preparar um sanduíche gostoso.

Tyler assente.

– Feito.

– Você não precisa fazer isso.

– Não é problema nenhum. – Ele sorri. – Além disso, só vou sair ganhando. Vou poder conversar com você e ainda comer um sanduíche.

– Está vendo que oferta fantástica? – Debbie comenta. Ela redireciona a atenção para Tyler e gesticula para que ele a siga.

– Já vou – falo, antes de me virar para Maya. – Você vem?

Ela se senta no sofá e pega um bloco de notas e uma caneta.

– Vou deixar você sozinha com o Thor lenhador. – Ela agita as sobrancelhas. – Eu preciso trabalhar no meu novo número.

Calço os tênis e desço as escadas, gritando para Maya:

– Já volto.

A casa de Debbie é superaconchegante, com uma miscelânea de móveis e decorações que parecem ter sido coletados ao longo de toda a sua vida. Mesmo que não me lembre, eu me sinto em casa. As cortinas são grossas, de veludo, e o sofá está enfeitado com almofadas de todas as cores, combinando com o estilo dela: eclético e colorido.

– Olá – falo.

– Aqui – Debbie responde do outro lado da casa.

Sigo sua voz e atravesso um longo corredor. Arandelas antigas adornam as paredes, iluminando o caminho. Passo por três quartos e um banheiro. Vejo fotos de família expostas em um mural. Noto que estou em várias: nos feriados de Natal e Ação de Graças e em muitos outros momentos especiais. Há uma foto de Debbie comigo na minha formatura da universidade. E outra em que estou segurando uma caixa de papelão na minha casa. Parece que estava me mudando para lá. Sorrio para as memórias de que não consigo me lembrar, mas que, de alguma forma, sinto no meu coração.

Na cozinha, encontro Tyler deitado de costas com metade do corpo enfiado debaixo da pia. Um pedaço do seu abdômen está exposto, revelando uma barriga tanquinho tão esculpida que faz meu coração acelerar e minha pele suar.

– Não é? – Debbie sacode as sobrancelhas, me entregando um copo d'água. – Para você se acalmar – ela sussurra.

Fico corada e solto uma risada abafada. Debbie joga uma fatia grossa de *bacon* na frigideira.

– Posso ajudar com alguma coisa?

Tyler se levanta, acertando a cabeça no cano.

– Ai! – ele solta, arrastando-se para fora da pia com a mão na cabeça.

– Está tudo bem? Vou pegar gelo. – Vou até a geladeira depressa e pego um saco de ervilhas congeladas.

– Estou bem – ele fala, mas já estou agachada, olhando-o nos olhos.

Ele abre um sorrisinho sedutor, e não consigo evitar retribuir. Levo o saco de ervilhas até a lateral da testa dele, onde uma marca vermelha já está visível. Tyler estremece de leve quando o aperto contra a sua pele.

– Está melhor? – pergunto com voz baixa e rouca, flertando.

– Sim – Tyler diz, ainda sorrindo.

O *bacon* chia na frigideira e o cheiro marcante e intoxicante preenche a cozinha. Olho para Debbie. Ela arqueia uma sobrancelha antes de se virar para cortar um tomate e passar maionese no pão na chapa. Volto a atenção para Tyler, que não tirou os olhos de mim. A cor das bochechas dele combina com o calo vermelho na testa.

– Como está se sentindo?

– Incrível. – Ele limpa a garganta. – Quero dizer, bem melhor. Acho que posso terminar o trabalho.

– Tem certeza?

– Sim – ele responde, olhando para Debbie rapidamente. – Senão não vou ganhar o sanduíche e a conversa com você.

– Isso mesmo – Debbie comenta.

Dou risada, tiro o saco de ervilhas congeladas da cabeça dele e me levanto. Tyler se inclina para trás, tomando cuidado para não bater a cabeça de novo, e retorna para baixo da pia. Guardo as ervilhas no congelador e fico parada ao lado de Debbie. Ela me dá um empurrãozinho com o ombro.

– Acho que estou apaixonada por ele – ela sussurra, dando uma risadinha.

– Então você quer o Nash e o Tyler? – sussurro de volta.

– Só pelas habilidades deles na cozinha e na torneira.

Solto uma gargalhada.

– Posso ajudar em algo?

– Sim, pegue a alface na gaveta da geladeira e quatro pratos no armário do lado.

Ela diz exatamente onde encontrar cada coisa, sabendo que não me lembro de nada, o que mostra que Debbie é bastante atenciosa.

– Pode deixar.

Pego o que ela pediu e Debbie monta os sanduíches em cada prato. Tyler se levanta e testa a torneira, verificando duas vezes para garantir que está funcionando direito. A água sai em um jato e para abruptamente, sem nenhum vazamento.

– Tudo certo – declara, batendo as mãos para limpá-las. Ele guarda os produtos de limpeza de volta e fecha o gabinete.

– Obrigada, Tyler – Debbie diz, oferecendo-lhe dois sanduíches, cada um em um prato. – Aqui está a minha parte do acordo. Por que não vão comer lá no quintal? – Ela pisca para mim. – Vou comer o meu aqui e levar um pra Maya.

– Obrigado, Debbie – Tyler diz.

Ela então nos enxota de lá. Conduzo Tyler até o quintal. Nem sabia que a casa de Debbie tinha essa área. Bem, acho que eu sabia antes. Uma cerca larga contorna o gramado. O ambiente é lindo, com luzinhas penduradas e uma mesa redonda com seis cadeiras. Há uma churrasqueira a gás, uma lareira e um aquecedor. Assim como no jardim da frente, plantas e flores estão começando a murchar e a morrer, mas ainda podem ser apreciadas.

Tyler e eu nos sentamos e começamos a comer nossos sanduíches imediatamente. É delicioso, reconfortante e familiar – pelo menos para mim. Sei que já comi vários desses antes. O gosto é forte, carnudo, salgado e refrescante, de algo que eu comeria em um momento em que estivesse passando por alguma dificuldade. Não sei descrever direito, mas, de algum jeito, o sabor é de lar.

Tyler limpa a boca com o guardanapo e me olha com aqueles olhos verde-musgo. Posso me perder neles, e talvez eu já tenha feito isso antes.

– Como está se sentindo? – ele pergunta.

Mexo a boca de um lado para o outro, escolhendo a palavra certa.

– Confusa. Mas estou vivendo um momento de cada vez. Descobri que é assim que eu vivia antes de perder a memória, então é assim que vou me encontrar. – Dou mais uma mordida no sanduíche e mastigo devagar, saboreando-o.

– Alguma lembrança… – Ele faz uma pausa, engolindo o sanduíche. Seu pomo de adão sobe e desce. – Voltou?

– Não.

Tyler pressiona os lábios um contra o outro, como se estivesse decepcionado ou preocupado. Também me sinto assim, contudo não há nada que eu possa fazer. Acho que as lembranças vão voltar quando eu estiver pronta.

– Por quê? Tem alguma coisa que você queira me ajudar a relembrar? – A pergunta sai em tom de paquera, o que não era a intenção. Talvez isso também seja memória muscular, assim como encontrar o café esta manhã e pedir a mesma coisa de sempre e digitar a minha senha sem pensar duas vezes.

– Talvez. – Ele dá um sorrisinho, passando a mão pela cabeça e afastando as moscas. Pelo jeito, Tyler está correspondendo ao meu flerte.

Levanto o queixo e abro também um sorrisinho.

– Então, me conta como foi o nosso melhor encontro.

Tyler abaixa a cabeça por um instante, como se estivesse pensando. Quando ele e a levanta, suas bochechas estão coradas e um sorriso se espalhou pelo rosto.

– Acho que foi o encontro que tivemos há mais ou menos uma semana. Fizemos uma longa caminhada, paramos em algumas lojas, bares e restaurantes dos bairros próximos. Bebemos, comemos e fizemos compras por Wicker Park, West Town, Fulton Market e West Loop. No total, acho que andamos mais de oito quilômetros. Foi ótimo, espontâneo. Terminamos no seu apartamento com duas garrafas de vinho e sobras de comida. – Seu sorriso se alarga. – Fui embora na manhã seguinte. – Ele dá uma mordida grande no sanduíche.

Arqueio a sobrancelha.

– Parece que você pulou uma parte.

– Eu preferia que você se lembrasse sem eu precisar contar.

Franzo o cenho de leve.

– Talvez essa não seja uma opção.

E se eu nunca me lembrar? Preciso que ele saiba que é uma possibilidade; apesar de remota, ainda pode acontecer. Também quero ter uma ideia do quão longe fomos. Será que minha relação com Tyler evoluiu para um nível mais íntimo do que o que tenho com os outros? Isso não significa que a gente tenha uma conexão mais profunda, mas acho que diz mais sobre nós.

– Bem... – Ele faz uma pausa. – A gente dormiu juntos – ele fala com uma expressão séria e ardente.

– Oh – digo. Observo suas mãos grandes, imaginando-as em mim, pressionando minha pele, quem sabe até puxando meu cabelo, se esse for o meu lance. Sinto o topo da minha cabeça formigar, então acho que é. – Você me curtiu? Opa, você curtiu? – pergunto, me atrapalhando um pouco.

– Você usaria isso contra mim se eu dissesse que sim?

Sorrio de leve.

– Isso foi uma cantada?

– Não. Eu nem conheço cantadas bregas. – Ele estuda meu rosto. – Está cansada?

– Não, por quê? – Afasto a cabeça.

– Porque você passou o dia todo correndo atrás dos meus pensamentos. – Ele solta uma gargalhada.

Dou risada e bato de leve na lateral do braço dele, rígido como pedra, todo esculpido. Será que ele me segurou com esses braços musculosos? Imagino que sim. Talvez tenha me jogado na cama ou me colocado ali com delicadeza. Seus olhos me dizem que foi gentil e suave. Mas seu cabelo comprido e escuro amarrado em um coque me diz que ele o soltou e depois me atirou na cama. Dou mais uma mordida no sanduíche para distrair a mente e me impedir de conjurar cada cena que eu imagine possível. Atualmente, há uma tela em branco dentro da minha cabeça, então poderia ficar aqui sonhando acordada com uma infinidade de possibilidades.

– E aí, o que temos em comum? – pergunto, sorrindo. *Além da atração sexual…* Mas não revelo essa parte.

Ele termina de mastigar o sanduíche e limpa a boca.

– Deixa eu ver. Nós dois somos aventureiros, o que eu adoro. Você sempre topa tudo, tipo sair pra atirar machado, caminhar pelo bairro, visitar uma casa assombrada, um *escape room*, passar uma tarde nas Indiana Dunes.

– Fizemos tudo isso?

– Ah, sim, e nos divertimos em todas.

– Queria poder me lembrar. – Solto um suspiro baixinho.

Tyler se aproxima e coloca a mão sobre a minha.

– Eu também – ele sussurra. Tyler franze a testa, como se estivesse visualizando nossos encontros. – Também adoramos vinho, que você me apresentou. Eu era mais da cerveja antes de você entrar na minha vida. Mas ando curtindo os tintos da Paso Robles. E você ama meu cachorro, então é mais uma coisa que temos em comum. – Ele sorri.

Sorrio de volta.

– *Oun*, você tem um cachorro? Qual é a raça e o nome?

– *Golden retriever*, o nome dele é Toby.

– Eu adoraria conhecê-lo. Quer dizer, de novo. – Balanço a cabeça. – Desculpe.

– Não precisa se desculpar. Ele adora você, e claro, podemos passar na minha casa antes ou depois do nosso encontro esta semana. – Ele fixa os olhos em mim.

– Que bom.

Nós nos encaramos sem dizer nada. É hora de o corpo assumir o controle e conversar no idioma que mais conhece. Ele abre os lábios enquanto se inclina para a frente. Meu estômago dá cambalhotas de ansiedade e nervoso. Mas me lembro de que não devia estar nervosa antes de perder a memória. Nossos lábios se encontram, e, de alguma forma, sinto as mãos dele sobre todo o meu corpo, apesar de não estarem me tocando. Memória muscular, acho. Ou talvez seja só minha imaginação. O beijo é doce, suave e gostoso. Seus lábios são macios, molhados e pacientes. Não quero que termine. Levo as mãos ao seu rosto, puxando-o para perto. Agarro a barba sedosa. Ele deve usar hidratante ou algo assim. Beijo-o com mais força.

O som de alguém limpando a garganta nos interrompe instantaneamente. Nós nos afastamos e olho para trás. Robbie está parado ali, vestido com um traje casual de negócios, camisa de colarinho branca, calça social azul-marinho e sapatos Oxford bege. Ele carrega uma bolsa pendurada em um ombro e nos observa enquanto limpamos a boca, tentando parecer indiferentes.

– Ah, oi, Robbie – falo, querendo soar casual e falhando. Pareço alguém que foi pega fazendo algo errado. Mas isso não é errado, e não sei por que me sinto assim ou por que estou agindo desse jeito.

– Não me diga que tem um quarto cara – Tyler diz, dando risada.

Robbie desce as escadas e se aproxima da mesa.

– Não, sou só um bom amigo, Robbie – ele fala, estendendo a mão.

– Prazer, sou o Tyler.

Robbie sacode a mão dele com firmeza.

– Não sabia que você tinha um encontro hoje, Peyton. – Ele vira os olhos azuis para mim.

– Eu também não.

– Eu apareci de surpresa. Debbie me pediu pra consertar a torneira e depois fez uns sanduíches pra gente – Tyler explica.

Robbie nota o resto do sanduíche no meu prato.

– Terminou? – ele pergunta.

Balanço a cabeça afirmativamente e ele puxa o prato para si. Depois, enfia minhas sobras na boca e solta um leve gemido enquanto mastiga.

– Os sanduíches da Debbie são divinos.

– São mesmo. Acho que fiquei com a melhor parte do acordo, rá-rá-rá – Tyler comenta.

– Definitivamente – concordo, sorrindo de leve.

Robbie termina de comer e volta a atenção para Tyler.

– Então, ouvi dizer que você trabalha com construção.

– Isso.

– Eu construí uma escrivaninha uma vez – Robbie fala, erguendo o queixo.

– A que está no meu escritório? – pergunto.

Ele faz que sim.

– É da Ikea – observo, rindo.

Ele me olha.

– Ainda conta.

Tyler se recosta na cadeira e cruza os braços.

– Eu construo coisas maiores, tipo prédios e casas.

É como se os dois estivessem competindo, e não sei direito por quê.

Um alarme alto nos assusta. Tyler pega o celular do bolso e o silencia.

– Merda, meu horário de almoço terminou – ele diz, se levantando e se espreguiçando.

Sua camisa se levanta apenas o suficiente para revelar o tanquinho. Não consigo evitar reparar. Depois me viro para Robbie. Ele arqueia uma sobrancelha julgadora e estreita os olhos. Já eu reviro os meus e dou de ombros.

– Prazer em te conhecer – Tyler fala para Robbie.

Ele devolve:

– O prazer é meu.

– Vou acompanhá-lo – digo, também ficando em pé.

Ele abre um sorriso e fala:

– Ótimo.

Atravesso a casa e saímos para a varanda. Debbie não está lá, então suponho que esteja lá em cima com Maya. Tyler se demora e se vira para mim.

– Adorei o almoço com você.

– Eu também.

– Obrigado por me deixar aparecer sem avisar. Mas não se preocupe, não vai acontecer de novo.

Mordo o lábio.

– Que pena.

Dessa vez, Tyler não hesita e vem com tudo, inclinando-se e plantando os lábios nos meus. O beijo me aquece de dentro para fora. Quando ele se afasta, fico frustrada, já querendo sua boca de volta.

– Eu mando uma mensagem depois – ele diz, descendo as escadas do alpendre.

Eu me despeço enquanto ele acena e desaparece na rua. Só saio dali quando não consigo mais vê-lo.

No caminho de volta, pego duas latas de Coca-Cola na geladeira. Aquele beijo me deixou com sede. Robbie está sentado do lado de fora com os pés apoiados em uma cadeira e as palmas das mãos segurando a nuca. É como se eu estivesse entrando no escritório da minha chefe para responder por insubordinação.

– Ora, ora, ora... – ele fala com um sorrisinho.

– O que foi? – pergunto, corando.

Ele arqueia as sobrancelhas.

– As coisas estão evoluindo rápido com Bob, o construtor.

Coloco a Coca diante dele e empurro seus pés da cadeira para poder me sentar. Robbie se joga para a frente dramaticamente e dá risada.

– O nome dele é Tyler – digo, abrindo o refrigerante.

Robbie abre o refrigerante e o leva aos lábios.

– Eu gosto dele – diz, dando um gole na bebida sem tirar os olhos de mim.

– Sério? – Inclino a cabeça.

Ele solta um suspiro de prazer e coloca a latinha na mesa.

– Sim, por quê? Ficou surpresa?

– Meio que sim. – Dou um gole.

– Por quê?

– Pensei que você não fosse gostar de nenhum deles.

Ele franze o cenho.

– Como é que eu vou descobrir qual deles você ama se detestar todos?

Dou de ombros, sentindo uma dorzinha no coração, não sei por quê. Talvez eu esperasse que Robbie fosse bancar o superprotetor, pegando no pé dos rapazes. Ele só foi um pouco chatinho com o Tyler, mas agora está agindo com indiferença. Estou começando a pensar que ele se esqueceu mesmo do nosso pacto, e não só isso – que nunca acreditou que fosse uma boa ideia ficarmos juntos. Mas então por que concordou com isso, tantos anos atrás? Bem, deve ser porque pensou que era uma bobagem. É fácil concordar com coisas bobas que você não pretende levar adiante.

– Acho que você tem razão – admito.

Ele se aproxima, colocando o dedo no meu queixo e levantando-o. Robbie fixa os olhos nos meus. Seus olhos são tão azuis e convidativos que eu poderia mergulhar neles.

– Você não quer que eu goste deles? – ele questiona.

– Não, não é isso.

– Então o que é? Você parece decepcionada.

Ele está certo. Estou decepcionada. Sem saber direito por quê. Corro os olhos pelo seu maxilar bem definido.

– Sei lá. Acho que pensei que você seria mais protetor.

Robbie se recosta na cadeira e solta uma gargalhada.

– Você quer que eu vá pra cima de um deles? Provavelmente não do Shawn ou do Tyler. Eles são do meu tamanho, ou até maiores. Quem sabe o Nash? – ele provoca.

Dou risada.

– Não, só faça perguntas e garanta que estejam bem-intencionados. Parece que um deles é mentiroso, e eu detestaria escolher o homem errado.

– Eu também – ele diz.

CAPÍTULO 8

Robbie abre o *laptop* e o coloca na bancada da cozinha. Há um grande cavalete ao seu lado com um bloco de notas enorme apoiado nele. Na primeira página estão as palavras "Mergulho profundo nos pretendentes" escritas com canetinha. Maya está sentada comigo no sofá comendo pipoca. Debbie está na poltrona com um caderno no colo, uma caneta em uma das mãos e uma taça de vinho tinto na outra.

– A gente tem mesmo que fazer isso? – resmungo. – Não posso apenas ir aos encontros e decidir depois?

Robbie estende dramaticamente um ponteiro de metal, que faz barulho conforme cresce em comprimento, atingindo quase um metro.

– Não – ele responde. – Nos reunimos todos aqui para garantir que você tome a decisão correta, e o único jeito de fazer isso é juntando todas as informações. Isso vai diminuir os riscos de acabar com o coração partido e de escolher o pretendente errado. Avaliar riscos é minha especialidade.

– Verdade – Debbie fala. – Isso é mais divertido do que os meus romances. – Ela bebe o vinho.

– Eu, como estou no ramo da comédia, serei a profissional que vai garantir que nenhum dos seus pretendentes esteja tramando gracinhas. – Maya acena a cabeça com firmeza, mal conseguindo conter a risada. Ela saca um caderno da bolsa e folheia as páginas das anotações que vem fazendo desde que acordei no hospital. – Certo, Robbie. O que você tem aí?

Meu amigo exala e começa a andar na frente do cavalete.

– Fiz um mergulho digital profundo em cada um dos pretendentes de Peyton e descobri algumas coisas interessantes e outras nada interessantes durante a pesquisa. Vamos começar com Tyler Davis.

Robbie vira o papel sobre o cavalete, revelando um desenho de "Bob, o construtor" e uma lista de características ao lado. Ele aponta para cada uma delas enquanto fala:

– Tyler trabalha com construção, mora sozinho num apartamento em Fulton Market e tem um cachorro chamado Toby. Ele tem dois irmãos e é o filho do meio, o que significa que sempre quer atenção.

– O quê? Por quê?

– Síndrome clássica do filho do meio – Maya comenta. – Confie em mim, eu sofro disso – ela conclui com uma expressão acanhada.

Robbie continua.

– Maya está certa. Nunca conheci alguém que precisasse de tanta atenção quanto ela.

– Robbie. – Eu o censuro.

– É verdade, Peyton – Maya concorda.

– Certo, de volta ao Tyler. – Robbie aponta para a folha. – Seu último relacionamento sério terminou quase dois anos atrás.

– Como? – Debbie ergue a cabeça.

– Segundo as redes sociais deles, foi uma decisão mútua. Ele queria ter filhos, a moça não.

– Você quer ter filhos, Peyton? – Maya pergunta.

– É, acho que sim. Um dia.

Robbie continua:

– A verificação dos antecedentes de Tyler foi bastante satisfatória. Ele tem algumas infrações de trânsito por excesso de velocidade, revelando que é apressadinho... provavelmente nos relacionamentos também. – Ele arqueia uma sobrancelha e bate o ponteiro no cavalete.

– Multa por excesso de velocidade equivale a avançar depressa nos relacionamentos? Forçou a barra nessa, hein, Robbie? – Maya observa, inclinando a cabeça.

– Longe de mim, Maya – ele provoca.

Arqueio a sobrancelha.

– Você verificou os antecedentes de Tyler de verdade, Robbie?

– Claro. Mergulho profundo é isso. – Ele dá de ombros.

– Tyler parece perfeito. – Debbie sorri. – E ele consertou minha torneira. Tem o dobro de pontos por isso.

Robbie gesticula para ela.

– "Parecer" é a palavra certa. Ele tem um defeito fatal.

Eu me inclino para ouvi-lo. O que pode haver de errado com Tyler? Eu gosto bastante dele, e está claro que temos algo forte. Espero que não seja o mentiroso, porque acho que é a minha conexão mais profunda.

– O quê? Qual?

Ele vira a página, revelando uma nova folha. Escrita em letras gigantes e grossas está a palavra: **NICKELBACK**.

– Nãooo! – Maya grita.

– O que é um *nickelback*? – Debbie pergunta, estreitando os olhos.

– É algo que não mencionamos, Debbie. Um grande tabu. – Ele olha para mim. – Desculpe ser o portador da notícia, Peyton. Mas esse homem é fã de Nickelback. – Robbie abaixa a cabeça.

Fico muito confusa, porque também não sei o que ou quem é Nickelback. Pelo menos, não me lembro.

Maya toma a fala e explica:

– Nickelback é uma banda de rock canadense. É bem comercial e todas as músicas são iguais. Então eles são odiados porque são sem graça e superpopulares.

– Só isso? – pergunto.

– Eles não fazem *rock* de verdade, só *rock* comercial – Robbie diz, sacudindo o punho para ressaltar as palavras.

Franzo as sobrancelhas.

– Não vou terminar com Tyler porque ele é fã de uma banda chamada Nickelback. – Eu me recosto no sofá, me afundando nas almofadas.

– Pensei que você diria isso. – Robbie, tomado por uma expressão determinada, ergue o queixo. – Tem mais. – Ele olha para a enorme folha e suspira, virando a página. Há uma grande foto colada nela. Robbie bate o ponteiro contra o papel. – Olhe só esta foto – ele cantarola com uma voz rouca. Na imagem, Tyler está de ombro colado com mais quatro caras. Acima deles, há uma faixa em que se lê "ENCONTRO COM NICKELBACK". – Ele não é só um fã, mas um *fanboy*!

Reviro os olhos.

– Bem, isso é bem comprometedor – Maya diz. – Devo cortá-lo da lista?

– Não. – Olho para a foto, absorvendo cada detalhe. Tyler nem tem cabelo comprido nela, pelo contrário. – Essa foto é velha, Robbie. Ele devia ter uns 20 anos.

– Uma vez fã de Nickelback, sempre fã de Nickelback – ele diz.

– Como você conseguiu isso?

– Chamo de mergulho profundo por um motivo.

Debbie solta um soluço e dá outro gole no seu vinho.

– Não importa. – Ele abre um sorrisinho, batendo o ponteiro contra a imagem. – E aí, isso não é um problema pra você?

– Não.

– Nossa, pensei que seus padrões fossem mais altos – ele brinca. – Certo, vamos em frente.

Robbie vira a página, revelando o desenho de um rato com chapéu de *chef*. O nome “Nash Doherty” está escrito no topo. Assim como fez com Tyler, há uma lista de características para ele.

– Por que ele é um rato? – pergunto.

– Por causa do Ratatouille – Robbie responde. – Um personagem da Pixar que ajuda um *chef* inexperiente.

– Está dizendo que ele é um *chef* inexperiente? – Estreito os olhos.

– Não, ele é o Ratatouille. – Ele aponta para a figura mais uma vez. – Esquece.

– Eu poderia comer aquela sopa de frango com macarrão agora mesmo. – Debbie sorri, saudosa.

Robbie desliza o ponteiro para baixo.

– Enfim, Nash tem 35 anos e é de Wisconsin. Ele gosta de ler, especialmente literatura. Há pouco tempo, anunciou que vai publicar seu primeiro livro de receitas, então tem dedicado bastante tempo a isso. Tem duas irmãs e é o caçula da família. Mora sozinho em Logan Square. Quanto aos antecedentes, ele tem uma infração por beber aos 19 anos.

– Parece que ele curte uma festa – Debbie diz, erguendo a taça de vinho.

– É, dezesseis anos atrás – Maya provoca. – Está tudo certo – ela fala para Robbie, gesticulando para que ele continue.

– Sim. Tudo certo – concordo.

– Esperem, tem mais coisa – Robbie acrescenta dramaticamente, com voz de comercial.

Meu amigo vira a página devagar, revelando uma folha com a palavra "RELACIONAMENTO" escrita em letras maiúsculas, circulada com tinta vermelha e uma linha cortando-a no meio.

– O que significa isso? – Debbie quer saber.

– Que ele nunca esteve num relacionamento sério – Robbie explica.

– Sinal vermelho. – Maya levanta a mão.

– Talvez ele não tenha encontrado a pessoa certa – argumento. – Ou talvez só não publique nada nas redes sociais.

– Nada disso, eu verifiquei com a família e os amigos próximos dele. A mãe está sempre comentando no Facebook quando é que Nash vai apresentar uma garota pra ela – Robbie fala.

– Que constrangedor. Eu bloquearia minha mãe se ela fizesse isso – Maya diz.

Enfio algumas pipocas na boca e mastigo devagar. Definitivamente devia questionar Nash sobre isso. Talvez ele não goste de relacionamentos sérios ou talvez haja algo de errado com ele.

– Esperem, eu já tive algum relacionamento sério?

Robbie, Maya e Debbie lançam olhares solidários na minha direção.

– Não muito sério – Maya responde.

Debbie bate o dedo no queixo, refletindo.

– Acho que todos os seus relacionamentos terminaram antes dos oito meses.

Arregalo os olhos.

– Por quê?

– Eles não eram os caras certos pra você. – Robbie franze as sobrancelhas.

Eu me recosto no sofá e coloco uma almofada no colo, cruzando os braços sobre ela.

– Parece que eu também sou um sinal vermelho.

– Não, querida. – Debbie me olha com carinho. – Você é tipo uma noz, tem a casca dura.

Bufo.

– Está parecendo que é difícil me amar.

Maya se vira para mim e pega a minha mão.

– Não é verdade. A gente te ama – ela diz.

– Mas vocês são minha família. Estou falando de relacionamentos amorosos.

Comprimo os lábios, que formam uma linha reta, e curvo os olhos. Se isso fosse verdade, eu não estaria nessa situação. Teria acordado naquele hospital com o amor da minha vida ao meu lado, me esperando voltar para ele. E saberia que ele é minha outra metade, mesmo sem memória. Em vez disso, deparei com três caras com quem eu estava saindo ao mesmo tempo há menos de dois meses, e meu coração não faz a menor ideia de qual deles eu amo de verdade.

– Tem três rapazes disputando você, e qualquer um deles seria sortudo de estar ao seu lado – Robbie diz, sério. – Acredite em mim, Peyton, não é difícil amá-la.

– Ele está certo – Debbie concorda, sorrindo com ternura.

Maya dá tapinhas na minha mão e apoia as costas no sofá.

– E, se eu não a amasse, teria fingido não conhecê-la quando percebi que você estava com amnésia. Tipo aquele marido em *Homem ao mar*. Eu teria apenas falado: "Vaza, estranha".

Solto uma gargalhada. Eles têm razão. Posso não saber qual desses homens eu amo, mas sei que amo Maya, Robbie e Debbie, e eles me amam de volta. E isso tem sido o suficiente até agora.

– Beleza então, posso continuar? – Robbie pergunta.

Faço que sim.

Ele se volta para o cavalete, virando a página mais uma vez.

– Agora é a vez de Shawn Morris. – Ele desenhou um avião espalhando dinheiro. O nome dele está escrito no topo, seguido de uma lista de características. – Shawn é de Chicago. Tem 34 anos e dois irmãos. É mais caseiro, provavelmente porque viaja muito a trabalho. Parece que curte *design* de interiores, ou contrata alguém pra decorar a casa pra ele, porque o apartamento do cara é notável. Muito elegante e moderno, com um toque rústico. Estilo solteiro, só que sofisticado.

– Dá pra parar de falar do apartamento e se concentrar nele? – Maya pede.

– Certo. Só fiquei impressionado. Ele mora em um arranha-céu na Gold Coast. É limpinho e organizado, e rato de academia. Estou falando de *stories* diários no Instagram puxando ferro – Robbie esclarece. – Até comecei a fazer alguns dos treinos dele. – Ele flexiona o bíceps.

– Você tem visto os *stories* dele todos os dias? – Maya pergunta.

– Sim, em nome da pesquisa, obviamente.

– Você sabe que dá pra saber quem vê seus *stories*, né?

– Eu não sabia. – Robbie abaixa a cabeça. – Puxa, acho que vai ser meio constrangedor se ele mencionar isso. Enfim, Shaw trabalha com consultoria, como vocês já sabem, daí o avião de dinheiro. Ele também é glutão e gosta de jantares caros. A verificação de antecedentes deu ficha limpa.

– Qual é a pegadinha então? – pergunto.

Ele vira a página e aponta para o papel. Escrita oito vezes em maiúsculas está a palavra "RELACIONAMENTOS".

– O que significa isso? – Debbie pergunta.

– Que ele teve *muitos* relacionamentos.

Estreito os olhos.

– Algum deles foi concomitante?

– Não que eu saiba. Parece que, na média, eles duraram de um a dois anos. Shaw já foi noivo.

– E por que terminou?

– Não sei, o motivo parece bem obscuro. Nenhum dos dois escreveu uma daquelas declarações patéticas no bloco de notas do celular pra depois publicar nas redes sociais. Mas continuam se seguindo no Instagram, então parece que foi amigável.

– Pelo visto, ele segue em frente bem rápido.

Robbie concorda.

– Só tem um ou dois meses entre um relacionamento e outro.

– Talvez Shaw não goste de ficar sozinho.

– Pode ser isso sim. – Debbie franze as sobrancelhas. – Meu primeiro marido arranjou uma esposa nova três meses depois do divórcio. Ele não deve ter aguentado não ter ninguém a quem mentir. – Ela balança a cabeça, como se estivesse tentando afastar a lembrança.

– Então... – Levanto o queixo. – Tenho um fã de Nickelback, o sr. Zero Relacionamentos e o sr. Muitos Relacionamentos.

– *Fanboy* de Nickelback – Robbie me corrige.

– E um deles é mentiroso – Maya acrescenta.

– E se você não conseguir escolher algum antes do dia 17, vai ter que se casar com o Robbie aqui – Debbie fala, dando uma piscadinha.

– Não é verdade – ele diz. – Peyton e eu já concordamos que não vamos seguir adiante com esse pacto.

– Eu não – falo, sorrindo, só para provocá-lo.

Ele revira os olhos.

– É exatamente por isso que estou ajudando você. Não quero ser a sobra.

– Acho que os dois ficariam bem fofos juntos – Maya sugere, arqueando a sobrancelha.

Debbie olha para ele e depois para mim.

– Ah, sim. Também acho.

Robbie resmunga e fecha o bloco de notas.

– Peyton ama um desses caras. Ela pode não se lembrar, mas é verdade, e vou garantir que escolha o homem certo. – Robbie olha para Maya e Debbie e depois se vira para desmontar o cavalete e pegar suas coisas.

– Você é tipo um cavaleiro com armadura de papel-alumínio – Maya fala, rindo.

Eu me levanto para ajudá-lo.

– Elas só estão brincando com você – sussurro. Ele se agacha, tentando fazer o cavalete caber no estojo. – Você está bem?

Robbie para, cerra a mandíbula por um instante e depois relaxa.

– Só quero que você seja feliz.

– Eu sou feliz.

– Que bom. Porque é só isso o que importa.

Abaixo a cabeça para olhar bem para os olhos azuis dele.

– E você é feliz, Robbie?

Ele hesita.

– Se você estiver feliz, eu também estarei.

É uma resposta estranha, mas resolvo não insistir porque não quero chateá-lo. Em um minuto, meu amigo está lidando bem com toda essa história de eu sair com esses caras mesmo tendo amnésia, e, no minuto seguinte, parece não curtir tanto isso. Sei que ele quer o meu bem. E eu quero o mesmo para Robbie. Trocamos sorrisos amarelos e terminamos de guardar o cavalete antes de voltar para o sofá.

– Está se sentindo melhor sobre esses encontros? – Maya questiona.

– Um pouco. Pelo menos, agora conheço eles, e a mim também, um pouco melhor.

– Que bom. Isso vai ajudá-la a descobrir quem é o mentiroso – ela acrescenta.

– Tragam todos aqui que eu acho esse mentiroso rapidinho – Debbie fala, confiante.

Maya fica em pé e começa a juntar suas coisas.

– Olha que a gente traz, hein, Debbie.

Debbie poderia até identificar o mentiroso, mas acho que tenho que descobrir sozinha. Se descobri antes, posso fazer de novo. Só preciso confiar no meu coração.

Maya coloca a bolsa no ombro e calça os sapatos.

– Preciso ir para o trabalho. As piadas não serão contadas sozinhas.

– Boa apresentação – digo.

Robbie e Debbie se despedem dela. Maya acena e desce as escadas. A porta se abre e se fecha. Trocamos um olhar enquanto Debbie se levanta.

– Meus programas estão começando, então é melhor eu ir também.

– Que programas? – Encaro-a.

Debbie ajeita a poltrona, afofa as almofadas e dobra uma manta, colocando-a no sofá. Depois, se vira para mim.

– *Reality shows*. Os de hoje são *Bachelor in Paradise* e *Below Deck*.

– Pensei que você curtisse coisas mais sérias, como dramas ou séries policiais.

Debbie balança os pulsos.

– *Nah*. Passei a vida toda sendo séria. Agora, só quero me entreter com uma taça de vinho numa das mãos e um prato de carboidrato na outra.

Robbie e eu damos risada.

– Gritem se precisarem de alguma coisa – ela fala, descendo as escadas devagar.

– O que está fazendo? – Robbie pergunta.

Ele está de camiseta branca e calça de pijama. A alça de uma bolsa marrom está pendurada no seu dedo indicador. Enfio um lençol limpo sob as almofadas do sofá e ajeito o cobertor e os travesseiros.

– Arrumando a minha cama – digo.

Ele me lança um olhar severo e vai até a mala, guardando suas coisas.

– Você não vai dormir no sofá, Peyton.

– Vou sim. – Levo as mãos ao quadril para que ele saiba que estou falando sério e não vou mudar de ideia. – Você é alto demais pra dormir aqui, eu vi de manhã. Seus pés estavam esticados em cima do braço do sofá.

– Sim, e daí?

– Não é confortável. Eu caibo direitinho aqui, então pode dormir na minha cama.

É o mínimo que posso fazer. Robbie já fez muito por mim. Quero que ele fique confortável, e não que durma todo dobrado feito um *pretzel* todas as noites.

– Não vou ficar com a sua cama e fazer você dormir no sofá. – Ele ergue o queixo. – Precisa se recuperar.

– Não vou fazer você dormir no sofá. – Também levanto a cabeça para que ele veja que não vou recuar.

Ele suspira e enche as bochechas, passando a mão pelo cabelo castanho.

– Então acho que não vou dormir.

– Não seja bobo, Robbie. – Aponto para o corredor. – Você vai dormir na minha cama.

– Não. Não vou.

Fito-o com seriedade, mas meu amigo não cede. Pego os travesseiros do sofá e vou para o corredor, batendo os pés e resmungando.

– O que está fazendo, Peyton? – Robbie pergunta, me seguindo.

Acendo as luzes, jogo os travesseiros na cama e começo a amontoá-los bem no meio, desde a cabeceira até a ponta da cama.

– Sério? – ele pergunta.

– Sério – digo, encarando-o brevemente para ele com os olhos semicerrados. Termino de arrumar a cama e me viro para ele. – Construí um grande muro de travesseiros. – Gesticulo para a minha criação.

– Estou vendo. – Ele dá risada.

– Você vai dormir de um lado e eu do outro. Desse jeito, nós dois vamos ficar confortáveis e descansar bem.

– Não é necessário – ele diz, cruzando os braços.

– É sim e vai fazer eu me sentir melhor, sabendo que você está dormindo confortavelmente. Então vá em frente e se aconchegue no ninho.

Robbie ri, mas fica parado avaliando a situação. Ele olha de mim para a cama e de volta para mim. Não tem o que pensar. Não vou deixá-lo dormir no sofá tendo essa cama perfeita e confortável com espaço mais do que suficiente para nós dois e um muro de travesseiros. Falo que vou me trocar rapidinho e desapareço no banheiro. Ao voltar, penso que vou ter de ir até a sala para arrastá-lo para a cama, mas Robbie está ali, deitado do lado direito com o edredom puxado até o peito.

– Estou aconchegado no ninho – ele diz, mexendo o corpo debaixo das cobertas.

Não consigo evitar um sorriso.

– Que bom – digo, apagando a luz no quarto.

Eu me enfio na cama e puxo os cobertores até o peito também. Robbie e eu ficamos deitados ali em silêncio, cada um de um lado do muro de travesseiros. Depois de uns minutos, a respiração dele se aprofunda, e acho que pegou no sono.

– Robbie – sussurro no escuro.

– Peyton – ele sussurra de volta.

– Você acha que minha memória vai voltar?

– Acho sim.

Puxo os cobertores mais para cima, e eles ficam praticamente enfiados debaixo do meu queixo.

– Obrigada.

– Por que está me agradecendo? – ele pergunta.

– Por estar aqui.

– Não precisa me agradecer. É pra isso que servem os amigos. – Não posso vê-lo, mas sinto que ele abriu um sorrisinho.

Eu me espreguiço e viro de lado, e o meu pé escorrega para baixo do muro de travesseiros, tocando o pé dele. Sua pele é quente e macia.

– Desculpe – digo, puxando-o de volta.

– Socorro. – Robbie afasta o edredom.

– O que foi? – Eu me levanto.

Está escuro, entretanto consigo ver a silhueta dele. Ele pula da cama e vai até a cômoda, abre e fecha uma gaveta.

Em seguida, aproxima-se de mim e levanta o edredom na ponta da cama.

– O que está fazendo?

– Seu pé está congelando.

Robbie procura meus pés com as mãos e dou risada com seu toque, sentindo cócegas. Ele coloca uma meia grossa em cada pé, ajustando as costuras na ponta dos meus dedos. Depois, enfia o edredom por baixo dos meus calcanhares e dá um tapinha bem onde meus pés recém-vestidos estão posicionados.

– Melhorou? – ele pergunta.

– Sim – digo, rindo, enquanto ele volta para a cama.

Espero alguns minutos e sussurro seu nome de novo. Sua respiração fica mais lenta e profunda. Quando ele não responde, sei que pegou no sono. Fecho os olhos e sorrio, me sentindo segura e quentinha, sabendo que vou dormir muito bem esta noite.

CAPÍTULO 9

Nash apoia as costas em um Corvette vermelho *vintage* estacionado em frente à minha casa. Ele ergue a mão e abre um sorrisinho. Mais cedo, me mandou uma mensagem pedindo que eu vestisse uma roupa casual para o nosso encontro. Bem, para ser mais específica, ele escreveu "algo que você possa sujar". Escolhi *jeans*, tênis e uma camiseta temática de *The Office* onde se lê "DUNDER MIFFLIN SCRANTON. CORRIDA DO MICHAEL SCOTT PELA CURA E PREVENÇÃO NACIONAL DA RAIVA DA MEREDITH PALMER". Sei que Debbie disse que eu era uma boa pessoa, mas não fazia ideia de que era apoiadora de instituições de caridade contra a raiva. Deve ser alguma paixão. Está um pouco frio hoje, então coloquei uma jaqueta *jeans* por cima da camiseta. Desço os degraus da varanda e caminho até ele. Quando me aproximo, ele pergunta:

– Pronta?

Faço que sim.

– Sim, pronta pra fazer bagunça.

As bochechas dele ficam coradas enquanto abre a porta para mim e gesticula para que eu entre.

– Carro legal – elogio.

– Obrigado. Era do meu pai.

Nash fecha a porta e dá a volta no carro de um jeito apressado, mas casual. É como se estivesse se esforçando para não demonstrar ansiedade, e acho fofo ele estar tão nervoso quanto eu. Ele se senta no banco do motorista e colocamos os cintos. O carro ganha vida.

– Qual é o plano? – pergunto.

– Surpresa – ele responde, sorrindo para mim e seguindo para a rua.

– Você disse que esse carro era do seu pai.

Observo-o com um olhar solidário. Sei como é perder o pai. Bem, na verdade, não me lembro, porém posso sentir.

Ele balança a cabeça. Quero lhe fazer mais perguntas, mas não sei o que falar, porque não existe a coisa certa a dizer quando se trata de luto. Fico cutucando as unhas para me ocupar.

– Ele morreu alguns anos atrás. – Nash engole em seco, mantendo os olhos no asfalto adiante.

– Sinto muito. Perdi meus pais quando tinha 18 anos.

Respiro fundo e fecho os olhos por um momento para não chorar. Tenho me sentido estranha desde que Robbie me contou sobre o acidente. Quero chorar, mas não me permito. É quase como um mecanismo de defesa, como se meu corpo dissesse para a minha mente que já enfrentei o luto uma vez, e não preciso passar por isso de novo.

– Sinto muito também – Nash fala, olhando rapidamente para mim.

Ficamos em silêncio por um instante enquanto ele dirige pelo Wicker Park. Reconheço a Division St., a rua onde encontrei aquele café. O lugar está lotado de pessoas aproveitando a tarde ensolarada de outono.

– Quer ouvir música? – ele pergunta.

Digo que sim porque acho que precisamos mudar de assunto. Não era um bom começo para um primeiro encontro… quer dizer, primeiro encontro para mim. Nash aumenta o volume e as caixas de som explodem com *death metal*. Não gosto, no entanto, sorrio educadamente.

– Você curte?

– Claro – respondo, dando risada.

Ele balança a cabeça e canta baixinho enquanto dirige. É um gosto adquirido. E me pergunto se Robbie acharia isto pior do que Tyler curtindo Nickelback. Cerca de quinze minutos e pelo menos três músicas gritadas depois, o carro para na frente de um restaurante chamado Gretel. É uma construção de tijolos grande, pintada de preto e com enormes portas de carvalho. Lembro-me dele falando daqui aquele dia no hospital. É onde trabalha e onde tivemos nosso primeiro encontro (segundo minha agenda).

– Chegamos. – Nash desliga o carro e descemos.

– Está aberto? – pergunto, olhando para as luzes apagadas.

– Não. Seremos só nós dois.

Ele pega o molho de chaves e abre a porta. Lá dentro, Nash acende as luzes do bar. A decoração é rústica, com detalhes escuros e iluminação aconchegante. Atrás do bar, prateleiras que vão do chão ao teto estão tomadas por diversas garrafas. Há uma escada de ferro preta presa a uma barra deslizante, daquele tipo que se vê em livrarias. O salão mistura cabines e mesas altas e, mesmo vazio, parece cheio.

– É incrível – digo, absorvendo tudo.

– Obrigado. Mas não tenho nada a ver com a decoração, só com a comida mesmo.

– Tenho certeza de que ela também vai ser incrível.

– Quer descobrir? – Ele olha para mim. – Estava pensando que a gente podia almoçar aqui.

– Parece ótimo. O que vamos preparar?

Ele arqueia a sobrancelha.

– Que tal o famoso hambúrguer com fritas do Gretel?

– Estou dentro.

Nash me conduz pela porta de vaivém do bar, que dá em uma grande cozinha industrial. As luzes piscam algumas vezes antes de acenderem por completo. O lugar está impecavelmente limpo, com todas as superfícies metálicas brilhando. Nash tem muito orgulho do trabalho. Ele vai até um cano de metal, abre uma válvula, espera alguns segundos e então acende o piloto.

– O que é isso? – pergunto.

– Uma fritadeira. Preciso ligar e esperar o óleo aquecer. – Ele puxa uma lata na prateleira de cima e procura algo lá dentro. – Agora, você vai ter que se vestir para a ocasião.

Eu o observo, esperando para ver o que tem na manga. Ele se vira para mim, segurando dois aventais azul-escuros com tiras de couro marrom. Nash enfia a cabeça pela alça e a amarra nas costas rapidamente.

– Legal – comento, correndo o dedo pelo tecido que lembra *jeans*.

– Posso ajudá-la? – ele pergunta com voz baixa.

Suas bochechas rosadas denunciam seu nervosismo. Já tivemos outros encontros antes, mas talvez ele sempre fique nervoso assim. Afinal, Nash nunca teve um relacionamento sério. Tiro a jaqueta e a jogo num banco.

– Gostei da camiseta – ele fala, rindo.

Olho para o texto da camiseta e depois de volta para ele.

– Por que está rindo?

– Por causa da camiseta do *The Office*, aquela série.

Olho mais uma vez para ela e dou risada.

– Pensei que eu apoiava instituições de caridade contra a raiva ou algo assim.

Ainda rindo, Nash passa o avental por cima da minha cabeça. Viro de costas para ele, que amarra as tiras de couro, certificando-se de que estão bem ajustadas no meu corpo. Seus dedos roçam na minha lombar por cima da camiseta, e um arrepio sobe pela minha coluna.

– Pronto.

Viro de frente para ele. Nos encaramos, mas Nash desvia o olhar primeiro, juntando as mãos e observando a cozinha.

– Certo, hambúrgueres. Venha.

Nash pega os ingredientes no refrigerador que ocupa um cômodo inteiro, recitando a lista em voz alta enquanto me entrega umas coisas e pega outras. Carne moída. Queijo branco. Queijo amarelo. Brioche. Cebola. Picles. Alho. Maionese. Azeite. Suco de limão. Batatas.

– E agora? – pergunto, colocando tudo na mesa de metal. Ele faz o mesmo.

– Começamos pelas batatas. Demoram mais. Vou lavar e cortar. Por que você não faz quatro hambúrgueres com essa carne, cada um com metade do tamanho da palma da sua mão?

Faço que sim e começo a pegar a carne moída do recipiente, formando algumas bolas com cada pedaço.

Enquanto isso, Nash prepara as batatas, lavando-as e cortando-as.

– Gostou da sopa?

Ele olha para mim, movendo a faca para a frente e para trás. Fico preocupada achando que vai se cortar, mas ele não chega nem perto disso. Nash é bom com as mãos. Minhas bochechas começam a esquentar só de imaginar o que pode fazer com elas.

– Sim, muito. Estava deliciosa. Obrigada.

– Que bom que gostou – ele fala sorrindo, colocando as batatas na fritadeira. Elas chiam no óleo quente. – Vão ficar aí uns seis minutos. – Sua voz é controlada e imponente.

É como se eu estivesse tendo um vislumbre do *chef* Nash preparando um prato numa sexta-feira à noite, e eu adoro. As batatas não são a única coisa esquentando agora.

Ele se aproxima da mesa, posicionando o corpo a poucos centímetros atrás de mim. Resisto à vontade de me encostar nele.

– Ótimo trabalho – ele elogia enquanto termino o último hambúrguer. Sinto seu hálito quente na minha pele. Nash liga a grelha e descasca uma cebola com facilidade. A casca cai, e imagino-o fazendo o mesmo com as minhas roupas. – Pode cortar duas fatias? – ele pede.

– Claro. – Pego uma faca e corto a cebola com cuidado.

Nash se move feito um raio, fatiando o queijo e picando o alho. Não consigo nem imaginar quão rápido ele deve se mover durante a correria do jantar em um fim de semana ou durante outras atividades... Afasto o pensamento, obrigando-me a me concentrar na tarefa que tenho em mãos. Quem poderia adivinhar que ver um homem cozinhando seria tão *sexy*? Ele pega uma tigela e coloca maionese, pimenta-do-reino, alho e suco de limão.

– Pronto – anuncio.

Ele passa a tigela para mim.

– Pode misturar?

Volto ao trabalho, mas olhando para Nash sem parar. Ele coloca as quatro bolas de carne moída na grelha. Elas chiam quando o *chef* as esmaga com uma espátula, deixando-as mais finas. O jeito como comanda a cozinha é incrivelmente *sexy*. É como se ficasse mais confiante ali. Eu poderia passar o dia todo observando-o.

– O que acha? – pergunto, inclinando a tigela de um molho amarelo pálido para ele.

Nash enfia o dedinho no líquido e o leva à boca, lambendo-o.

– Está perfeito.

– O que é isso?

– *Aioli* de alho para acompanhar o hambúrguer e as fritas. Experimenta. – Ele enfia o indicador no molho e o ergue. Encaro-o e então levo seu dedo à minha boca, chupando o tal *aioli*.

– *Hum* – falo, olhando para ele através dos meus cílios.

Suas bochechas ficam coradas de novo e eu acho que ele vai me beijar, mas Nash limpa as mãos no avental e volta para o fogo, virando os hambúrgueres e colocando os pães na chapa. Sua timidez é genuína e a considero tão frustrante quanto *sexy*. Me pergunto quando ou se ele vai se soltar.

– Pode puxar as batatas?

– Claro – respondo, mesmo sem saber direito o que fazer.

Olho para o óleo quente borbulhando e depois para Nash. Ele está de costas para mim, colocando queijo branco e amarelo em cada hambúrguer.

– Nash.

Ele vira a cabeça para mim com as sobrancelhas franzidas, que logo relaxam quando se aproxima.

– Aqui – ele diz. Nash coloca os braços em volta da minha cintura e guia minha mão até o pegador da cesta, que erguemos e prendemos na parede, deixando o excesso de óleo escorrer de volta para a bacia. – Pronto – ele sussurra. Seu hálito quente roça minha orelha, provocando um arrepio na minha coluna.

Antes que eu consiga dizer qualquer coisa, o *chef* já está na chapa de novo, cuidando dos hambúrgueres.

– Pode pegar dois pratos naquele canto? – Nash aponta para uma prateleira. – Depois coloque as batatas para fritar de novo.

Faço o que ele pede como se eu fosse a *sous chef*.

– Por quanto tempo dessa vez?

– Só dois minutos. Batatas fritas duas vezes são as melhores. Elas ficam com uma casquinha deliciosa – ele explica, ajeitando os hambúrgueres em cada prato. – Estes são *smash burgers*. – Ele aponta para o prato. – São muito superiores aos hambúrgueres normais, porque, quando são esmagados na chapa, formam estas bordas crocantes e queimadinhas.

– Está com uma cara ótima.

– E o gosto é melhor ainda – Nash fala, dando uma piscadela.

Sorrio para ele por cima do ombro enquanto fico de olho nas fritas e no relógio na parede. Olho para trás de vez em quando para vê-lo montando os lanches. Nash está tão concentrado na tarefa que imagino que talvez esse seja o motivo de nunca ter tido um relacionamento sério. Ele priorizou a carreira, em vez do amor. Mas e eu, qual é a minha desculpa? No que andei tão focada?

Sinto uma mão na minha cintura enquanto puxo as batatas de novo. Eu me viro e vejo Nash parado atrás de mim.

– Desculpe – ele murmura, desligando a fritadeira.

– Imagine – digo com um sorrisinho tímido. Porque eu gostei. Mas não falo essa parte em voz alta.

Ele sorri de volta. De perto, percebo que está com a barba muito bem-feita. Não há um pelo sequer em seu maxilar angulado. Está cheirando a pão, e me pergunto se ele estava cozinhando antes de ter ido me buscar. Nash pega a cesta de batatas fritas e as joga em um recipiente raso de metal.

– Se quiser ir se sentar, vou terminar de montar os hambúrgueres e já levo – ele sugere.

– Pode deixar. – Tiro o avental e entrego-o para ele.

Escolho uma mesa em uma cabine no canto, na frente do salão. Atrás dela, há uma grande janela com vista para a calçada e para a rua. Observo as pessoas passando.

– Quem quer comer? – Nash pergunta.

Ele atravessa o restaurante segurando um prato em cada mão, sem parar de sorrir. Percebi que começou a sorrir cada vez mais ao longo deste encontro, como se estivesse ficando mais confiante ao mostrar sua alegria. O que me faz abrir um enorme sorriso.

– Que lindo – falo quando ele serve os pratos e pega duas garrafas de água no avental.

O queijo e o *aioli* estão vazando pelas laterais do hambúrguer. Há uma montanha de batatas fritas supercrocantes em cada prato, com um pequeno refil de molho ao lado. Nash se senta e faz um gesto para que eu comece. Pego o hambúrguer e quase desloco a mandíbula tentando mordê-lo por inteiro. O lanche está perfeitamente equilibrado, numa mistura de acidez, salgado, carnudo e picante. Além disso, o tostado da carne é uma boa surpresa. Nash estava certo. Todos os sabores juntos formam um gostinho adicional. Aceno a cabeça várias vezes enquanto mastigo e depois limpo a boca e o queixo com um guardanapo.

– E aí, o que achou? – Nash espera minha resposta para atacar o hambúrguer dele.

– Incrível. Você tinha razão sobre o *smash burger*.

– Foi exatamente isso que você disse da última vez. – Ele sorri, dando uma mordida no seu hambúrguer.

– Sério?

Ele assente, abrindo a garrafa de água e dando um gole.

– Hoje tem sido meio que um *déjà vu* pra mim. Mesmo sem se lembrar, você fez e disse quase tudo igual. Impressionante. – Ele mergulha algumas batatas no *aioli* e as leva à boca.

Fico me perguntando se ele está achando o encontro chato, já que eu falei e fiz quase tudo igual. Espero que não. Pelo menos, sei que ainda sou eu. Como algumas batatinhas, uma com *aioli* e outra sem. É mais gostoso com o molho. Ele me encara.

– Como é?

– Como é o quê?

– Não ter memória. – Nash suspira. – Sei que é uma pergunta estranha, então não precisa responder. – Ele dá mais uma mordida no hambúrguer. O queijo e o *aioli* escorrem pelo outro lado e caem no prato.

É a primeira vez que alguém me pergunta isso, e gosto que tenha sido ele. É uma demonstração de que se importa com meus sentimentos e com o que tenho vivido.

– É esquisito. É como se não houvesse nada me guiando. Sabe? A maioria das cosias que fazemos e dizemos é ditada pelas nossas experiências do passado. Mas o meu passado é uma página em branco. Às vezes, eu meio que posso sentir as lembranças, embora não saiba como elas são. – Fico girando uma batata no molho.

– Como assim, você pode sentir?

– Tipo, se eu fizer algo, comer ou cheirar algo, vou achar familiar e reconfortante. Mas não vou saber por quê – explico, comendo a batata morna e crocante.

– Você podia escrever um livro sobre isso. – Ele abre um meio-sorriso.

– É, talvez. Algo sobre encontros com amnésia – falo, rindo.

– Eu leria. – Nash também ri e limpa a garanta. Ficamos em silêncio por um tempo até que ele inclina a cabeça. – Você tem medo de que... sua memória não volte?

Aperto os lábios e olho para baixo. Pensei bastante sobre isso, apesar de não querer.

– Estou apavorada com a possibilidade de que isso aconteça.

– Sinto muito.

– Eu também. – Dou de ombros. – Mas, pensando pelo lado positivo, pude cozinhar com você duas vezes. – Bato meu ombro no dele de brincadeira e sorrio.

– Sorte a minha – ele diz.

Seguimos devorando nossos hambúrgueres, trocando olhares e sorrisinhos. Estou adorando este encontro. Curto os momentos de conversa, mas também os de silêncio. Então me lembro de que ainda vou ter de sair com outros dois homens e de que preciso descobrir qual deles eu amo.

Preciso perguntar para Nash sobre seus relacionamentos anteriores – ou a inexistência deles. Maya disse que era um alerta, contudo talvez não seja. Porque, se for para ele, também deve ser para mim.

– Não sei sobre o que já conversamos, então me desculpe se eu estiver sendo repetitiva. Será que você pode me contar sobre... seus relacionamentos? – Olho para ele rapidamente. – Eu lhe contaria sobre os meus, mas não me lembro.

Ele sorri e limpa a boca com o guardanapo.

– Não tenho muito o que contar. Não tive nenhum relacionamento sério de verdade.

– Oh, por quê? – Encaro os olhos de avelã dele.

Ele fica corado, como se estivesse constrangido.

– Não sou muito bom nisso.

Coloco a mão sobre a dele. Nash fica mais vermelho ainda, mas não a afasta. Acho que nós dois somos mais parecidos do que pensei. Eu não sou tão tímida, porém sei como é manter as pessoas a distância, quase como um mecanismo de defesa. Nash entrelaça os dedos nos meus.

– Tenho dificuldade de me abrir – ele fala, abaixando a cabeça. – E priorizei tanto minha carreira que todo o resto ficou em segundo plano. Mas também acho que usei minha carreira como justificativa por bastante tempo, porque tenho medo de deixar as pessoas se aproximarem.

– Entendo. Pelo menos, acho que entendo.

Nash abre um sorrisinho.

Observo seu rosto, absorvendo o conjunto de sardas no nariz, a pele lisa e os lábios delgados. Pouso os olhos no seu braço coberto de tatuagens coloridas.

– Doeu?

Ele recolhe a mão enquanto ergue o braço, girando-o para que eu possa ver melhor os desenhos. Nash levanta a manga, revelando o bíceps forte e exibindo todas as suas tatuagens.

– Só algumas. Tipo esta. – Ele aponta para um anjo cheio de detalhes e asas douradas na parte de trás do braço. As palavras "RIP pai" estão escritas em letra cursiva abaixo dele. – Essa foi a que mais doeu. Talvez porque seja a mais significativa.

Corro os dedos pela tatuagem tão bem desenhada.

– É linda – digo. Ele fica todo arrepiado e dá um sorriso.

– Obrigado. – Ele abaixa a manga enquanto eu afasto a mão. – Você tem alguma tatuagem?

– Não que eu saiba – falo, rindo.

– Você quer fazer alguma?

– Não sei, talvez. – Dou de ombros. – Por que quis fazer essas?

– No começo, eu só queria irritar meus pais, quando estava com 18 anos. Mas, depois disso, comecei a gostar de verdade. É legal passar pelo processo de criação, escolher o local, e todas têm algum significado pra mim. Algumas mais do que outras. – Ele sorri. – Esta foi uma aposta. – Nash aponta para uma pequena tatuagem no pulso.

– Está escrito "viver, rir, amar"?

Ele concorda e abafa uma risada.

– Ela me lembra de viver, rir e amar todos os dias. – Ele mal consegue terminar a frase em meio à gargalhada.

– Seria um bom lembrete pra mim, já que tenho amnésia – brinco.

– Quer fazer uma tatuagem de casal? – ele brinca.

Balanço a cabeça e dou risada antes de dar mais uma mordida no hambúrguer. Deixo um restinho no prato.

– Mesmo com essa tatuagem aí, acho que você fica ótimo assim. – Sorrio, limpando as mãos e o rosto com o guardanapo de pano.

– Obrigado. – Nash enfia o último pedaço de hambúrguer na boca.

Ouvimos a porta da frente se abrir. Um jovem de cavanhaque e cabelo escuro entra, dando um pulinho de susto ao nos ver ali.

– Que susto, *chef*. – Ele leva a mão ao peito e dá risada, aliviado.

– Foi mal, James – Nash diz. – Esta é Peyton. – Ele gesticula para mim. – E este é meu *sous chef*, James.

Ele acena e diz que é um prazer me conhecer.

– Pensei que *eu* fosse sua *sous chef* – falo para Nash com voz sedutora. Ele fica corado enquanto olho para o verdadeiro *sous chef*. – Prazer, James.

– Ele a colocou pra trabalhar no meio do encontro, não é? – James sorri, seu olhar se alternando entre mim e Nash.

– Sim. Ele me fez preparar minhas próprias batatas – brinco.

– É por isso que está solteiro há tanto tempo, Nash – James comenta, ainda rindo.

– Certo, vai trabalhar – Nash diz, em um tom alegre.

James avisa que vai ficar lá nos fundos, se despede e desaparece pelas portas duplas, entrando na cozinha.

– Você também tem que trabalhar agora? – pergunto, deixando escapar certa frustração na voz.

– Infelizmente. – Nash se levanta e pega nossos pratos. – Vou só levar isso e já volto.

Quando ele sai em direção à cozinha, meu celular vibra com uma mensagem de Maya: "Ei, posso passar aí pra pegar você, se já tiver encerrado o encontro. Estou perto porque vim devolver uma calça numa loja. Mas tudo bem se não tiver acabado ainda. Me avisa".

Respondo: "Você escreveu na hora certa". Acho que é melhor Maya vir me buscar, assim eu não tomo o tempo de Nash, especialmente agora que seu *sous chef* chegou.

– Pronta? – Nash se aproxima, secando as mãos.

Ele é tão confiante aqui. Queria poder ver esse seu lado fora do restaurante, mas talvez todos os nossos encontros tenham de ser aqui. Fico em pé e coloco a jaqueta.

– Na verdade, Maya está vindo me buscar. Ela estava na área. Tudo bem?

Ele franze as sobrancelhas e vejo-o ser dominado pela decepção. Nash está quase murchando, mas então relaxa e levanta os ombros.

– Sim, sim, claro.

– Quando você vai querer sair de novo? – pergunto.

Seu rosto se ilumina e Nash chega mais perto de mim, posicionando-se a poucos metros de distância.

– Que tal domingo à noite, umas 7 horas? Quero me encontrar com você em um horário mais adequado.

Olho para ele.

– Ótimo.

Nash me encara e molha os lábios, como se estivesse se preparando para me beijar, mas não sei se vai. Então me adianto. Fico na ponta dos pés e me inclino na direção dele. Meus lábios encontram os dele, e Nash me beija gentilmente. É um beijo doce e suave que dura poucos segundos, e depois nos afastamos. Quando abro os olhos, vejo-o sorrindo para mim.

– Foi nosso primeiro beijo? – pergunto.

– Sim – ele responde, corando e olhando para os pés. – Como você sabia?

– Eu senti.

CAPÍTULO 10

– E aí, como foi? – Maya pergunta enquanto entro no seu Nissan Altima.

Ela agita a sobrancelha duas vezes, abaixando um pouco os óculos de sol gigantes, revelando só uma parte dos olhos castanho-claros. Ela está de batom vermelho, o que faz seus dentes parecerem ainda mais brancos.

– Maravilhoso. Nash é um homem incrível. – Fecho a porta e coloco o cinto.

– Vocês se beijaram? – Ela contorce os lábios.

– Um pouco. – Minhas bochechas esquentam.

Maya dá batidinhas no volante e suspira.

– Olha só pra você. Acabou de sair de um coma e já beijou dois gatos em menos de 24 horas. É tipo *A Bela Adormecida* para adultos. – Ela dá a partida no carro e sai para a rua.

– Mas a Bela Adormecida precisava do beijo pra acordar. Eu só estou tentando recuperar a memória.

Se bem que, neste instante, estou bem sem ela. Não falo isso em voz alta porque sei que vai soar estranho, e também não sei explicar o porquê. Por mais que queira minha memória de volta, estou começando a gostar de viver assim. É meio que libertador.

– Ahhh, talvez seja que nem um filme: quando você finalmente descobrir qual deles você ama, *puf*, todas as suas lembranças vão voltar. – Maya me olha com um meio-sorriso.

– Tomara. – Abaixo o espelho do carro para aplicar um protetor labial e dar uma olhada nos dentes. Tudo certo.

– Agora que você beijou o Tyler e o Nash, com qual deles você sente que tem mais conexão?

Recolho o espelho e fecho o protetor labial, guardando-o na bolsa.

– Tyler, acho. Mas talvez seja porque a gente já tenha intimidade.

Ela vira à esquerda em um cruzamento.

– Ou talvez seja assim porque você sente tesão por ele. – Ela arqueia as sobrancelhas.

– Pode ser. Mas Nash é sensual e fofo ao mesmo tempo. Tem algo nele que me atrai.

– U-la-lá, conta mais – Maya pede, estacionando o carro.

– Foi… – Levo um tempo para encontrar a palavra certa. – Doce. – *Sim, doce, foi isso.* – Nash me mostrou a cozinha, e ele sabe comandar *muito bem* aquela cozinha.

– Não sei por que, mas pareceu algo incrivelmente sexy – Maya comenta, agitando as sobrancelhas.

– Não é? A gente só preparou fritas e hambúrgueres, e não sei como, mas foi muuuito *sexy*. Ele é bem tímido, e foi mostrando uma confiança silenciosa enquanto cozinhava.

– Confiança silenciosa? Achei *sexy*.

– Mas é mesmo, e adorei ver esse outro lado dele.

– Falando em outro lado, conseguiu descobrir mais sobre essa coisa de zero relacionamentos? – Ela desliga o carro e desce para abrir o porta-malas e pegar uma sacola.

– Ele disse que andou focado na carreira, mas que, na verdade, tem dificuldade em deixar as pessoas se aproximarem – digo, caminhando ao lado dela no estacionamento.

Maya tira os óculos e os enfia na bolsa.

– E ele está pronto pra se abrir pra você? – ela pergunta, arqueando a sobrancelha.

– Parece que sim. Tipo, ele concordou com toda essa história dos encontros.

– Verdade. – Ela assente. – E ele a beijou.

– Não, eu que beijei o Nash.

– Olha ela, toda moderna. – Nós nos aproximamos da loja e Maya segura a porta para mim.

Faço beicinho.

– Eu não sou assim normalmente?

A loja é enorme e bem iluminada, com pé-direito alto. As prateleiras de roupas estão bem-dispostas e clientes e funcionários circulam pelo local.

– Normalmente não – ela responde, avançando para o balcão de atendimento ao cliente como se estivesse em uma missão, ou tentando evitar todas as placas vistosas anunciando promoções.

Uma mulher de meia-idade com um corte *dark bob* ajuda Maya com a devolução. Ao terminar, minha amiga se vira para mim e pergunta:

– Quer dar uma olhada na loja ou ir embora?

Olho em volta, achando tudo impressionante. Não sei nem do que gosto ou do que preciso. Será que tenho dinheiro? Qual é a minha situação financeira? Faço uma nota mental de pesquisar isso depois.

– Você que sabe.

– Minha mente está me dizendo pra eu dar uma olhada, mas meu saldo bancário está me mandando vazar daqui. – Ela olha para as roupas e depois para mim. – É melhor ouvir meu saldo bancário.

Maya marcha diretamente para a saída antes que mude de ideia. Entramos no carro e ela coloca a chave na ignição. Então se vira para mim com uma expressão séria e fala:

– Tem certeza de que não é demais pra você? Sair com todos esses caras, quero dizer?

– Acho que não... pelo menos, não por enquanto.

– Só pra esclarecer, já que Robbie mudou de opinião a respeito disso. Geralmente ele é a nossa voz da razão, então acho que tenho de pelo menos tentar cumprir esse papel agora. – Ela dá risada.

Sorrio, pensando em Robbie nos mantendo longe dos problemas ao longo de tantos anos.

– Estou bem agora. Mas... quando tiver de tomar uma decisão, não sei como vou me sentir ou como vou lidar com a situação.

Cutuco as unhas, que estavam pintadas de rosa-claro, mas a maior parte já descascou. Os arranhões nos meus dedos estão quase cicatrizados. Logo as únicas evidências do acidente vão ser as memórias que não tenho mais.

– Você vai ficar bem. Sempre lidou bem com qualquer coisa que a vida lhe apresentou. E olha que foram muitas coisas. Além disso, você tem a mim, o Robbie e a Debbie ao seu lado. – Ela aperta minha mão.

– Obrigada.

– Agora vamos levar você pra fazer as unhas – ela fala, inspecionando-as. – Porque isto aqui não está bom.

– Em minha defesa, fui atropelada por um carro e fiquei em coma por vários dias. – Afasto a mão e examino-as de perto. Estão quebradas e lascadas.

– Não tem desculpa – ela diz, dando a partida no carro e engatando a ré. – Eu bem que tentei fazer suas unhas quando você estava em coma, mas uma das enfermeiras brigou comigo porque tirei aquele negocinho que estava preso no seu dedo.

– Você está falando daquele dispositivo que media a quantidade de oxigênio no meu sangue pra determinar se eu precisava de ventilação mecânica ou intubação?

– Isso, esse mesmo – Maya responde, manobrando o carro na direção da cidade e começando a dirigir.

*

Algumas horas depois, nossas unhas estão à altura dos padrões de Maya. Ela escolheu um esmalte vermelho bem aberto, e eu escolhi a mesma cor de antes do acidente, batizada de "sapatilhas de bailarina". Eu ia optar por uma cor mais ousada, mas percebi que a minha versão com memória curte algo mais discreto, por isso decidi pelo rosa-claro. Maya e eu saímos do elevador de um prédio alto. Já estive aqui muitas vezes, porém não me lembro.

– Por aqui – ela fala, me conduzindo por um corredor comprido.

De ambos os lados, há portas numeradas e espaçadas uniformemente. Ela bate em uma e a abre imediatamente, sem esperar que alguém venha atender. O apartamento de Robbie é minimalista, com janelas que vão do chão ao teto com vista para os prédios de Chicago. A cozinha e a sala são conectadas, como na minha casa, no entanto são mais espaçosas. O sofá bege combina com a poltrona reclinável que combina com a enorme TV, o que dá ao lugar um ar de apartamento de solteiro. Há uma mesa no canto mais distante, com monitores duplos e pilhas de papelada. Robbie gira a cadeira e tira um par de óculos de leitura, piscando várias vezes, como se sua visão estivesse embaçada de tanto olhar para a tela do computador.

– Não aprendeu a bater na porta, Maya? – Ele estreita os olhos e se levanta, espreguiçando-se e revelando uma parte da barriga.

– Eu bati e abri a porta logo depois – ela diz, colocando as mãos nos quadris.

Ele esfrega a mão pelo rosto.

– O que vocês estão aprontando?

Robbie caminha pela sala ajeitando as coisas, como se estivesse tentando deixar o apartamento mais apresentável para nós. Ele pega uma tigela vazia, afofa algumas almofadas e dobra uma manta.

– Vou trabalhar no bar Gilt antes da apresentação, então preciso sair mais cedo – ela fala. – Pensei que, já que estávamos fazendo as unhas aqui perto… – Ela mostra as mãos e agita os dedos. – Pensei em deixar a Peyton com você e depois você a leva de volta quando parar de trabalhar – ela conclui o plano com um sorriso.

Robbie coça a nuca.

– Tudo bem. Já estou terminando, vou levar só mais uma meia hora e podemos ir. Pode ser?

– Claro. – Tiro os sapatos e me jogo no sofá, apoiando os pés na mesinha. Passo a mão pelo tecido. – Que chique. É couro de verdade?

– É. – Ele sorri. – Você que me ajudou a escolher.

– Sério? – Sorrio de volta. – Então tenho bom gosto.

– Para decoração, sim – ele fala timidamente.

Robbie dá a volta na ilha da cozinha e coloca a tigela no lava-louças. *Só para decoração…* me pergunto para o que é que eu não tenho bom gosto.

– Tudo certo? – Maya pergunta, fazendo dois sinais de joinha.

– Sim, tudo certo – respondo.

Robbie concorda.

– Ótimo. Divirtam-se, crianças – ela diz, saindo do apartamento e fechando a porta.

Robbie pega dois controles remotos na bandeja da mesinha e os oferece para mim.

– Esse é o da TV e esse é do Firestick. Tenho quase todos os *streamings*, porque sempre me esqueço de cancelar, então fique à vontade pra assistir ao que quiser.

Olho para os controles e depois para Robbie.

– E do que eu gosto?

Robbie se senta e estica a mão. Devolvo-lhe os controles. Ele liga a TV e começa a percorrer os vários aplicativos.

– Esta é a sua comédia romântica favorita – ele fala, apontando para a tela.

– *Nunca fui beijada*?

Ele faz que sim.

– Você assistiu acho que umas cinquenta vezes.

– Nossa, e não me lembro de nada.

Robbie me olha e dá risada.

– Qual é o meu filme de ação favorito?

– *Duro de matar*. Sempre que está doente, você assiste a todos os filmes da sequência. Você diz que eles fazem você se sentir melhor.

– E é verdade?

Ele bate o dedo contra o queixo, pensando sobre a pergunta.

– É, sim. Mas são cinco filmes no total, e você costuma levar alguns dias pra terminar, então é mais provável que a doença passe sozinha.

– Do ponto de vista científico, minha teoria é bastante sólida.

Ele dá risada e percorre mais alguns aplicativos.

– E você? Qual é sua comédia romântica favorita? Ou é dessas pessoas que odeiam filmes assim? – Ajeito a postura para ficar de frente para ele.

– Eu sou, mas você e Maya me fizeram assistir um número tão inacreditável de comédias românticas que fui obrigado a eleger um favorito. – Ele abre um sorriso afetado.

Pego a manta que está atrás do sofá e a coloco sobre as nossas pernas.

– E qual é o seu favorito?

– *De repente 30* – ele fala quase imediatamente.

– Por quê?

– Sei lá. Pela nostalgia, pela ideia de ter uma perspectiva diferente da vida ao voltar atrás e fazer as coisas de outro jeito. – Ele dá de ombros. – É um filme fofo que passa uma mensagem legal.

– Então eu preciso assistir... ou melhor, reassistir.

Robbie olha para o relógio e me entrega os controles. Depois, afasta a manta e fica em pé.

– Certo, deixa só eu terminar o trabalho rapidinho e a gente pode ir. – Ele junta as mãos, como se estivesse se incentivando.

Desvio o olhar da tela para o meu amigo, que atravessa a sala e se senta diante de uma escrivaninha. Vou passando os filmes e as séries, sem reconhecer nada. Tenho certeza de que vi a maioria, mas nada chama minha atenção. Observo Robbie de novo. Ele está digitando depressa, como se estivesse correndo para terminar o serviço. Percebo seus ombros tensos.

Meu celular vibra com uma mensagem de Shawn: "Espero que esteja tendo uma boa semana. Mal posso esperar pra rever você na sexta".

Experimento várias respostas, apago e reescrevo tudo várias vezes. Primeiro, arrisco: "Eu também!!". Mas me achei ansiosa demais, especialmente considerando que estou saindo com mais dois homens. Deleto as exclamações, as substituo por um ponto-final. Agora parece que não estou nem um pouco animada. Então apago tudo e recomeço. Digito: "Oi, Shawn. Também estou empolgada pra ver você na sexta". Não, ficou formal demais e um tanto bizarro. Qual é o meu problema? Por que não consigo mandar uma mensagem para o gatinho com quem estou saindo? Resmungo.

– O que foi? – Robbie pergunta, virando a cabeça para mim.

– Nada – respondo, apagando tudo o que escrevi.

Ele faz uma careta.

– Não parece nada.

– É bobagem. Recebi uma mensagem do Shawn e não sei o que responder. – Suspiro. – Essa coisa de sair com vários homens ao mesmo tempo é mais difícil do que eu pensei, porque não quero parecer mais interessada em um do que em outro, pelo menos não agora.

– O que ele falou? – Robbie gira a cadeira e cruza os braços.

– Só que ele espera que eu esteja tendo uma boa semana e que mal pode esperar pra me ver na sexta.

– Bem, diga o mesmo.

Recebo mais uma mensagem dele.

– Ele acabou de falar pra eu me vestir bem para o nosso encontro. O que significa isso?

– Acho que significa que não é pra você usar essa camiseta do The Office e esse *jeans* rasgado que está vestindo agora. – Ele abafa uma risada.

Encaro a tela e digito: "Também estou animada pra sexta! E quão bem devo me vestir?". Envio a mensagem e expiro. Ele responde: "Arrasa ☺".

Olho para Robbie, que me observa com atenção. Ele limpa a garganta e ajeita a postura.

– Shawn falou que é pra eu arrasar. Será que tenho algo arrasador?

– Tenho certeza que sim. Se não, a gente dá um jeito.

Abro um sorrisinho.

– Você vai me ajudar a escolher uma roupa para o meu encontro?

– Claro, se for isso que amigos que não querem honrar um pacto bobo de casamento fazem – ele brinca.

Comprimo os lábios e abro um sorriso amarelo. Robbie dá risada e gira a cadeira para se concentrar no trabalho. Por que ele faz tanta questão de que eu escolha um desses pretendentes para evitar o pacto que fizemos quando estávamos na universidade? Será que ele não se sente atraído por mim? Ou será que já tentamos algo antes? Sei que Maya disse que não, mas talvez a gente tenha tentado e ela não saiba. Será que ele só me vê como amiga? Às vezes, tenho a impressão de que me vê como algo mais. Por causa dos silêncios, das palavras que diz e das que não diz, do jeito que me olha e tudo o que fez desde que acordei do coma. Mas se é isso que Robbie quer, então vou sair com esses homens. Pego o celular e escrevo três mensagens. Uma para Tyler. Outra para Nash. E outra para Shawn. Todas dizem a mesma coisa: "Pensando em você".

Volto a atenção para Robbie e fico olhando para a nuca dele. Seu cabelo escuro é bem curtinho, forma um V no pescoço. Vejo três pequenas pintas logo abaixo do cabelo, desenhando uma linha curva feito o cinturão de Órion. Eu me pergunto se já as notei antes.

Meu celular vibra de novo com uma mensagem de Shawn: "Eu sei. A gente estava trocando mensagens agora mesmo". Bem, isso é constrangedor.

Recebo mais duas mensagens, uma de Nash e outra de Tyler. Ambas dizem: "Eu também". Meu estômago ronca e Robbie vira a cabeça para mim.

– Isso foi sua barriga?

Minhas bochechas pegam fogo. Faço que sim.

– Certo, vamos – ele diz, desligando o computador.

– Você não precisa terminar o trabalho?

– Sim, mas o trabalho nunca vai acabar e pode ficar pra amanhã – ele responde, abanando a mão para a máquina. Robbie pega uma mochila ao lado da escrivaninha e vai até a porta. Depois, coloca o casaco e calça os tênis. – Além disso, não consigo trabalhar com todo esse barulho, então vamos arranjar algo pra você comer.

Ele abre um sorriso, e não consigo evitar fazer o mesmo. O fogo nas minhas bochechas se dissipa. De alguma forma, Robbie sabe fazer com que eu me sinta destemida.

*

Nós dois nos sentamos de frente um para o outro em um restaurante a algumas quadras da minha casa. O lugar é bem espaçoso, com pé-direito alto e vigas de madeira. O estilo é industrial, com detalhes em preto e verde-escuro, o que dá uma sensação de amplidão e ao mesmo tempo aconchego.

– O que está pensando em pedir? – Robbie pergunta, olhando o cardápio.

Desvio a atenção da agitação do restaurante e me concentro na minha escolha.

– Essa salada Wrightwood parece boa – digo.

– É mesmo. – Ele abre um meio-sorriso. – É o que você sempre pede.

Não sei se eu devia resmungar ou ficar feliz por fazer as mesmas coisas que fazia quando tinha memória. Peço o mesmo prato. Escolho o mesmo café. Falo as mesmas frases. Talvez não precise me preocupar se vou escolher o homem errado. Mesmo sem minhas lembranças, ainda sou eu. É como se minha essência, minha personalidade e minha alma permanecessem intactas. Mas será que eu devia estar fazendo e dizendo as mesmas coisas? Porque todas essas coisas me levaram a relacionamentos passageiros, encontros com vários homens ao mesmo tempo e à inabilidade de amar e ser amada.

Encolho os ombros.

– Então acho que eu devia experimentar algo novo.

Robbie me olha de um jeito peculiar, mas não fala nada. A garçonete coloca dois copos de água na nossa frente.

– Prontos pra fazer o pedido? – ela pergunta com voz aguda e animada.

Ele gesticula para mim. Peço um sanduíche de frango. Hora de mudar um pouco. Robbie pede um hambúrguer e uma cerveja *pilsen*.

– Mais alguma coisa?

– Sim, vamos começar com esse queijo coalho – digo, entregando-lhe o cardápio.

Ela anota nosso pedido e diz que vai voltar com a bebida.

Robbie me olha por cima do copo enquanto dá um gole.

– Saiu com alguém hoje?

– Sim, com o Nash.

– O *chef*?

– Esse mesmo.

– E aí? – Ele arqueia as sobrancelhas. – É o candidato favorito?

– Poderia ser. – Corro os olhos pelo restaurante antes de me concentrar em Robbie. – Ele é muito fofo e atencioso, só que ainda não o conheço muito bem.

– Bem, à esta altura isso é válido pra todos, né?

Concordo e bebo água.

– Você teve a sensação de que já o conhecia antes do acidente?

A garçonete volta, coloca a cerveja diante de Robbie e uma cesta de queijo coalho no meio da mesa. Depois vai embora, sorrindo. Ele pega um queijo e o enfia no *aioli*. Observo-o enquanto meu amigo espera o excesso de molho cair para então colocá-lo na boca. Ele solta um gemido baixinho enquanto mastiga, saboreando o petisco.

– Talvez – digo, também atacando o queijo. – Ou talvez não.

Robbie bebe a cerveja e me estuda por cima do copo, como se estivesse avaliando minha resposta.

– Com quem você sentiu uma conexão mais forte?

– Só saí com o Nash até agora, e tive um almoço improvisado com o Tyler. Vou ver Shawn na sexta-feira e o encontro oficial com Tyler é amanhã. Por enquanto, eu diria que foi com ele.

Robbie se recosta na cadeira.

– Por quê?

Como mais um queijo e bebo água, pensando na resposta. Robbie me olha intensamente, à espera que eu fale. Não quero lhe contar que já transei com Tyler antes do acidente, e não sei direito por que não quero que ele saiba disso. Será que intimidade é o mesmo que conexão? Talvez eu não tenha nem gostado. Estou fazendo coisas das quais nem me lembro porque tenho muito pouco em que basear meus sentimentos.

Por fim, respondo:

– As coisas são fáceis com ele, ou melhor, são naturais. Sim, é isso, eu fico à vontade.

É mesmo natural e fácil estar com Tyler? Ou o que é natural e fácil, afinal? Nem sei mais.

Robbie franze o cenho, direcionando o olhar para a minha direita.

– Falando no diabo – ele comenta.

Viro a cabeça, seguindo seu olhar. Vejo Tyler parado no bar de *jeans*, bota e camisa de flanela. Seu cabelo comprido está escondido debaixo de um gorro preto, e ele está cercado por homens enormes vestidos com roupas parecidas. Devem estar vindo do trabalho.

– A primeira rodada é por minha conta – Tyler diz, colocando duas notas de vinte dólares no balcão.

O *barman* desliza quatro copos de cerveja na direção de Tyler e seus amigos. Eles fazem um brinde e explodem de rir quando alguém diz algo engraçado, dando um grande gole cada um em sua bebida.

– É o destino – Robbie fala com voz monótona. Quando me viro para ele, vejo que já engoliu metade da cerveja. – Será que a gente chama ele? – Robbie pergunta, limpando a boca com o dorso da mão.

– Não. Ele está com os colegas de trabalho, e a gente está jantando.

Robbie dá de ombros e abre um sorriso diabólico.

– Desculpe, Peyton. Preciso permanecer fiel ao novo pacto.

– Não, Robbie.

– Ei, Tyler! – ele grita para o bar, ignorando meu pedido. – Tyler!

– Robbie, para.

Ele continua gritando e acenando até chamar a atenção de Tyler. Depois de quinze segundos de gritaria, Tyler finalmente vê Robbie... e eu. Então abre um sorriso torto e acena de volta.

– Sou seu parceiro nessa – Robbie diz, entusiasmado.

– Não preciso que seja meu parceiro – falo com os dentes cerrados. – Eu só queria jantar com você.

Robbie me encara com uma expressão séria, mas depois encolhe os ombros e fala:

– Pacto é pacto.

Resmungo, enquanto dou uma olhada em volta do restaurante. Tyler se inclina para um dos amigos, sussurra algo e dá tapinhas nas costas dele antes de vir até a nossa mesa.

– Aí vem o seu homem – Robbie cochicha.

Olho-o irritada.

– Ele não é o meu homem. É um dos três.

– Você disse que ele era o favorito, sua conexão mais forte.

– Eu disse que ele poderia ser, agora quer calar a boca? Ele vai ouvir você – sussurro de volta.

Tyler para na nossa mesa.

– Oi, o que vocês estão fazendo aqui? – ele pergunta, sorrindo.

– Estamos só jantando – respondo, abrindo um sorriso amarelo. Não sei se fico em pé para lhe dar um abraço ou se chuto a canela do Robbie.

Tyler coloca a mão no meu ombro e dá um leve apertão.

– Fiquei feliz de ver você – ele fala baixinho.

– Eu também – solto, acenando a cabeça.

– Senta com a gente – Robbie diz, indicando a cadeira.

Estreito os olhos para ele.

– Ah, não. Não quero atrapalhar – Tyler tenta recusar educadamente.

– E ele está com os amigos – falo, chutando a canela do Robbie por baixo da mesa; ele reclama baixinho e abre um sorriso sem graça.

– Não vai atrapalhar nada. Senta aí ao lado da Peyton.

– Tem certeza? – Tyler pergunta.

Robbie balança a cabeça afirmativamente.

– Claro.

Abro espaço para que ele se sente no banco. Tyler se acomoda. Ele cheira a serragem com um toque de tabaco. É até que gostoso, e inalo profundamente.

– Já pediram a comida?

– Já – respondo.

– Posso chamar a garçonete pra você – Robbie oferece, levantando a mão.

– Não precisa. Já pedi lá no bar, então posso só trazer a comida pra cá quando chegar. – Ele bebe sua cerveja.

– Ótimo plano. Gostei.

Tyler concorda e dá um sorrisinho, como se não soubesse o que dizer. Sua barba é escura e curtinha, revelando o maxilar forte e o queixo proeminente. Ele parece uma daquelas estátuas gregas que a gente vê em museus, perfeitamente esculpidas. Ele me olha de lado.

– E você, tem outros planos? – Robbie pergunta, encarando Tyler.

Será que Robbie vai interrogá-lo bem na minha frente? A intensidade do olhar dele me diz que sim. Enfio um queijo na boca, me preparando para uma conversa constrangedora ou qualquer outra coisa que Robbie tenha em mente.

– Como assim? Nos negócios ou na vida? – Tyler pergunta, bebericando a cerveja.

– Não. – Ele gesticula para mim. – Com Peyton.

Empurro os petiscos para Tyler, para distraí-lo do interrogatório iminente de Robbie. Ele balança a cabeça de leve, recusando minha oferta, e limpa a garganta.

– Bem, eu queria namorar com ela.

– Então esse é o seu plano? – Robbie questiona.

Tyler assente.

– E se Peyton escolher outra pessoa?

Eles estão falando de mim como se eu não estivesse bem ali pertinho deles.

– Robbie, para com isso.

– O que foi? – Ele contorce a lateral da boca e dá de ombros. – É só uma pergunta.

– Eu não ligo – Tyler fala para mim.

– Está vendo? Ele não liga, e eu só quero garantir que as intenções dele sejam genuínas. – Robbie se recosta no assento e bebe sua cerveja. – Alguém que realmente se importe com Peyton vai respeitar sua decisão e querer que seja feliz de qualquer jeito.

– Concordo. Se ela escolher outro pretendente, ainda vou querer o melhor pra ela, mesmo se não for eu.

– Boa resposta – ele diz.

Estou começando a pensar que Robbie não acha que Tyler é o homem certo para mim. Por que mais faria uma pergunta dessas? Será que ele teria coragem de falar assim com Nash ou com Shawn? Encaro meu amigo e estudo seu rosto em uma tentativa de entender o que ele está pensando.

– Só estou sendo sincero. – Tyler dá outro gole, espiando Robbie por cima do copo. Ele aponta para nós. – Há quanto tempo são amigos?

Robbie ergue o queixo.

– Desde a universidade.

– Tempo demais – brinco.

– Como é que você sabe, Peyton? Você perdeu a memória – Robbie provoca.

– O que deve ser uma coisa boa, porque o que experimentei até agora tem sido, na melhor das hipóteses, medíocre – retruco.

– Ui. – Robbie leva as mãos ao peito dramaticamente, como se eu o tivesse machucado de verdade. Ele me encara, estreitando aqueles olhos azuis.

Sorrio, mas meu amigo não sorri de volta.

A garçonete serve nossos pratos.

– Quer fazer o pedido? – ela pergunta para Tyler.

– Eu pedi no bar. A conta está no nome de Tyler Davis.

Ela diz que vai encaminhar o pedido dele até nossa mesa.

– Posso pedir mais duas cervejas? – Robbie pergunta, apontando o copo de Tyler e o dele.

– Ah, não precisa. – Tyler ergue a mão para protestar. – Pode colocar na minha conta – ele fala para a garçonete.

– Não, pode deixar – Robbie insiste, ajeitando a coluna e estufando o peito. Não sei se ele percebeu.

– Tudo bem. Eu pago a próxima – Tyler fala.

Olho para o meu prato e depois para Tyler. Devo começar a comer ou esperar? Meu estômago ronca de novo. Robbie me encara.

– Podem comer. – Tyler gesticula para a comida.

– Não precisa falar duas vezes. – Robbie dá uma mordida no seu hambúrguer.

Mergulho uma batatinha no *ketchup* e a enfio na boca. Não está tão crocante quanto as batatas de Nash.

– Robbie, você trabalha com o quê? – Tyler pergunta.

Ele mastiga devagar e responde:

– Sou atuário.

Tyler arqueia a sobrancelha.

– Acho que não sei o que é isso.

– Analiso custos financeiros com base em riscos e incertezas. Não é superempolgante, mas paga bem.

Tyler apenas acena a cabeça sem dizer nada.

Mordo meu sanduíche. A maionese e o caldinho do frango escorrem pela outra ponta e caem no prato. Está saboroso e suculento. A garçonete volta e coloca dois copos de cerveja na mesa e uma salada Wrightwood na frente de Tyler. Pega os copos vazios, pergunta se está tudo certo e vai embora. Robbie levanta o copo.

– À busca pelo amor – ele diz.

Tyler brinda com Robbie, olha para mim sorrindo e dá um gole na sua bebida. Robbie arqueia a sobrancelha enquanto bebe a cerveja.

– Quase pedi isso – comento, apontando para a salada de Tyler.

– Quer experimentar? – Ele empurra o prato na minha direção.

Balanço a cabeça.

– Oh, não. Estou bem.

– Fiquei sabendo que vocês têm um encontro amanhã. – Robbie aponta para nós dois, enquanto enche a mão de batatas e as atira na boca.

– Isso. Vou levar Peyton para atirar machado. – Ele vira a cabeça para mim e sorri.

– Que perigo – Robbie diz.

– É exatamente a fala que eu esperaria de um atuário. – Tyler dá risada.

Robbie parece forçar uma gargalhada.

– Boa – ele comenta, engolindo o resto da cerveja. Ele abaixa o copo com exagero, fazendo barulho.

– Atirar machados tendo tido uma lesão cerebral não me parece uma boa ideia. – Robbie inclina a cabeça.

– A gente já fez isso antes – Tyler diz, olhando para mim.

– Tenho certeza de que vai ser legal – tranquilizo-o. – Não é como se fôssemos atirar machados um no outro, né? – brinco.

– Não. – Ele enfia uma garfada de salada na boca.

Robbie olha para Tyler e depois para mim, pensando no que dizer.

– Vou até o banheiro – ele fala, levantando-se e seguindo para os fundos do restaurante.

– Desculpe por isso – digo.

– Tudo bem. Acho que posso lidar com um amigo superprotetor. – Tyler encosta o ombro no meu e dá outra garfada na salada.

– Que bom. Robbie se importa muito comigo e está preocupado que eu esteja sendo apressada demais – eu explico, dando de ombros.

Ele me lança um olhar sério.

– E você está?

– Não. Bem, eu fui atropelada por um carro tentando dizer para a pessoa que eu amo que quero ficar com ela. Então acho que devo a mim mesma descobrir quem é.

Ele concorda.

– Eu também acho. – Ele bebe a cerveja e me encara de novo. – Alguma novidade em relação a sua memória?

– Não, ela ainda está desaparecida.

Robbie volta para a mesa com um copinho de aperitivo preenchido com um líquido âmbar em cada uma das mãos. Olho para as bebidas e depois para ele. O que Robbie está fazendo? Não o conheço direito... bem, na verdade, conheço sim, mas não me lembro. E esse não parece ser o estilo dele.

– Pensei que você tivesse só ido ao banheiro. – Lanço um olhar acusatório para Robbie.

– Eu fui, e resolvi pegar uma dose pra mim e uma pro meu novo amigo Tyler. – Ele coloca o copinho na frente do meu pretendente e ergue o seu.

– É melhor não – Tyler diz.

– Ah, vamos lá. – Robbie aponta o copo.

Tyler suspira.

– Tudo bem – ele fala, pegando o copinho e brindando com Robbie. – Saúde. – Eles viram a bebida.

Robbie contorce o rosto e os lábios, como se tivesse acabado de chupar um limão. Tyler nem reage, como se tivesse bebido água, e não álcool. Robbie acena para a garçonete.

– Mais dois – ele pede, erguendo o copinho enquanto tenta se recompor da primeira dose.

Ela sorri e balança a cabeça.

– Robbie, você acha mesmo que é uma boa ideia? – pergunto.

– Eu diria que é uma ótima ideia.

Reviro os olhos e suspiro, sabendo muito bem que ele está errado.

*

– Peço desculpas por ele – falo para Tyler.

Estamos na frente do restaurante, a alguns metros de distância, prontos enfim para encerrar a noite. Gostaria de ter ido embora uma hora atrás, mas Robbie insistiu querendo mais uma dose, mais outra, e acabou bebendo mais cinco.

– Tudo bem. Nossa, ele sabe mesmo se divertir. – Tyler ri, olhando para Robbie, que se encostou num poste próximo. Ele está chamando bastante atenção dos transeuntes.

Até que a mão dele escorrega e Robbie se inclina para frente, batendo a cabeça no poste.

– Ai! – Ele esfrega a têmpora, esforçando-se para ficar na vertical.

– Não, ele não sabe mesmo se divertir – falo, rindo.

Tyler olha para Robbie e depois para mim.

– Tem certeza de que não quer minha ajuda pra levá-lo pra casa?

– Tenho. É bem pertinho, e é melhor voltar para os seus amigos.

Ele enfia as mãos nos bolsos do *jeans* e fica balançando para frente e para trás.

– Beleza. – Olhamos para Robbie de novo. Agora, ele está sentado na ponta de uma cadeira, com o corpo dobrado, murmurando algo.

– Estou animado para o nosso encontro de amanhã – Tyler diz, desviando minha atenção.

– Eu também.

Ele lambe o lábio e corre os olhos pelo meu rosto, como se estivesse se decidindo se deve me beijar ou não. Então se decide. Tyler se inclina e encosta os lábios quentes nos meus. Tudo acontece tão rápido que fico de olhos abertos e o beijo de volta por um segundo antes de me afastar.

– Beijinho, beijinho – Robbie murmura.

Olho para trás. Meu amigo ainda está curvado na cadeira, mas ergueu a cabeça e está olhando direto para mim.

– É melhor eu ir – falo para Tyler.

Ele faz que sim.

– Certo. Bem, vá com cuidado. Foi bom ver você de novo, Robbie.

Robbie acena a mão com desdém.

– Pode crer, homem das cavernas. – Ele arrasta as palavras e sua cabeça pende para o lado. Lanço-lhe um olhar desapontado.

Tyler franze as sobrancelhas.

– O que ele disse?

– Pode crer, homem das obras – minto. – Até amanhã. – Eu me afasto de Tyler com um sorriso amarelo. Preciso tirar Robbie daqui antes que ele faça ou diga algo idiota.

– Mal posso esperar. – Ele abre um enorme sorriso.

Agarro Robbie pelo braço e o levanto, colocando-me por baixo do ombro dele para poder usar todo o meu corpo e conseguir erguê-lo.

– Vamos, seu sabotador.

– O quê? – Ele estreita os olhos, confuso. – Não sou um sabedor.

Dou uma risadinha. Ele se apoia em mim enquanto o conduzo pela rua e caminha cambaleando.

– O que deu em você esta noite?

Robbie dá um sorriso bêbado.

– Álcool. – Sua cabeça pende para o lado, mas ele está sério. – Acho que Tyler é má influência. Olha só como ele me deixou bêbado.

– Você fez tudo isso sozinho. – Encaro-o com os lábios comprimidos. Até que os cantos da minha boca se curvam em um sorriso.

– Não fiz, não. Foi tudo culpa do Tyler. Você devia terminar com ele.

Um carro passa e alguns rapazes colocam a cabeça para fora da janela, gritando e buzinando para nós enquanto atravessamos o cruzamento. Robbie responde berrando de volta. Ele quase tropeça, mas consigo segurá-lo.

– Está bem, fui eu – Robbie admite. – Mas eu só estava testando o Tyler, e ele não passou.

– Ah, é? Testando?

– Estava avaliando a pressão dos colegas, e ele cedeu. Significa que é influenciável. Não é o tipo de homem pra você.

Dou risada da sua lógica bêbada. Ele sorri.

Caminhamos juntos pela calçada. Tomo cuidado para não deixar Robbie cair. Já tivemos acidentes demais esta semana.

– Foi você que se embebedou. Ele não ficou nem tonto – comento, virando na minha rua.

– É, bem, preciso ajustar alguns parâmetros do teste. Mas ele foi reprovado... mi... se... ra... vel... men... te.

– Se você diz. – Balanço a cabeça.

Robbie para de repente e se solta. Ele recua, tropeçando em uma cerca e me encarando com olhos injetados e entreabertos.

– Você gosta *mesmo* dele?

Ignoro sua pergunta e pego sua mão, ajudando-o a se levantar. Não adianta tentar conversar hoje, porque Robbie provavelmente não vai se lembrar de nada, e não está fazendo muito sentido.

Ele franze o cenho e pergunta de novo, sério:

– E aí, você gosta?

– Sim, Robbie, eu gosto.

Ele abaixa a cabeça.

– Beleza... – Seus olhos embotados se fixam nos meus, como se estivesse esperando uma resposta diferente, mas então ele sacode a cabeça e segue em frente. – Só pra saber.

Só quero que meu amigo chegue em casa inteiro, são e salvo.

Eu me coloco sob seu ombro de novo para apoiá-lo enquanto caminhamos. Estamos quase chegando. Abro o portão do jardim e ajudo Robbie a subir as escadas. Ele tropeça no último degrau e cai no deque de madeira. Por sorte, consegue esticar o braço, quase caindo de quatro.

– Ai – ele resmunga.

– Olá? – Debbie fala do outro lado da porta. A luz do alpendre se acende e ela enfia a cabeça ali. – Estou armada – ela declara.

– Debbie, sou eu e Robbie! – digo, em pânico.

Ela entra na varanda usando um vestido longo e roupão.

Encaro-a.

– Espere, você tem uma arma?

– Não, só digo isso pra assustar os ladrões. Mas tenho um aguilhão, e não tenho medo de usá-lo. – Ela observa Robbie e eu. – O que estão fazendo?

– *OiDebbie* – ele diz. Suas palavras se misturam, encadeando-se numa só.

As narinas dela se dilatam.

– Robbie, você está bêbado?

– Não – ele mente.

– Está, sim – falo, acenando a cabeça.

– Linguaruda!

– Ela não precisava dizer. Está claro que está caindo de bêbado, Robbie.

Eu me inclino, agarro o braço dele e o passo por cima do meu ombro. Debbie pega o outro braço e me ajuda a erguê-lo.

– Este alpendre está desnivelado, Debbie – ele diz. – É melhor chamar o Tyler pra dar uma olhada.

Ela estreita os olhos.

– Meu alpendre está perfeitamente nivelado.

Robbie se apoia em mim.

– Vamos colocar você na cama – sussurro.

– Não estou cansado – ele protesta, afastando-se de nós e mantendo-se em pé sozinho.

Seu corpo oscila de um lado para o outro. Meus braços já estão preparados para pegá-lo se ele voltar a cair.

Debbie dá um passo para trás e o olha de cima a baixo. Depois cruza os braços.

– Era você quem devia estar cuidando de Peyton, não o contrário.

– Era o que eu estava fazendo ao testar a habilidade de Tyler de resistir à pressão de um colega. Ele foi reprovado, aliás. Ele não é bom.

Reviro os olhos.

– Você consegue levá-lo lá pra cima? – Debbie pergunta.

– Sim – digo, conduzindo Robbie até a minha porta. Ele se esforça para caminhar direito, vacilando um pouco. Giro a chave e abro. – Boa noite.

– Boa noite. Gritem se precisarem de algo – ela diz.

Tranco a porta e olho fixamente para a escada, que parece mais uma montanha com o Robbie bêbado ao meu lado.

– Certo, mais um lance de escadas. Acha que consegue?

Ele vira a cabeça e se encosta em mim.

– Você tem um cheiro bom.

– Vou entender como um "sim".

Eu me posiciono embaixo do ombro dele mais uma vez e subimos as escadas acarpetadas balançando de um lado para o outro. Robbie se segura no corrimão para se equilibrar, mas também se apoia em mim. Quando alcançamos o topo, falo, ofegante:

– Estamos quase lá. – E o conduzo pelo corredor.

Entramos no quarto e acendo as luzes. Robbie fecha os olhos, protegendo o rosto com a mão.

– Está claro demais, apague.

– Vou apagar quando colocar você na cama – digo, ajudando-o a dar a volta.

– Não acredito que você pensou que eu estava tentando ganhar tempo para o nosso pacto.

Abro o zíper da jaqueta dele, deslizo-a pelos seus braços e a deixo de lado.

– É, e eu não acredito que você se esqueceu do nosso pacto.

Robbie cambaleia um pouco para trás, mantendo os olhos fixos em mim. Ele está me encarando intensamente. Ele solta o cordão da calça e a tira. Por baixo, está usando uma *boxer* preta. Robbie dá um passo vacilante para o lado, apoiando-se na mesinha de cabeceira, e chuta a calça.

Ficamos nos olhando por um momento – e é um daqueles momentos em que cabe uma vida toda.

– Eu não me esqueci – ele fala baixinho.

– Como assim? – pergunto. Ele disse mesmo o que acho que disse?

– Esquece. – Ele exala audivelmente.

Estreito os olhos, querendo que repita o que falou, mas ele fica em silêncio.

Robbie fecha os dedos sob a bainha do moletom e o puxa pela cabeça de uma vez, deixando-o cair no chão. Perco o fôlego e engulo em seco. Não sei o que eu estava esperando, no entanto não era o que estou vendo agora: bíceps esculpidos, peitorais firmes e barriga tanquinho. Sua pele é lisa e depilada. Até me esqueço do que ele acabou de dizer. Não sei se faz de propósito ou não, mas ele flexiona os bíceps e seu peitoral infla. Será que está flertando comigo? Desvio o olhar e limpo a garganta, dando um passo para trás.

Robbie abaixa a cabeça e fala:

– Talvez você estivesse certa sobre o pacto. Talvez não fosse tão bobo assim.

Parece que Robbie está flertando um pouco. Ou quem sabe só esteja enxergando as coisas do meu ponto de vista. Promessas entre amigos não são bobagens. Bem, isso não era uma promessa. Era um pacto de compromisso total.

– Não, era sim. Ninguém faz um pacto de relacionamento aos 19 anos e cumpre com a palavra. – Sorrio para ele, tentando deixar a conversa mais leve. – Além disso, você falou que a gente não daria certo.

Robbie não sorri de volta, só fica me olhando com aqueles olhos azuis e embotados e concorda.

– Eu falo muitas coisas.

Espere, será que ele está dizendo que a gente daria certo? Ou só está dizendo que fala muitas coisas? Estou confusa. Robbie bêbado é um mistério que não entendo.

– Como assim? – pergunto.

Ele comprime os lábios. Vejo seu pomo de adão subindo e descendo, como se tivesse acabado de engolir as palavras que ia dizer.

– Esquece. – Ele dá de ombros e se enfia na cama.

Certo, talvez Robbie não saiba o que está falando.

– Está aconchegado no ninho? – pergunto, tentando animá-lo.

Mas não funciona. Ele não responde nada, apenas se vira de costas para mim. Quero que fale mais, porém noto que está quase pegando no sono. Seus músculos relaxam e sua respiração fica lenta e controlada. Sei que Robbie vai acordar amanhã se sentindo péssimo e fico preocupada. Quero cuidar dele como ele cuidou de mim. Percorro o apartamento em silêncio, pegando coisas para ele: um paracetamol, uma garrafa de água, um Gatorade e uma barrinha de cereal. Coloco tudo na mesinha de cabeceira dele com um bilhete: "Bom dia, Robbie. Espero que esteja se sentindo melhor. Beijos da sua dama de armadura brilhante com amnésia".

CAPÍTULO 11

O cheiro intoxicante de *bacon* estalando na frigideira me desperta de um sono profundo. Viro meu corpo e encontro a outra metade da cama vazia. Robbie não está aqui e o seu lado do muro de travesseiros está arrumado. As coisas que deixei para ele também sumiram, então penso que Robbie está na cozinha, preparando o café da manhã para compensar seu comportamento da noite – se é que ele se lembra de a. Pode ser que também tenha perdido a memória. Não acreditei no tanto que meu amigo bebeu, mas espero que esteja se sentindo melhor. Sigo o cheiro de *bacon* e vou até a cozinha.

– Bom dia – digo.

Debbie se vira do fogão e sorri. Ela está de pijama e cardigã longo de lã. Parece que veio correndo para cá e não teve tempo de se trocar. Ela coloca os *bacons* em um prato e quebra dois ovos na frigideira, que fritam no óleo que restou.

– Onde está Robbie? – pergunto, vasculhando a sala com os olhos.

– Ele desceu há uns vinte minutos. Disse que tinha de entrar mais cedo no trabalho e não queria acordá-la. – Ela arqueia a sobrancelha. – Mas acho que só estava com vergonha e não queria encontrar você.

Sento-me no balcão da ilha.

– Você acha?

Ela faz que sim ao mesmo tempo que vira os ovos. Duas fatias de pão ficam prontas na torradeira.

– Ah, sim. Robbie não é assim. Ele é quem sempre mantém você e Maya longe dos problemas. Não o contrário. – Ela arqueia a sobrancelha.

– Não sei o que deu nele. Robbie ficou pedindo cerveja sem parar e virando doses e mais doses com o Tyler.

Debbie passa manteiga na torrada e despeja suco de laranja em dois copos. Ela me oferece um junto com os comprimidos que tenho de tomar pela manhã. Enfio-os na boca de uma vez e engulo com o suco.

– Acho que ele só está preocupado – Debbie diz.

– Com o quê?

– De perder você.

Franzo o nariz, confusa.

– E por que ele acha que vai me perder?

– Porque, quando descobrir qual desses homens você ama, vai passar mais tempo com ele. Maya tem Anthony. Você vai ter o seu homem, e Robbie vai ficar sozinho. – Ela coloca um ovo em cada prato, com o *bacon* e a torrada.

– Eu não faria isso.

Fico observando minhas mãos, cutuco as unhas. Não entendo por que Robbie acha que vou deixar de ser amiga dele só por causa de um relacionamento. Será que já fiz isso antes? Quando estava em um daqueles lances passageiros? Espero que não. Talvez pense que vai ser diferente desta vez, mas eu nunca deixaria de ser amiga dele por causa de outra pessoa, por mais que eu a amasse.

– Eu sei. Mas Robbie se preocupa com tudo. Ele sempre foi assim, por isso é um atuário tão bom. – Ela dá risada e coloca o prato e um garfo na minha frente. Os ovos estão fumegando.

– Mas eu já tive uns rolos antes. Robbie ficou assim das outras vezes? – Pego um pedaço de *bacon* crocante e dou uma mordida.

Debbie ataca a comida no prato.

– Não, mas desta vez é diferente.

Hum. Até Debbie acha que desta vez é diferente.

– Diferente como? – Olho para ela.

– Bem, antes do acidente, você estava correndo pra se declarar pra um desses caras e dizer que queria ficar com ele. Você nunca se declarou pra ninguém antes.

– O quê? – Estreito os olhos. – Não pode ser. Você e Maya disseram que eu tive relacionamentos de quase um ano. Devo ter me declarado pra alguém.

– Não, você nunca se declarou. Algumas pessoas saem atirando a palavra "amor" como se fosse sinônimo de "batata", mas você não. Sempre manteve essa palavra no seu coração; só a usa para a família e os amigos íntimos.

– Talvez seja por isso que meus relacionamentos nunca duraram. Eu devia ser dessas que respondem um "Te amo" com "Também gosto de você" ou "Obrigada".

Debbie dá uma risadinha e monta um sanduíche com a torrada, o *bacon* e o ovo. Depois, dá uma mordida e mastiga devagar, saboreando-o.

– E o Robbie?

Ela limpa a boca com um guardanapo.

– O que tem ele?

– Ele já teve relacionamentos sérios?

Talvez Robbie e eu sejamos parecidos nessa área. Talvez meu amigo tenha medo de ficar para trás – ele vai ser o último membro do clube dos solteirões com casinhos passageiros.

– Já, mas ele sempre arranja uns motivos bobos pra terminar ou pra justificar por que elas não servem pra ele – Debbie conta, dando outra mordida no sanduíche.

– Quais?

– Ele terminou com uma garota porque ela não achava *The Office* engraçado. E com outra porque ela não bebia café. – Debbie bate o dedo no queixo. – Ah, com a mais recente foi porque ela só comia frango empanado e batata frita.

– Parece que Robbie é que é o problema. – Dou uma mordida na minha torrada e bebo meu suco.

– Sim, mas concordei com ele a respeito da moça do frango empanado. Ele a trouxe em um dos meus jantares, e ela pediu McDonald's quando percebeu que frango e fritas não seriam servidos. – Ela balança a cabeça.

– Foi Robbie quem disse que ia garantir que eu descobrisse quem eu amo antes do meu aniversário, pra que a gente não precisasse cumprir nosso pacto bobo, e agora ele está se embebedando e agindo de um jeito estranho, achando que vai me perder. Não entendo. Será que ele quer eu fique solteira até ele encontrar alguém?

Solto um suspiro pesado. Mas acho que consigo entender o ponto dele. Seria difícil para mim se Robbie tivesse uma namorada e eu fosse a única de nós três sem um parceiro. Nessas situações, ninguém quer ficar sobrando.

– Não se preocupe com ele. Robbie vai entender. Ele sempre entende. Sua única preocupação deve ser melhorar e seguir seu coração.

Abaixo a cabeça porque fico mal por ele estar se sentindo assim, mas também porque estou confusa com a minha situação.

– É o que estou tentando fazer – digo.

– E isso é tudo o que importa. Você disse que o Tyler apareceu ontem? – Debbie pergunta, mudando de assunto. – Como foi?

– Foi esquisito por causa do Robbie. – Dou de ombros. – De todo modo, o Tyler foi bem legal. Tive certeza de que Robbie o assustou, mas nosso encontro ainda está de pé. Ele vai me levar pra atirar machado – falo, comendo meu *bacon*.

– Atirar machado? Nos meus tempos, a gente costumava sair pra jantar ou pra ver algum filme. Machados só eram atirados no fim do relacionamento. – Ela morde sua torrada.

– Ele me garantiu que não íamos atirar o machado um no outro – falo, dando risada. Limpo as mãos no guardanapo e recolho o prato.

Debbie imediatamente estende a mão.

– Terminou?

– Sim, obrigada.

Ela pega o meu prato.

– E você deixou um restinho, como sempre. – Ela sorri.

Fico confusa. Eu nem percebi que fiz isso de novo. Deve ser memória muscular ou algo assim, mas não sei por que faço isso. Talvez ela saiba.

– Robbie também mencionou que eu sempre deixo alguma coisa no prato. Tem algum motivo?

Ela respira fundo silenciosamente.

– Você começou a fazer isso quando estava se recuperando no hospital depois do acidente de carro. – Seus olhos ficam brilhantes, como se estivesse prestes a chorar, porém ela pisca para afastar as lágrimas. – Acho que foi o jeito que encontrou para lidar com a perda súbita dos seus pais. Sempre que você comia, deixava duas mordidas no prato, uma para o seu pai, uma para a sua mãe.

Uma lágrima desce pela minha bochecha, e sinto uma dor se alojar na minha barriga. Respiro devagar, tentando me acalmar. É uma coisa boa, digo para mim mesma. Não me lembrar de por que sempre deixo duas mordidas no prato, mas continuar fazendo isso mesmo assim me faz pensar que o amor que sentia por eles e meus pais por mim é mais forte do que qualquer lembrança perdida. Mas, independentemente disso, ainda quero me lembrar. Debbie me olha com carinho e coloca a mão sobre a minha.

– Ah, querida. Não queria fazer você chorar.

– Tudo bem. Eu só... queria me lembrar deles. – Abaixo a cabeça e mordo o lábio para que ele pare de tremer.

– Você vai, meu bem. Lá no fundo, acho que você se lembra. É por isso que sempre deixa duas mordidas. – Ela aperta minha mão.

– Certo. Mas Robbie sempre come o restinho do que deixo no prato. – Dou risada em meio às lágrimas.

– É que isso acabou se tornando mais um lembrete triste pra você do que uma recordação doce. Em algum ponto, ver a comida que sobrou no seu prato parou de ajudá-la e Robbie percebeu como isso a afetava, então passou a comer suas sobras, e isso virou uma coisa fofa entre vocês dois.

– É fofo mesmo – falo, fungando. É como se ele soubesse o que eu preciso sem nem me perguntar.

– Toc, toc – Maya diz. Ouço-a tirando os sapatos, a porta se fechando e seus passos enquanto sobe a escada.

– Oi. – Enxugo os olhos antes de me virar para ela.

– Bom dia, quer comer? – Debbie pergunta.

O rosto de Maya se ilumina de prazer.

– Sim, estou faminta.

Ela se senta ao meu lado na bancada. Debbie volta para a cozinha para fritar outro ovo e colocar uma fatia de pão na torradeira.

Maya me empurra de leve com o ombro.

– Fiquei sabendo que você teve uma noite interessante.

– Quem lhe contou?

– Robbie. Fiquei de fazer uma recapitulação secreta dos acontecimentos pra descobrir se ele deve se envergonhar do que disse e fez ontem. – Os cantos da boca de Maya se curvam para cima.

– Pois a missão não está me parecendo tão secreta assim – Debbie comenta, virando o ovo na frigideira.

– Robbie sabe que segredos não são a minha praia, então o problema é dele por ter me pedido pra fazer isso. – Ela ri e me olha com as sobrancelhas arqueadas. – E aí, o que devo falar pra ele?

Eu poderia dizer que nós dois precisamos conversar sobre algumas coisas que ele falou. Por exemplo, quando admitiu se lembrar do pacto. Ou pelo menos acho que admitiu. Ele falou bem baixinho, mas tenho quase certeza de que foi isso que ouvi. Então penso nas palavras de Debbie. Robbie só está com medo de me perder, e não quero afastá-lo de mim ou fazer com que se sinta pior do que já está.

– Diga que a gente se divertiu e que ele não precisa sentir vergonha de nada.

Maya pega o celular no bolso e começa a digitar uma mensagem.

– E isso é verdade ou é só o que vamos falar pro Robbie?

– Só o que vamos falar pro Robbie.

– Pode dizer que eu estou brava com ele – Debbie diz, olhando para trás. – Ele falou que meu alpendre estava desnivelado.

– Que audácia! – Maya envia a mensagem e coloca o celular na bancada.

– Foi o que pensei. Eu me orgulho muito da minha casa – ela diz, acenando a cabeça, sem perceber o sarcasmo de Maya.

Ela passa manteiga no pão e se serve. Maya e eu trocamos um sorriso.

– Suco de laranja? – Debbie pergunta.

– Sim, por favor.

Ela coloca o prato e o suco na frente de Maya.

– Obrigada, Debbie, você é a melhor.

– Eu sei – ela fala com um sorrisinho e sai para arrumar a cozinha.

– Então Robbie ficou bêbado ontem? – Maya pergunta, mordendo um pedaço de *bacon* e olhando para mim.

– Sim. Ele também ficou interrogando o Tyler, e eu mal consegui trazê-lo pra casa inteiro. Daí... – Faço uma pausa. – Esquece.

Maya arregala os olhos com a garfada de ovos no meio do ar, pairando na frente da sua boca.

– O que foi? Conta!

Mordo o lábio, em dúvida se devo contar que acho que o Robbie estava flertando comigo ontem. Talvez não fosse isso. Não, não deve ter sido. Ele só estava bêbado. Mas se despiu na minha frente, flexionou os bíceps e exibiu os músculos. Se bem que pode ter sido sem querer. Às vezes, os músculos apenas se flexionam, não é?

– Não foi nada – digo, bebendo o resto do suco.

Ela aponta para mim.

– Você está mordendo o lábio.

– E daí?

– É a sua deixa.

– Não é.

– É, sim – Debbie fala. – Você morde o lábio quando mente.

– Desembucha – Maya ordena, comendo o pão.

– Está bem. Acho que o Robbie estava meio que flertando comigo.

Debbie para de fazer o que estava fazendo na cozinha e vira a cabeça para mim. Ela vem se apoiar na bancada, segurando o queixo com as mãos, à espera de que eu conte mais.

– Não foi nada – digo, abanando a mão.

– É o que vamos ver – Debbie fala. – Vai, conta mais.

Olho para Maya e depois para Debbie. Elas estão me encarando, na expectativa.

– Ele mencionou o pacto e acho que disse que na verdade não tinha se esquecido dele.

– Robbie falou isso? – Maya pergunta.

– Não sei. Acho que sim. Ele também disse que talvez o pacto não fosse bobo.

– *Ounnn* – Maya solta.

– Respondi que ele tinha razão e que era, sim, uma bobagem. – Olho para as minhas mãos e depois para elas. – Então eu comentei que ele falou que não daríamos certo juntos. E Robbie disse que fala muitas coisas.

– Para mim, parece flerte, sim – Debbie afirma, movendo a cabeça para cima e para baixo.

– É um flerte meio torto – Maya acrescenta.

– A geração de vocês está acostumada a se comunicar com *emojis*. Vocês só entenderiam o flerte se ele usasse uma daquelas berinjelas pra se expressar.

– Como é que você sabe das berinjelas, Debbie? – Maya estreita os olhos.

– Descobri por acaso quando experimentei um aplicativo.

– Você já usou aplicativos de namoro? – pergunto.

Ela faz que sim.

– Ficou impossível conhecer gente pessoalmente. Não tem ninguém no mercado nem nas lojas por causa dos aplicativos de entrega. Eu não tive escolha.

– O que não entendo é como foi que você aprendeu sobre a berinjela – Maya fala, dando risada.

– Bem, eu coloquei uma berinjela na minha biografia porque é uma das minhas comidas favoritas, e vamos só dizer que recebi muitas fotos inapropriadas – Debbie conta, rindo.

– Debbie! – Também solto uma gargalhada.

– O que foi? Cometi um erro sem querer. Como é que eu poderia saber que a sua geração sexualizou as berinjelas? Isso pra não falar do pêssego e da cereja. – Ela estreita os olhos para nós.

Maya e eu trocamos um sorriso.

– Então, como eu estava dizendo, Robbie estava mesmo flertando – Debbie declara.

– Ele também tirou a roupa na minha frente – anuncio. Minhas bochechas ficam vermelhas e levo a mão à boca imediatamente, me arrependendo de ter deixado essas palavras escaparem.

As sobrancelhas de Debbie se arqueiam tanto que quase tocam seu cabelo.

Maya escancara a boca e sua voz sobe duas oitavas quando ela pergunta:

– Você viu o Robbie pelado?

– Não, ele estava de *boxer*...

– Que é meio apertadinha, né? – Debbie olha para Maya para confirmar.

Maya concorda.

– Então você viu o Robbie seminu com uma cueca de plástico-filme?

– Cueca normal.

Maya e Debbie trocam um olhar.

– E o que ele fez depois disso? – Maya pergunta.

– Ele disse que o pacto talvez não fosse bobo.

– Eu disse, ele estava flertando – Debbie diz.

Maya gesticula para mim.

– Eu também pensaria isso se Peyton não tivesse deixado de fora a parte que ele ficou nu.

– Seminu – corrijo-a. – Além disso, tenho certeza de que já o vi de cueca antes, então talvez não seja algo importante. – Observo-as, à espera de alguma confirmação, já que não me lembro do que já vi e do que não vi do Robbie.

Maya só balança a cabeça.

– Você já o viu de sunga. Não sei sobre a cueca.

– E ele estava muito bêbado – acrescento.

Debbie abre um sorriso tímido.

– Dizem que palavras bêbadas refletem pensamentos sóbrios. – Ela molha um pano na torneira para limpar a bancada e o fogão.

– Então você acha que o Robbie estava flertando comigo?

Debbie concorda.

Maya também.

Resmungo, encolhendo os ombros.

– Acho que você devia se preocupar menos com o Robbie e mais com os bonitões com quem está saindo. – Maya coloca a mão no meu ombro.

– Maya tem razão – Debbie diz, torcendo o pano e pendurando-o na torneira. – Mesmo que Robbie estivesse flertando, se era pra rolar algo entre vocês, já teria rolado. Os dois são amigos há mais de uma década. Como eu disse antes, acho que ele só está com medo de perder você, e acabou se confundindo.

Talvez ela esteja certa. Robbie deixou muito claro que não daríamos certo juntos e que somos apenas amigos. Ele disse que não queria comprometer nossa amizade e até concordou em me ajudar com os pretendentes para não precisarmos cumprir o pacto original. Essa história toda nos deixou confusos. É isso. E estou mais confusa ainda sem memória. Preciso me concentrar em Tyler, Nash e Shawn. Fui atropelada tentando me declarar para um deles. Isso deve ser amor verdadeiro ou algo parecido.

– Certo – falo. – Chega de Robbie. O que devo vestir para o encontro com o Tyler?

– Finalmente vamos falar sobre algo importante. – Maya dá risada.

Debbie pega o prato vazio dela e o lava.

– Algo que mostre essas belezinhas – ela sugere, apontando para os meus seios.

– Debbie! – Cruzo os braços para escondê-los.

– O que foi? Daqui a uns anos eles vão estar batendo na sua cintura, e você vai se arrepender de não tê-los exibido quando eram durinhos e jovens.

Sorrio.

– Debbie tem um ponto. Dê a eles a glória que merecem – Maya fala.

Descruzo os braços e olho para mim mesma. Depois encaro minhas amigas.

– Está bem. Vou usar algo um pouco decotado. Só um pouco.

– E seu encontro com o Shawn? – Debbie pergunta.

– Acho que vamos a algum restaurante chique, porque ele me escreveu falando que eu usasse algo pra arrasar. – Contorço os lábios. – Não sei o que usar. Tenho alguns vestidos, mas posso já ter usado antes, já que ele sempre me leva a restaurantes chiques.

– Que bom que você pensou isso, porque definitivamente não ia querer repetir um vestido. É constrangedor – Maya comenta.

Debbie aperta os lábios.

– Tenho certeza de que ele entenderia, com toda essa história de amnésia.

– Está decidido. – Maya assente. – Amanhã vamos procurar um vestido novo pra você.

Bato o ombro contra Maya.

– Parece que você arranjou uma desculpa pra fazer compras.

– Parece que sim – ela fala, rindo.

CAPÍTULO 12

Olho para Tyler por cima do ombro. Ele está apoiado na cerca de arame atrás de mim, que separa a área de atirar machados do bar. Corro os olhos por ele. Pelo cabelo escuro e sedoso preso em um coque, pelos ombros largos, pelas pernas compridas e musculosas. Está vestido casualmente, de *jeans* e camisa verde-escura bem justa no peitoral e nos bíceps. Ele sorri de um jeito carinhoso e sedutor.

– Você vai conseguir – ele me encoraja.

– Eu sei – respondo, apesar de não achar que vou.

Debbie me falou para agir com confiança, mesmo que não estivesse me sentindo assim, porque homens de verdade gostam de mulheres confiantes. Ela também me falou para cruzar os braços por baixo do peito para garantir que meu decote ficasse bonito. Mas vou ignorar esse último conselho.

Sorrio para Tyler antes de me virar e me concentrar no alvo. A área de lançamento de machados é toda revestida de madeira compensada, e há um grande alvo pintado na parede a cerca de três metros. Um homem ao meu lado atira seu machado, atingindo bem no centro com um baque surdo. Ele joga os braços para cima e comemora. Um grupo de pessoas atrás dele bate palmas e grita. Respiro fundo, verifico se meu pé está atrás da linha que o funcionário indicou e levanto o machado sobre a cabeça, segurando-o com as duas mãos. Foco no alvo. Quando estou pronta, atiro o machado, deixando-o voar das minhas mãos. Ele perfura a madeira, alojando-se à direita do centro.

– Consegui – solto um gritinho, batendo palmas.

Tyler me abraça pela cintura e me puxa para si, quase me levantando do chão.

– Sabia que você conseguiria – ele diz.

Sorrio, sentindo um friozinho na barriga.

– Sua vez.

Os olhos dele se demoram em mim. Reparo que a íris verde têm pontos amarelados, e me pergunto se já tinha reparado nisso antes. Tyler tira as mãos dos meus ombros e estufa o peito. Eu me apoio na cerca de arame para observá-lo enquanto ele caminha até o alvo. Tyler segura o cabo do machado com aquelas mãos enormes e o arranca do compensado com facilidade. Retomando a posição, lança um sorriso na minha direção por cima do ombro antes de atirar o machado, diretamente no centro. Corro até ele e comemoramos com um *high five* duplo.

– Quer que eu pegue o machado pra você? – ele pergunta.

– Sim, por favor.

Tiro o celular do bolso e faço um vídeo dele indo até o alvo e arrancando o machado da parede. Seus movimentos são bem dramáticos e acho que Tyler está tentando me impressionar. E está conseguindo, porque estou bastante impressionada. Envio o vídeo para Maya e escrevo: "Está tudo indo bem, pensei que você fosse gostar de ver isto".

Ela responde no mesmo instante: "Vou ter que levar Anthony aí" junto com um *emoji* de carinha vermelha suada e língua de fora. Dou risada e guardo o celular bem no momento em que Tyler volta.

– Acha que consegue acertar o centro dessa vez? – ele brinca, entregando-me o machado e sorrindo.

– Ah, com certeza – falo, confiante.

– Quer apostar?

Inclino a cabeça e olho para ele.

– No que está pensando?

Tyler bate o dedo no queixo.

– Se você não acertar, vai ter que me dar um beijo bem aqui – ele fala, apontando a bochecha.

Arqueio as sobrancelhas.

– Ah, então você vai torcer contra mim?

– Não, nunca. Porque, se você acertar, vai ter que me dar um beijo bem aqui. – Ele toca o lábio.

– Que espertinho, Tyler.

Ele sorri.

– Mas eu topo.

Seu sorriso se alarga enquanto ele se afasta.

– Então vai em frente e acerta logo esse alvo.

Eu me posiciono atrás da linha, levanto o machado acima da cabeça e o atiro com força. Surpreendentemente, acerto bem o centro do alvo. Pulo de alegria. Quando me viro, ele está bem atrás de mim sorrindo de orelha a orelha.

– Você deve estar querendo mesmo me beijar – ele fala com voz sedutora e provocante.

– Acho que sim. – Dou de ombros.

Nossos olhos se encontram e nos encaramos por um tempo antes de nos beijar. Seus lábios são quentes e macios e quase derretem nos meus. Suas mãos pressionam minha lombar enquanto me puxa para perto. Minha pele formiga e meu coração acelera. Não consigo evitar comparar esse beijo com o de Nash. O dele é apaixonado e faminto, o de Nash é doce e gentil. Quando nos afastamos, ambos estamos sorrindo.

– A gente devia fazer mais apostas assim – Tyler fala.

Dou um tapinha no peito dele.

– Eu não me importaria de ganhar – provoco.

– E eu não me importaria de perder. – Ele se inclina e dá um beijo rápido na minha boca. – Quer sair daqui? – ele sussurra.

Sorrio e faço que sim.

*

Tyler abre a porta da casa e acende as luzes. O latido de um cachorro ressoa em algum lugar ao fundo. O apartamento é todo aberto e moderno, com paredes brancas e acabamentos cromados. A maior parte da mobília é de madeira escura de cerejeira – o raque, a mesa de centro e os bancos da cozinha. Eu me pergunto se ele mesmo construiu os móveis. O sofá é de pelúcia, coberto por mantas e almofadas. Apesar da decoração moderna e das enormes janelas que vão do chão ao teto, o apartamento é aconchegante e acolhedor.

– Toby – Tyler chama, colocando uma grande embalagem de *pizza* sobre a ilha da cozinha.

Ouço o som das unhas do cachorro no piso de madeira, e, um momento depois, um *golden retriever* surge balançando o rabo e correndo na direção de Tyler. Toby pula nele e apoia as patas na barriga do dono. Tyler afaga as orelhas do cão e fala que ele é um bom garoto. O cachorro saltita ao me notar e vem correndo até mim; ele fareja meus sapatos e pressiona o corpo contra as minhas pernas. Faço carinho em sua cabeça e em seu queixo.

– Bom garoto – digo. – Ah, então você gosta de carinho no queixo, é?

– Ele adora todo tipo de carinho – Tyler fala, enquanto tira os sapatos e pendura a jaqueta na parede. Ele se vira para mim e pergunta: – Quer me dar o seu?

Tiro o casaco, revelando minha blusa decotada de manga comprida. Depois de pendurá-lo, ele se vira e faz um gesto ampla para mostrar a casa.

– Então esta é a cozinha e a sala.

– Gostei.

– Eu sei. Foi o que você disse da primeira vez – Tyler fala, abrindo um sorrisinho.

Pressiono os lábios, sem saber o que responder. Toby late.

– Alguém está reclamando que o jantar está atrasado. Venha, vamos arranjar um pouco de comida pra você, garoto.

Tyler vai até a despensa e coloca um pouco de ração em um pratinho. Depois, vai até a pia e espirra água nela antes de colocá-la no chão. Toby fica sentado esperando.

– Pode comer – ele diz, e o cachorro ataca a comida.

Ele junta as mãos.

– Agora, vamos alimentá-la.

Dou risada e caminho pelo apartamento para dar uma olhada no lugar, procurando algo familiar, mas não reconheço nada. Queria poder me lembrar de quando estive aqui. Aliás, queria poder me lembrar de qualquer coisa antes do acidente. Tyler pega dois pratos no armário e pergunta o que quero beber. Digo que só água está bom. Então ele me serve um copo d'água, abre uma cerveja e levanta a tampa da caixa de *pizza* marguerita. O queijo cintila e o cheiro de manjericão fresco se espalha no ar. Pegamos um pedaço cada um e eu o sigo até a sala, onde nos sentamos no sofá.

– E aí, o que achou? – Tyler pergunta quando dou a primeira mordida.

– Muito boa. – O queijo estica alguns centímetros antes de se partir.

– Ótimo – ele fala, dando uma mordida no seu pedaço.

Toby junta-se a nós, deitando-se aos nossos pés. Ele olha para mim, depois para Tyler e para mim de novo.

– Ignore – Tyler diz. – Ele está tentando descobrir qual de nós dois vai lhe dar umas migalhas.

Lanço um olhar solidário para o cachorro.

– Sinto muito, Toby.

Toby encara Tyler.

– O bichinho me conhece. – Tyler dá risada e atira um pedacinho da borda para o cachorro. Ele o pega no ar e mastiga alegremente.

– Ele o conquistou.

– Sim. – Tyler sorri. – Ele sabe que sou mole. Quem é que diria não pra essa carinha?

Um fio de baba escorre da papada direita de Toby.

– Só um monstro. – Dou risada e atiro minha casquinha para ele. Quando termina de comer, Toby late uma vez.

– O que foi isso? – pergunto.

– Ele está dizendo que gostou de você.

– Sério? Da primeira vez ele latiu porque estava com fome.

– Está bem, você me pegou – Tyler responde, levantando-se. – Esse latido depois do rango quer dizer que ele quer sair.

Tyler abre a porta para Toby falando que já volta. Eles saem e Toby o segue balançando o rabo sem parar.

Meu celular vibra. É uma mensagem de Robbie: "Ei, só pra saber que horas você volta".

Olho fixamente para a tela por um instante. Devo mencionar a noite passada? Perguntar se ele está bem, se estamos numa boa? Não, não quero constrangê-lo, nem afastá-lo, nem fazê-lo se sentir mal. Robbie já saiu de casa de manhã sem falar comigo. Além disso, Maya e Debbie disseram que eu deveria me concentrar nos pretendentes, e não em Robbie, então só respondo com um "Logo, logo".

Ao que ele responde: "Certo, então te vejo logo" com uma carinha feliz.

Guardo o celular e coloco o prato na mesinha de centro. Pouco tempo depois, a porta se abre e Toby entra correndo. Ele pula no sofá e apoia a cabeça no meu colo, encostando o focinho em mim. Sorrio e faço carinho nas orelhas dele.

– Esse é o selo de aprovação dele – Tyler fala, rindo.

Passo a mão no pelo macio.

– Você que ensinou ele a fazer isso? – pergunto, arqueando as sobrancelhas.

– Talvez. – Ele vem até o sofá e se senta ao lado de Toby, dando batidinhas nas costas do cachorro. – Curtiu atirar machado?

– É melhor do que pensei.
– Que bom. Eu me diverti com você.
– Eu também – digo.

Seus olhos se demoram nos meus e ele molha os lábios, como se estivesse se preparando para me beijar. Toby salta do sofá e sai da sala, e suas unhas fazem barulho enquanto atravessa o corredor.

– Aonde ele está indo?

Tyler se aproxima de mim.

– Toby sabe ler o ambiente.

Ele sorri e se inclina para pousar os lábios nos meus. Tyler faz carinho na minha bochecha enquanto me beija, produzindo um formigamento na minha pele mais uma vez. Envolvo as mãos na sua nuca e o puxo para perto. Nossas bocas se movem em sintonia, abrindo e fechando. Tyler não perde tempo e logo desliza as mãos para a lateral do meu tronco e para a minha lombar. Eu me inclino ainda mais para frente e, de repente, estou em cima dele. Seus dedos pressionam minha pele por baixo da blusa, correndo para cima e para baixo e me fazendo arrepiar. Debbie tinha razão. Esta blusa foi certeira. Passo a mão pelos ombros largos e os bíceps firmes de Tyler, seguindo os contornos dos músculos. Os dedos dele agarram o cós da minha blusa e ele começa a erguê-la, mas, por algum motivo, recuo.

– Desculpe – solto.

Ele abre os olhos nublados de confusão e me encara. Abaixo a cabeça.

– Sei que já transamos antes, mas... quero ir com calma. Sem minhas lembranças, é tudo diferente pra mim.

Tyler afasta uma mecha de cabelo do meu rosto, enfiando-a atrás da minha orelha.

– Não precisa pedir desculpa, Peyton. Podemos ir com a calma que você quiser. – Ele faz carinho na minha bochecha.

Dou um sorrisinho enquanto saio de cima dele e me acomodo no sofá. Adoro que seja paciente. Lembro-me de Robbie dizendo que, se algum deles se importasse comigo, esperaria eu melhorar. E Tyler está fazendo exatamente isso.

*

É quase meia-noite quando abro a porta de casa. Subo as escadas devagar, tomando cuidado para não acordar Robbie. Falei que voltaria logo horas atrás, entretanto estava em um encontro e preciso me concentrar em descobrir quem é a pessoa que eu amo, não em Robbie. Tyler e eu assistimos a *De repente 30*. Escolhi o filme porque Robbie disse que era o favorito dele, mas acabei passando todo o tempo pensando nele, aninhada ao lado de Tyler. Eu devia ter escolhido outra coisa, apesar de ter gostado bastante. Dá para entender por que Robbie gosta tanto desse filme.

– Olhe só quem chegou – Robbie fala.

Dou um salto e viro a cabeça na direção da voz. Ele está deitado no sofá com um livro na mão. O abajur da mesinha lateral ilumina sua leitura.

– Nossa, que susto, Robbie.

– Foi mal – ele diz, fechando o livro e o colocando na mesinha. Robbie se levanta, espreguiçando-se.

Tiro o casaco e o penduro no mancebo.

– O que está fazendo acordado?

– Estava esperando você.

Estreito os olhos.

– Por quê?

– Só queria ver se chegou bem. Pensei que você fosse voltar horas atrás. Mas acho que temos definições diferentes para a palavra "logo". – Ele vai até a cozinha pegar um copo d'água.

– Acho que sim. – Apoio a bolsa na bancada.

Ele me oferece um copo.

– Então, o encontro foi bom?

– Foi – respondo, antes de beber a água.

Robbie se recosta no balcão de braços cruzados.

– Fico feliz de saber – ele fala sem entusiasmo, então duvido que se sinta de fato assim.

Acho que está bravo por ter ficado me esperando, só que Robbie não precisava me esperar. Olho-o de um jeito estranho, porém relaxo antes que ele perceba. Seu humor está sempre mudando. Ontem, ele estava jogando charme e dizendo que estava errado quando afirmou que nosso pacto era bobo. É verdade que estava bêbado, mas ainda assim. Ele também falou que eu devia terminar com Tyler, mas agora está dizendo que ficou feliz de saber que tudo correu bem. Decida-se, Robbie. Não consigo entendê-lo. Lembro-me do que Debbie disse: ele está confuso e com medo de me perder. Então olho-o com empatia.

– Por que você está me olhando assim?

– Assim como? – Esforço-me para manter uma expressão neutra e casual.

Robbie inclina a cabeça.

– Como se sentisse pena de mim.

– Não sinto pena de você.

– Você está me olhando como se sentisse.

– Robbie, não sei do que você está falando.

Ele curva os ombros e olha para o chão. Só depois de um tempo levanta a cabeça e me encara.

– Desculpe por ontem.

Bebo o restante da água e coloco o copo na lava-louça.

– Não precisa pedir desculpas.

– Preciso, sim. – Ele se aproxima. – Eu não devia ter bebido tanto nem interrogado o Tyler daquele jeito. Sei que essa situação toda já é complicada o bastante pra você e eu ainda atrapalhei. Então me desculpe mesmo.

Observo seu rosto.

– Você estava falando sério?

– Como assim?

– Sobre o que disse ontem?

– Não me lembro do que disse ontem. – Ele dá de ombros e desvia o olhar por um instante. – Então provavelmente não.

Balanço a cabeça devagar. Penso em lhe contar tudo e perguntar como ele se sente sobre o nosso pacto de relacionamento/casamento e se tinha mesmo esquecido dele, mas resolvo deixar esse assunto pra lá, como Robbie quer. As palavras de Debbie surgem na minha mente: "Se era pra rolar algo entre vocês, já teria rolado. Os dois são amigos há mais de uma década".

– Vou pra cama – anuncio.

Ele dá um sorrisinho.

– Boa noite, Peyton.

– Boa noite, Robbie.

Viro-me e atravesso o corredor. Ele solta um suspiro pesado, e paro no meio do caminho para ouvir. Robbie sussurra algo para si mesmo, contudo não consigo entender. Meu celular vibra. Pego-o no bolso e vejo que é uma mensagem de Tyler, o que me faz lembrar de onde meu foco e minha atenção devem estar. Digito uma resposta e vou para o quarto, deixando Robbie sozinho na cozinha.

CAPÍTULO 13

Quando acordo na manhã seguinte, vejo que Robbie arrumou o seu lado da cama, e tenho dúvidas se ele dormiu mesmo aqui. Esse negócio de atirar machado sugou minhas energias. Dormi assim que encostei a cabeça no travesseiro, então não ouvi ele entrando no quarto. Eu me pergunto se Robbie ainda está em casa ou se saiu cedo como ontem. Depois de me trocar, meu nariz me guia até a cozinha, seguindo o cheiro de café recém-passado. Robbie está sentado no sofá com uma caneca na mão e um livro na outra.

– Oi – eu falo.

– Bom dia – ele responde, sem tirar os olhos da página.

Eu me sirvo de uma xícara e me sento na cadeira de pelúcia na frente do sofá.

– Você foi pra cama ontem?

O vapor sobe do café quando o levo aos lábios, dando um gole cuidadoso.

– Não, dormi no sofá.

Franzo o cenho.

– Eu disse que não queria você dormindo no sofá, Robbie. Você é grande demais pra ele.

– Eu não quis acordá-la. – Ele me olha por cima do livro.

– Que horas você foi dormir?

– Sei lá. – Ele dá de ombros. – Acho que perto das duas horas.

– O que você ficou fazendo até essa hora?

– Nada. Só não consegui dormir.

Robbie está de *jeans* e suéter. Seu cabelo está bagunçado de propósito e seus olhos azuis estão focados no livro, movendo-se da esquerda para a direita e de cima para baixo.

– Você está bem?

Ele abre um sorriso e fecha o livro, colocando-o na mesinha.

– Estou. – Ele bebe seu café. – Qual é a programação de hoje?

– Bem, Maya e eu vamos sair pra procurar um vestido. Tenho um encontro com Shawn.

Meu celular vibra no exato momento em que termino de falar. É Maya. Digito uma resposta e a envio.

– Apaga o que eu falei.

– Como assim?

– Maya não pode hoje. Anthony a surpreendeu com um dia de *spa* para casais pelo aniversário de um ano de namoro. Ela disse que ele já estava planejando isso há algum tempo.

Robbie faz uma careta.

– Sinto muito – ele diz.

– Tudo bem. – Dou de ombros. – Achei fofo. Quer dizer, não me lembro dele, mas parece ser um cara legal.

– Ele é. Você vai gostar dele. Ou melhor, você gosta dele – Robbie diz. – Eles são ótimos juntos. Anthony é como a Maya, perspicaz e o único capaz de enfrentá-la.

– Acho que é disso que ela precisa – falo, rindo.

– Ah, com certeza. Maya jantou todos os namorados que teve. Eles não estavam à altura dela. – Robbie sorri e bebe seu café.

– Que bom que ela encontrou alguém.

Robbie se levanta e pega o celular no bolso.

– Preciso fazer uma ligação rápida. – E desaparece no corredor.

Olho para a porta de vidro da varanda. O céu está claro e azul, quase da mesma cor dos olhos de Robbie. Não há uma nuvem sequer. O sol penetra pelas janelas, iluminando o apartamento com uma luz suave.

– Está decidido – ele fala, entrando na sala de cabeça erguida, com um enorme sorriso no rosto.

– O que está decidido?

– Você e eu vamos sair à procura de um vestido.

Observo-o com atenção.

– Você não precisa ir trabalhar?

– Não mais. Pedi uma folga.

– Robbie, você não precisava fazer isso.

– Eu sei, mas eu quis. Disse que a ajudaria a procurar um vestido se você precisasse de um. – Ele cruza os braços.

– Tenho certeza de que consigo achar algo no meu armário pra usar.

– Não, já mandei uma mensagem pra Maya e ela disse que você precisa de um vestido novo. – Ele sorri, satisfeito consigo mesmo e com tudo o que fez. – Você não vai escapar dessa, Peyton.

Não consigo evitar abrir um sorriso enorme, fazendo meus olhos se enrugarem.

– Tudo bem então – digo.

*

Parada na frente do espelho do provador, viro-me de um lado para o outro, me examinando. O vestido vermelho tem alças finas, decote coração e fenda alta, acentuando meu busto e minhas pernas, abraçando meu corpo firmemente (até demais) e parando bem nos meus joelhos. Jogo o cabelo comprido para trás para poder me ver melhor. Debbie aprovaria, mas não me sinto tão confortável exibindo um corpo com o qual não estou muito familiarizada. Quando me olho, é como se estivesse olhando para uma velha amiga de quem perdi contato.

– Não vou sair – anuncio.

– Você tem que sair – Robbie grita do outro lado da porta.

Quero dizer, não é bem uma porta. É uma cortina dourada de veludo que vai do chão ao teto, separando o provador da área de estar. Maya sugeriu esta loja, dizendo a Robbie que eu com certeza encontraria algo para usar no encontro. Há mais dois vestidos pendurados no cabide esperando que eu os prove, mas acho que são chamativos demais para mim.

– É muito pra mim – falo.

– Em termos de grana? – ele pergunta.

– Não, de aparência.

– Eu que vou julgar isso, pode sair – Robbie fala, cantarolando.

Solto um suspiro e abro a cortina. Os grandes anéis de metal tilintam ao deslizar pelo varão da cortina. Robbie está sentado em uma poltrona gigante de costas altas. Seu rosto se ilumina e ele fica em pé assim que me vê. Não sei como, mas seus olhos ficam ainda mais azuis. É como se mudassem de tom conforme o seu humor: azul-marinho quando está rabugento e triste, safira quando está feliz.

– Uau. – Ele abre a boca e me olha da cabeça aos pés. – Você está maravilhosa.

Minhas bochechas queimam, o que me dá a impressão de que não sou muito boa em aceitar elogios. Olho para o chão, puxando a saia do vestido para baixo e o decote para cima.

– Não sou eu – digo.

– Deveria ser. – Robbie limpa a garganta e coça a nuca.

Vou até o espelho triplo e me posiciono à direita para ter uma visão melhor. Robbie se aproxima um pouco, fica atrás de mim. Seus olhos se fixam no meu reflexo. Viro de um lado para o outro, mas não gosto. É óbvio que não me vejo do mesmo jeito que ele.

Uma mulher alta e magra, a proprietária da loja, entra na sala toda apressada carregando uma pilha de vestidos pendurados no braço. Seu cabelo escuro está preso em um coque elegante. Ela usa um macacão preto e um sorriso de atendimento ao cliente.

– Esse ficou incrível em você, Peyton – ela diz.

– Obrigada.

– Mas, caso esse não funcione, peguei mais estes. – Ela gesticula para os vestidos que trouxe. – Vou pendurá-los no provador.

As linhas profundas que se formam quando sorri são evidência de sua personalidade otimista e positiva. Somos os únicos na loja, e fica claro que ela está ansiosa para fazer uma venda. A mulher pendura os vestidos e nos diz que vai continuar procurando opções. E segue de volta para a loja.

– Vamos ficar aqui por um tempo – Robbie brinca.

Viro as costas para o espelho e o encaro.

– Posso escolher rápido, só não vai ser este – digo, olhando para o vestido.

Ele cruza os braços e sorri.

– Ei, fica tranquila. Temos o dia todo.

Sorrio e volto para o provador, fechando a cortina. Tiro o vestido vermelho e coloco um preto, também bem justo, com decote quadrado e alças grossas. A saia fica acima do joelho. É um pouco mais justo do que eu acharia confortável, mas pelo menos é preto, mais clássico. Olho para o meu reflexo, viro-me de um lado para o outro. Acho que gostei. Robbie levanta a cabeça quando abro a cortina e tem a mesma reação de quando me viu com o vestido vermelho. Ele arregala os olhos e abre a boca.

– Você é linda – ele fala. – Opa, o vestido é lindo. – Ele fica corado. – Quero dizer, você ficou linda nesse vestido. – Ele se levanta, quebrando o contato visual.

Estreito os olhos para ele no espelho, porém depois relaxo.

– Obrigada.

Meus olhos se alternam de mim para Robbie. Percebo os lábios dele se curvando num sorrisinho.

– O que foi? – pergunto, encarando-o pelo espelho.

– Nada. – Ele dá de ombros.

– Por que está rindo?

Ele enfia as mãos nos bolsos do *jeans* e fica se balançando.

– Só estou feliz por vê-la feliz.

Sorrio de volta e balanço a cabeça.

– É este.

– Eu também acho. – Robbie comprime os lábios. – Shawn é um homem de sorte – ele fala baixinho, caminhando para a sua poltrona.

Não sei se devo concordar ou dizer que eu é que sou sortuda, então não falo nada. Em vez disso, volto para o provador e fecho a cortina sem pronunciar uma palavra.

*

Meus sapatos ressoam no piso de madeira. É uma sandália de tiras e o salto tem apenas alguns centímetros. Se fosse mais alto, tenho certeza de que iria tropeçar. Coloquei uma correntinha de ouro com um pingente redondo, combinando com um par de brincos dourados. Meu cabelo está volumoso, com cachos grandes, e a maquiagem é a mesma que tenho usado nos últimos dias: bem simples, só que, desta vez, passei uma camada extra de rímel e misturei algumas sombras amarronzadas nas pálpebras.

– Uau, olha só pra você – Robbie fala quando entro na cozinha.

Paro e olho para mim. Este vestido preto foi, com certeza, a melhor escolha. Ele é justo nos lugares certos, confortável e faz eu me sentir eu mesma. É simples e esquecível (como a minha memória).

– Obrigada – digo, apoiando uma bolsinha dourada no balcão. Transfiro alguns itens da bolsa de sempre para a pequena. – Quais são seus planos pra hoje?

Ele se recosta na bancada.

– Assistir ao *show* da Maya.

– Ah, ela tem *show* hoje?

– Sim, quase toda sexta. Sempre que pode, ela faz. Tem um tempo que não consigo ir, então estou animado. Ela disse que tem vários números novos.

– Queria poder ir também – falo, franzindo as sobrancelhas.

– Podemos ir juntos… outro dia em que você estiver livre.

Relaxo o rosto.

– Eu adoraria.

– Que horas Shawn vai chegar?

Verifico as horas no celular.

– A qualquer momento.

Robbie vai até a geladeira e pega uma cerveja.

– Está animada? – ele pergunta, abrindo a tampa e dando um gole na garrafa.

– Estou, e também um pouco nervosa. É meu último primeiro encontro… – Dou risada.

Ele também ri, concordando.

– Não precisa ficar nervosa. Só seja você mesma.

– É… mas não sei direito quem eu sou.

– Sabe sim, Peyton. Tem sido você mesma comigo nos últimos dias. Pode não se lembrar, mas ainda é você. – Ele dá outro gole.

– Obrigada por ficar aqui esta semana – falo, dando um sorrisinho.

Robbie aponta a garrafa na minha direção e diz:

– É pra isso que servem os amigos.

Nos olhamos por um momento e engulo em seco. Até que meu celular toca, roubando minha atenção.

– É o Shawn – falo.

Os olhos de Robbie parecem escurecer um pouco. Ele vai até o sofá e se joga ali enquanto atendo a ligação.

– Oi, Shawn. Já chegou?

– Ei, sinto muito, mas vou ter de remarcar o nosso encontro. Tenho uma emergência familiar. – Ele está sem fôlego, e ouço o trânsito da rua ao fundo.

– Ah, não. Você está bem? Sua família está bem? Não se preocupe. Podemos remarcar.

Uma buzina soa.

– Sim, estou bem. Desculpe, estou correndo para o hospital agora. Escrevo quando tiver mais notícias.

– Certo. Cuide-se e me avise se precisar de algo.

Ele desliga. Meus ombros se curvam e fico parada ali por um tempo antes de me virar para Robbie.

– O que aconteceu? – ele pergunta.

– Não sei. Ele não falou, mas espero que esteja tudo bem.

– Tenho certeza de que vai ficar.

Cutuco as unhas e a correntinha no meu pescoço, deslizando o pingente para a frente e para trás. Não consigo evitar a decepção. Apesar de estar nervosa, estava animada para o encontro com o Shawn. Ele parece legal e temo não ter a chance de conhecê-lo melhor. Olho para o vestido e para a sandália. Acho que é melhor guardá-los para o próximo encontro.

– Ei, Peyton – Robbie fala.

– Sim? – digo, erguendo a cabeça.

– Quer ir comigo ver o *show* da Maya?

De repente, não estou mais decepcionada.

– Eu adoraria.

Um sorriso se espalha pelo rosto dele.

– Perfeito então, temos um encontro. – Ele coça a nuca e abaixa a cabeça. – Quero dizer…

– Eu sei o que você quer dizer. – Sorrio de volta.

CAPÍTULO 14

Um homem grandão, com entradas nas laterais do cabelo e sobrancelhas grossas fala ao microfone. Um holofote o segue enquanto ele anda de um lado para o outro no palco.

– A próxima comediante é daqui de Chicago. Talvez vocês a conheçam pelo vídeo viral em que ela lidou com um idiota e acabou com o cara completamente.

Apesar da luz diminuta do lugar, vejo Robbie revirando os olhos. Ele está sentado ao meu lado a apenas alguns centímetros. Dou-lhe um empurrãozinho com o ombro. Meu amigo balança a cabeça, sorrindo. O Zanies é um clube de comédia intimista, com fileiras de mesinhas próximas. Estamos na primeira fileira, bem perto do palco.

O apresentador continua:

– Confiem em mim, é melhor não mexer com ela. Ela distribui tiradas como Mike Tyson distribui socos. Por favor, deem as boas-vindas à hilária Maya James. – Ele gesticula para a lateral do palco.

Robbie e eu gritamos e aplaudimos animadamente enquanto Maya emerge dos fundos e sobe os degraus correndo. O homem passa o microfone para ela e acena a cabeça, encorajando-a. Maya está usando a jaqueta de couro vermelha que eu lhe dei e um batom do mesmo tom. Ela exala confiança com seus *jeans skinny* e coturnos. Sob os holofotes, sua pele cintila e seus cachos reluzem. Quando nos vê, quase solta um gritinho, mas consegue manter a compostura. Ela caminha pelo palco de queixo erguido, aceitando os aplausos e se preparando para a *performance*.

– Obrigada – ela diz. – Muito obrigada. Era isso que eu estava esperando.

O público explode com sua abertura.

– Minha melhor amiga foi atropelada na semana passada, mas miraculosamente está aqui hoje. – A multidão bate palmas. – Por que estão aplaudindo? – Ela observa a plateia com desconfiança. As palmas são substituídas por risadas. – Não se preocupem, o carro está ótimo.

Eu sabia que Maya estava criando um número sobre mim e a minha *situação*, e estava morrendo de curiosidade para ouvir as piadas que ela inventou. É um alívio poder rir disso em vez de viver a coisa toda – é como se eu estivesse tirando umas férias cômicas da minha própria vida.

– Ela também está bem. Exceto pela amnésia. – Maya faz uma pausa e caminha pelo palco. – Sim, é isso mesmo que vocês ouviram. Ela não se lembra de nada. Nem de mim, o que acho difícil de acreditar, já que sou tão famosa e bem-sucedida. – Ela sorri. – Não posso nem ir ao dentista sem ser reconhecida, pra não falar do proprietário da minha casa. Ele está me enchendo o saco há meses em busca de um autógrafo. Vivo assinando coisas pra ele, mas o homem insiste que a assinatura deveria estar na parte de baixo de um cheque. Os fãs são tão estranhos hoje em dia. – As pessoas dão risada e batem palmas. – Enfim… tem sido um período conturbado para mim. Sei que ela tem amnésia e tal, mas somos amigas há mais de dez anos e ela se esqueceu de mim. Que deselegante.

Maya para de andar e encara a plateia.

– E não importa o que os médicos digam, não vou aceitar trauma cerebral como justificativa. Nossas pulseiras universitárias dizem "amigas para sempre", e não "amigas até que uma sofra um acidente de carro e esqueça que a outra existe".

O público gargalha. Maya pisca para mim, e dou mais risada ainda.

– Vocês já viram aquele filme chamado *Um salto para a felicidade*, em que uma mulher fica com amnésia e o marceneiro que ela sacaneou se aproveita disso pra se vingar, fazendo ela trabalhar como empregada e babá?

Várias pessoas respondem que sim.

– A experiência da minha amiga é quase o oposto. Em vez disso, três gatos do Tinder com quem ela estava saindo apareceram no hospital e se declararam pra ela. Que tipo de baboseira da Disney é essa?

Ela se vira e atravessa o palco.

– Então agora minha amiga pode sentir toda aquela alegria do primeiro encontro com cada um deles de novo, enquanto é cortejada e idolatrada e eles a ouvem atentamente, prestam atenção a cada palavra que ela fala, abrem portas e enviam presentes, tudo na tentativa de conquistá-la. – As mulheres da plateia soltam "Ohhh". – Eu sei, garotas. É muito fofo. Isso não faz vocês terem vontade de pular de alegria... na frente de um veículo se aproximando a toda velocidade? – A plateia explode de rir.

Maya vai até o suporte do microfone e olha para o público.

– E ainda dizem que contos de fadas não existem. – Ela dá de ombros. – O capô amassado de um Chrysler Sebring 2010 discorda.

Ela continua soltando piada atrás de piada por mais quinze minutos. Maya é descolada e confiante e domina o palco durante cada segundo. Ela fala sem trégua e faz a plateia explodir em gargalhadas a cada piada. Minhas bochechas e minha barriga doem de tanto rir. Parece que fiz cem abdominais. Sorrio para ela, completamente maravilhada.

– Já deu meu tempo. Obrigada. Sou Maya James. – Ela acena para a plateia, que bate palmas e assobia enquanto minha amiga entrega o microfone para o apresentador e desce do palco.

– Ela é incrível – falo para Robbie.

– Ela é. – Ele oferece uma gorjeta generosa e assina o recibo.

– Quanto lhe devo?

Ele abana a mão.

– Nada. É por minha conta.

– Obrigada.

Ele veste o casaco e me ajuda com o meu.

– Quer encontrar Maya e Anthony? – ele pergunta, ajeitando a gola da minha blusa.

– Quero!

– Vem comigo – ele fala, seguindo na frente.

Eu me mantenho próxima enquanto caminhamos pelo clube lotado. Ele estica a mão e eu a seguro. Robbie olha para mim e sorri por um instante antes de se concentrar em abrir caminho pela multidão na direção da saída.

*

Nós nos sentamos num bar a duas quadras do clube de comédia que tem todas as características de um típico boteco aqui dos Estados Unidos:

letreiros de neon, *jukebox*, mesas de sinuca e dardos, bebidas baratas e móveis desgastados. Robbie puxa mais dois bancos para perto da mesa alta e põe o casaco em um deles. Coloco o meu no outro para guardar lugar para Anthony e Maya, e depois me sento.

– Quer beber alguma coisa? – Robbie pergunta.

– Só uma água com gás com uma rodela de limão.

– Pode deixar.

Robbie vai até o bar e encontra um espaço para se espremer ali. O lugar está lotado de pessoas se divertindo, afinal é sexta-feira à noite. O boteco está barulhento e a *jukebox* está tocando um *rock* clássico.

– Parece que você está precisando de companhia – um homem de lábios finos e cabelo loiro e curto diz.

Sem ser convidado, o homem se senta no banco ao meu lado, onde Robbie estava. Ele fede a perfume misturado com rum e abre um sorriso torto enquanto apoia os cotovelos na mesa.

– Tem gente aí – falo, recuando.

– Bem, não tem ninguém agora.

Reviro os olhos e não respondo, mas ele não percebe e fala:

– Então você já tem um homem?

Olho para o bar. Robbie está de costas para mim, pedindo as bebidas para uma moça.

– Sim, tenho três – respondo.

Ele agita as sobrancelhas.

– Três? Parece que está precisando de um homem que consiga conter você.

Olho-o enojada e levanto o queixo.

– Qual é o seu nome? – ele pergunta.

– Não importa.

Ele se aproxima e eu me afasto.

– Eu falo o meu se você me falar o seu.

– Não quero saber o seu nome.

– Algum problema aqui? – Robbie coloca quatro bebidas na mesa e levanta a cabeça, medindo o sujeito.

– Problema nenhum. Esta aqui só está se fazendo de difícil – o homem fala, rindo.

– Não, só estou querendo que você dê o fora daqui.

– Você ouviu. – Robbie dá a volta na mesa, fechando a distância entre ele e o sujeito.

O imbecil se levanta e desdenha:

– Ela é uma puta mesmo.

Sem hesitar, Robbie dá um soco bem no maxilar do cara, e o som é de algo sendo triturado. Espero que seja a mandíbula dele, e não a mão de Robbie. O sujeito cambaleia para trás, balançando a cabeça. Seu rosto fica vermelho e seus olhos estão queimando de raiva quando avança sobre Robbie. Instintivamente, eu me levanto e tento puxá-lo para trás. A última coisa que quero é que ele se machuque me defendendo. Outro sujeito se intromete, colocando-se entre mim e Robbie. Ele tem quase dois metros de altura, pele escura e ombros largos. Um braço seu equivale a dois de Robbie. Ele se posiciona no meio dos dois homens.

– Se quiser um pedaço dele – diz, gesticulando para Robbie –, vai ter que passar por cima de mim primeiro.

Solto um suspiro de alívio ao saber que o gigante está ao lado de Robbie.

O imbecil estreita os olhos, medindo o grandão, mas não leva mais do que um segundo para perceber que não tem a menor chance. Então se afasta e vai embora do bar. O fortão se vira para Robbie e sorri.

– *Timing* perfeito, Anthony – Robbie fala, estendendo a mão. Eles se cumprimentam com um meio abraço e tapinhas nas costas.

Então esse é o Anthony da Maya. Não consigo evitar sorrir por minha amiga ter um homem como esse ao lado dela.

– Não queria que soasse tão brega – Anthony dá risada, zombando de si mesmo. – *Vai ter que passar por cima de mim primeiro*.

– Só você pode mandar uma provocação ridícula dessas – Robbie comenta, dando risada.

– Você me pegou de surpresa. O que estava rolando?

– Ele estava assediando a Peyton – Robbie explica, apontando para mim.

Fico toda arrepiada. Não acredito que Robbie me defendeu desse jeito sem nem parar para pensar.

Anthony se vira para mim e aceno a mão. Ele me envolve em seus braços, quase me levantando do chão.

– Peyton! Estou tão feliz por ver você bem.

– Oi – falo quando ele me solta.

Ele sorri, revelando um conjunto de dentes brancos feito pérolas.

– Ah, merda. Desculpa, esqueci que você está com amnésia. – Ele ri. – Sou o Anthony, o namorado da Maya.

– Ouvi muito sobre você – digo.

– Espero que tenham sido coisas boas.

– Só coisas boas – digo.

– Maya está lá fora. – Ele gesticula indicando a porta. – A mãe dela ligou bem quando chegamos, ela está encerrando a conversa rapidinho.

Robbie oferece a Anthony um copo dourado de cerveja.

– Obrigado, amigo.

Eles brindam e bebem. Quando Robbie levanta o copo, noto seus dedos vermelhos e inchados. Não tinha percebido a força com que ele socou aquele idiota. Vou até o bar e peço um pouco de gelo e um pano. A *bartender* sorri ao me entregar o que pedi.

– Fala para o Robbie não socar mais ninguém hoje – ela diz.

– Pode deixar – digo e sorrio de volta para ela.

Embrulho o gelo com o pano, improvisando uma bolsa térmica.

– Deixa eu ver sua mão – falo para Robbie.

Ele a levanta com a palma para cima. Viro-a para baixo e pressiono o gelo nos dedos inflamados. Ele estremece.

– Foi mal – sussurro.

Vejo a pele do braço dele arrepiar, provavelmente por conta do gelo.

– Obrigado – ele fala. Seus olhos parecem safiras.

– Não, eu é que agradeço por ter me defendido daquele imbecil. – Sorrio. – Não precisava fazer isso.

Robbie fica sério.

– Precisava sim.

– O que está rolando? – Maya pergunta, sentando-se ao lado de Anthony. Ela se inclina para beijá-lo, esfregando o nariz de leve no dele.

– Robbie deu um soco num imbecil – explico, ainda segurando o gelo.

Maya vira a cabeça para olhar para Robbie.

– Você fez o quê?

– Ele estava assediando Peyton.

– Entrei logo depois que Robbie bateu nele e falei que o cara teria que passar por cima de mim – Anthony fala, estufando o peito.

– Você falou isso mesmo? – Maya dá risada, dando tapinhas no ombro do namorado.

– Pareceu bem mais ameaçador na hora – ele fala, acenando a cabeça.

– É verdade. Fiquei tremendo de medo – brinco.

Anthony dá risada.

– Que pena que perdi tudo isso. Eu poderia ter dado uma boa gargalhada. – Maya sorri.

Robbie empurra um copo para ela.

– Aqui, pedi uma vodca com refrigerante pra você.

– Tudo de que eu precisava. – Ela pega a bebida e dá um gole com o canudinho.

– Falando em gargalhadas, você estava incrível hoje – falo para ela.

Maya franze as sobrancelhas.

– Espero que não tenha exagerado.

– Nem um pouco. E me fez bem rir disso tudo. A vida é curta demais pra não rirmos de nós mesmos. – Sorrio. O rosto de Maya relaxa de alívio.

Anthony bate o ombro no dela.

– E é bom ter uma folga das piadas comigo.

– E dela me obrigando a atacá-la – Robbie acrescenta.

– Agradeço todas as contribuições de vocês para os meus números. – Ela olha para cada um de nós e arqueia a sobrancelha. – Espera aí, você não tinha um encontro com o Shawn hoje?

– Sim, ele cancelou. Disse que tinha uma emergência familiar. – Dou de ombros em seguida tomo um gole de água com gás.

Maya se recosta na cadeira.

– O que aconteceu?

– Não sei, ele não disse.

– Vocês já remarcaram?

Balanço a cabeça.

– Shawn falou que ia me mandar uma mensagem.

– Está parecendo que ele não está muito empenhado. Você deveria cortá-lo da lista. – Maya comprime os lábios, movendo-os de um lado para o outro.

– Maya! Não vou eliminá-lo só porque ele teve uma emergência familiar.

Robbie afasta o gelo da mão, dobrando e desdobrando os dedos. Ele abre um sorrisinho para mim antes de dar um gole na sua bebida.

– Não liga pra ela. Estaria solteira se não fosse por mim. – Anthony dá risada.

Maya lhe dá um cutucão. Ele se contorce e recua. Os dois dão risada, fazendo cócegas um no outro. Finalmente, Anthony agarra a mão dela e a segura, enquanto Maya descansa a cabeça no ombro dele, sorrindo. Robbie estava certo. Eles são muito fofos juntos e não posso deixar de sorrir. Também quero ter isso, e espero encontrar.

– E os outros pretendentes? – Anthony me pergunta.

– Eu me diverti bastante com eles. São bem diferentes um do outro. Tyler é mais extrovertido e brincalhão e temos bastante química.

Robbie se levanta, dizendo que vai pegar outra rodada de bebidas. Ele vai até o bar e acena para a jovem que está trabalhando ali.

– Continue – Anthony pede, gesticulando para mim.

Volto a atenção para Maya e Anthony.

– Sim, onde eu estava? Ah, sim, nos rapazes. Nash é muito fofo e um *chef* incrível. Ele é um pouco tímido, mas pude ver outro lado dele quando cozinhou pra mim no restaurante em que trabalha.

– Parece que você tem bons exemplares pra escolher. – Ele assente.

Olho para Robbie. Ele está apoiado no bar, conversando com a linda *bartender*. Ela joga a cabeça para trás e dá risada.

– Sim, parece que sim – respondo.

CAPÍTULO 15

Nos meus braços estão dois buquês de flores coloridas e um bolo grande de uma padaria local. Uma sacola reutilizável lotada de compras está pendurada no meu ombro e bate incessantemente em mim enquanto andamos.

– Tem certeza de que pegou tudo? – Debbie me olha por cima do ombro.

– Tenho – digo, caminhando atrás dela.

Debbie está carregando as sacolas mais pesadas, nas quais estão as garrafas de vinho que vai estocar. Ela é muito mais forte do que parece.

– Obrigada por me ajudar com as compras – ela fala.

– Para que tudo isso?

Ela aperta o botão do semáforo de pedestres, que emite um bipe. Paramos na esquina esperando para atravessar. Estamos a apenas duas quadras de casa.

Debbie olha para o semáforo, à espera de que mude de cor.

– Para uma festa de aposentadoria de um amigo.

– Ah, que legal. É algum ex-colega do hospital?

– Isso – ela responde. Assim que o semáforo de pedestres abre, Debbie começa a caminhar. – Aquele rapaz chegou a remarcar o encontro?

– Ainda não, mas ele escreveu dizendo que está tudo bem com a família.

Ela me olha.

– Ele contou o que aconteceu?

– Não, e não perguntei. Pensei que talvez fosse algo pessoal. Se quisesse me contar, já teria contado.

Debbie vira à esquerda na nossa rua, lançando um olhar solidário por cima do ombro.

– E os outros dois? Está sentindo mais conexão com algum deles?

– Não sei, talvez, mas estou tentando garantir que vou fazer a escolha certa… ou seja, que vou escolher o homem por quem eu estava tão decidida antes do acidente.

Ela comprime os lábios.

– Não fique pensando demais nisso. Você estava seguindo seu coração, e não resolvendo uma equação matemática.

Eu me concentro no caminho adiante, tomando cuidado para não tropeçar na calçada. Suas palavras ficam martelando na minha cabeça. Será que estou pensando demais nisso tudo? Ando com tanto medo de fazer a escolha errada que talvez não tenha me concentrado em fazer a escolha certa. Quando chegamos em casa, ela segura a porta do jardim para mim.

– Deixei a porta aberta, pode entrar – Debbie fala, parando na caixa do correio.

Subo as escadas com cautela, sem querer derrubar o bolo, as flores e as compras guardadas na sacola pendendo do meu ombro. Na porta, me atrapalho com a maçaneta. Primeiro, tento virá-la com o quadril, depois com o pé. Então, estico a mão por baixo do bolo para segurar a maçaneta e girá-la, finalmente abrindo a porta. As luzes se acendem antes que eu alcance o interruptor, e uma multidão de pessoas grita:

– Surpresa!

Dou um pulo de susto. Derrubo as flores e o bolo sai voando da minha mão, caindo estatelado no chão enquanto a sacola de compras desliza pelo meu braço e todo o seu conteúdo se espalha pelo piso. Todos soltam um suspiro e sussurram.

– *Ops*. Devíamos ter planejado melhor as coisas – Maya diz.

Ela se aproxima de mim enquanto me abaixo para limpar a bagunça.

Robbie se junta a nós no chão, ajudando-nos a virar o bolo para cima. Por sorte, ele ainda estava na caixa.

– Consegui – ele fala.

– Oi, garota – Maya diz, pegando as flores. Ela recolhe as pétalas caídas e as enfia dentro do buquê.

– O que é isto? Quem são essas pessoas? – sussurro.

Corro os olhos pela sala, mas só reconheço algumas: Anthony, Nash e Tyler. Não faço ideia de quem sejam os outros.

– Surpresa! – Debbie grita atrás de mim.

Olho para ela. Seu sorriso murcha e seus lábios se comprimem.

– Maya, eu disse que ela ia entrar primeiro.

– Sim, só não falou que ela vinha carregada feito uma mula. Era pra você distraí-la, não obrigá-la a fazer suas compras.

– Chamo isso de matar dois coelhos com uma cajadada só – Debbie fala.

– Alguém pode me explicar o que está acontecendo? – pergunto de novo, desta vez com mais firmeza.

Maya sorri.

– É uma festa surpresa.

– Mas meu aniversário é daqui a cinco dias.

– Não é uma festa de aniversário. É uma festa de oba, você saiu do coma. – O sorriso de Maya se alarga enquanto ela fica em pé.

Robbie pega o bolo amassado enquanto eu me ocupo da sacola de compras.

– Seus colegas de trabalho, pretendentes e amigos vieram celebrar sua consciência. – Maya gesticula para a sala com os buquês de flores despetaladas.

Todos estão me encarando, batendo palmas e comemorando com sorrisos estampados nos rostos. Dou um aceno sem graça e limpo a garganta.

– Oi, gente. Bem-vindos à minha festa surpresa pós-coma.

Várias pessoas dão risada. Observo a sala, torcendo para a minha memória voltar agora, mas são todos estranhos para mim. Tyler e Nash estão ao lado de Anthony, sorrindo. Sei que Maya planejou isso tudo para poder encontrar meus pretendentes e avaliá-los, porque não existe isso de *festa surpresa de oba, você saiu do coma*. Olho para ela por um instante e me pergunto o que mais minha amiga tem na manga.

– Hum… estou feliz por estar consciente de novo – acrescento.

– A gente também – uma mulher mais velha com um elegante corte *bob* diz. – Sentimos sua falta no escritório.

Várias outras pessoas concordam.

– Eu também… acho. – Solto uma risada constrangida.

– Ela não perdeu o senso de humor – uma mulher da minha idade comenta.

Robbie ergue a caixa do bolo com uma mão, enquanto envolve meu ombro com a mão livre.

– Peyton vai fazer o coração voltar ao normal e já volta pra socializar – ele anuncia, encerrando o discurso com um sorriso largo.

Todos dão risada e batem palmas e voltam a conversar.

– Obrigada – sussurro para ele.

Robbie me conduz em meio às pessoas. Troco sorrisos e cumprimentos enquanto o sigo, atravessando o corredor e entrando na cozinha.

– Só pra constar, esta festa não foi ideia minha – ele fala, colocando o bolo no balcão. Ele abre a caixa, revelando um bolo meio torto. A cobertura está quase toda amassada ou presa na tampa. – Tentei convencer a Maya a desistir, mas...

– Eu sou teimosa – Maya nos interrompe, entrando na cozinha. Ela deposita o buquê na bancada e se vira para mim com um sorriso. – Como é que eu ia conseguir avaliar esses rapazes?

Aponto para ela.

– Sabia que esse era o motivo dessa festa.

– Mas... – Ela ergue o dedo. – Sei que está tendo dificuldade pra descobrir quem você ama, então Robbie, Debbie, Anthony e eu estamos aqui pra te ajudar. É um ganha-ganha.

Coloco as mãos nos quadris.

– E como vocês vão me ajudar?

– Anthony já está lá interrogando eles.

– Maya! – resmungo.

– Quero dizer, conversando com eles. Meu namorado sabe julgar o caráter das pessoas. – Ela levanta o queixo. – E Debbie vai poder farejar o mentiroso também.

– Isso mesmo – Debbie diz, entrando na cozinha. – Meu nariz é como um cão de caça de mentirosos.

Robbie pega as sacolas de compras dela.

Gesticulo para o bolo, o vinho e as flores.

– Espere, essas coisas são pra minha festa?

Debbie faz um gesto afirmativo.

– Você disse que era pra uma festa de aposentadoria.

Ela levanta a cabeça e sorri.

– E você nem percebeu que era mentira. É por isso que precisa de mim pra descobrir quem é o mentiroso.

Deixo as mãos escorregarem dos meus quadris. Não tenho como sair dessa. Está claro que Debbie e Maya estão determinadas. Além disso, os convidados já estão aqui. Seria grosseiro se eu fosse embora.

Debbie coloca as mãos nos meus ombros e me olha nos olhos.

– Só queremos ajudá-la. Só isso.

Suspiro.

– Está bem. Mas, por favor, chega de surpresas.

– Oi – alguém fala atrás de mim.

O rosto de Debbie se ilumina enquanto ela me vira. Shawn ocupa quase toda a porta. Nunca percebi quão alto ele é. Acho que porque da última vez em que o vi eu estava deitada na cama de um hospital. Shawn sorri, mas não é aquele sorriso enorme e luminoso que vi no hospital. É um sorrisinho. Na verdade, quase nem é um sorriso. Ele não está barbeado. Está meio desleixado, como se não tivesse tido tempo de se arrumar.

– Oi, Shawn – sorrio.

– Posso falar com você? – Ele desvia o olhar antes de me encarar. – A sós?

– Sim, claro – digo, seguindo-o pelo corredor. Ele entra no quarto de hóspedes e fecha a porta.

– Como você está? – pergunto, virando-me para ele.

– Bem – ele responde com uma expressão séria.

Ele pode até afirmar que está bem, no entanto sua linguagem corporal está me contando outra história. E me pergunto se está tudo certo. Estamos a um metro de distância, que na verdade parecem quilômetros.

– Preciso conversar com você.

– Certo – falo devagar.

– Andei mentindo pra você.

Recuo um passo. Abro a boca. Então ele é o *mentiroso*.

– Não. Na verdade, andei mentindo pra mim mesmo. – Shawn olha para os sapatos de couro e depois para mim. – Por um bom tempo.

– Não entendo.

Ele coça a nuca e passa a mão pelo rosto.

– Sempre fui aquele tipo de pessoa que vive procurando a próxima melhor coisa. No trabalho, nos relacionamentos e na vida, em tudo. Sabe, sempre peço ostras toda vez que vejo essa opção no cardápio porque são consideradas o que há de melhor, e na verdade eu nem gosto de ostras.

Ostras. Lembro-me das minhas anotações na agenda.

– Foi por isso que escrevi ostras – falo em voz alta sem querer.

Ele franze as sobrancelhas.

– Quê?

– Esquece. – Balanço a cabeça. – Continue.

Ele solta um longo suspiro.

– Peyton, eu estava noivo, e terminei tudo porque pensei: e se existir alguém melhor pra mim? Eu sei, é terrível. Mas agora sei que não existe, porque a melhor pessoa pra mim sempre esteve ali.

– Não entendo, Shawn.

– A emergência familiar que tive… – Ele abaixa a cabeça. – Era minha ex-noiva. Ela teve um problema de saúde, e eu ainda era seu contato de emergência, então o pessoal do hospital me ligou. Só de pensar em perdê-la… – Shawn suspira e seus olhos se enchem de lágrimas. – Percebi o quanto ainda a amo. Na verdade, nunca deixei de amá-la.

– Ela está bem? – Eu me aproximo.

Vejo as lágrimas caindo, contudo ele sorri.

– Sim, está ótima – ele responde, enxugando o rosto. – Sinto muito, Peyton. Se eu soubesse antes, não teria a enganado. Sinceramente, entre o seu acidente e o susto com ela, percebi que só perdi tempo correndo atrás da vida em vez de viver de verdade. – Ele abaixa a cabeça de novo. – Eu me sinto mal de ter feito isso com você, especialmente com tudo o que passou.

Coloco a mão no seu ombro.

– Shawn, está tudo bem. Sei como é não saber a quem pertence seu coração. É uma sensação horrível, mas que bom que descobriu. Fico feliz por você… por vocês.

Lágrimas também caem dos meus olhos. Não porque estou triste, e sim porque estou mesmo feliz por ele, e quero o que Shawn tem: clareza. Quero ter tanta certeza sobre a pessoa que amo que só de pensar nela tenha vontade de sorrir e chorar ao mesmo tempo, assim como ele está fazendo agora.

Ele me encara.

– Eu não queria magoar você.

– Está tudo bem. – Sorrio. – Se quer saber, você me ajudou.

Shawn me abraça.

– Desculpa mesmo – ele sussurra.

– Não precisa pedir desculpas. Obrigada por ser sincero comigo e com você mesmo.

Quando nos afastamos, ele ainda está sorrindo.

– Eu só ouvi meu coração.

Ouvi meu coração. Repito as palavras na minha cabeça. Elas são familiares, e esse momento quase me parece um *déjà vu*. Mas não exatamente. Só a mensagem, não o mensageiro. Ele recua alguns passos e enxuga os olhos de novo.

– Se cuida, Peyton. Espero que seu coração te dê a direção certa. – Trocamos um sorriso.

Depois que ele sai da sala, vou até a cômoda e olho para o espelho acima dela. Arrumo o rímel borrado.

– Oi – Maya diz, enfiando a cabeça no quarto. – Shawn foi embora?

Encaro o reflexo dela.

– Sim, ele acabou de terminar comigo.

Nem sei se posso classificar isso como um término, já que não me lembro de ter ficado com ele.

– Como assim? – ela praticamente grita. – Vou chutar o traseiro dele.

– Está tudo bem – digo, virando-me para ela. – De verdade.

Maya me olha com carinho e me puxa para um abraço.

– Ele é um idiota – ela fala.

– Não é. Ele só decidiu seguir o coração.

– Mesmo assim. – Ela dá um passo para trás para me observar melhor. – Você está bem?

– Sim. Na verdade, acho que estou até um pouco aliviada. – Solto uma risada.

– Por quê?

– Porque agora só tenho duas escolhas e acho que Shawn era o mentiroso, então não preciso mais me preocupar com isso. Só que ele não estava mentindo só pra mim, mas também pra si mesmo.

Ela arregala os olhos.

– Espera, e se fosse o Shawn? E se fosse pra ele que você estava correndo na noite do seu acidente?

– Não era.

– Como você sabe?

– Eu só sei.

Ela solta um suspiro e faz carinho no meu braço.

– Se não estiver a fim de ficar na sua festa pós-coma, posso pedir para o Anthony botar todo mundo pra fora.

– Está tudo bem. Acho que preciso disso.

*

Algumas horas mais tarde, despeço-me do pessoal do trabalho enquanto eles descem as escadas do alpendre. Minha chefe diz que posso levar o tempo que precisar para me recuperar. Uma das minhas colegas implora para que eu volte assim que possível, porque está morrendo de tédio sem mim.

Eles falam coisas como "Se cuida" e "Vejo você logo". Alguns entram nos respectivos carros, outros vão embora a pé.

Passei a maior parte da festa conversando com eles, em uma tentativa de aprender um pouco mais sobre mim mesma. No entanto, não acho que aprendi muito, porque estava concentrada demais em me lembrar dos nomes de cada um, há quanto tempo trabalhávamos juntos e os cargos que ocupam. De qualquer forma, foi divertido conhecer a minha versão profissional.

Quando volto para casa, Tyler chama minha atenção. Ele sorri do outro lado da sala. Debbie o cutuca no ombro e aponta para uma tábua no piso. Depois, pisa nela para mostrar que está solta. Ele sorri e se abaixa para olhar de perto. Pobre Tyler. Tenho certeza de que passou a festa toda consertando coisas aleatórias na casa.

Vejo Nash, Robbie e Anthony na varanda, bebendo e conversando. Robbie sorri ao me ver, e eu sorrio de volta.

– Hora de um joguinho – Maya declara, entrando na sala. Ela abre a porta da varanda e chama todos. – Gente, venham aqui.

Eles se levantam e entram.

– Espero que seja o jogo da verdade – Debbie diz, agitando as sobrancelhas. Ela se joga na cadeira e se põe a beber sua taça cheia até a borda.

Dou risada e me sento no sofá. Robbie se senta de um lado e Anthony do outro. Nash e Tyler se acomodam na minha frente em cadeiras dobráveis, formando um círculo.

– Vamos jogar duas verdades, uma mentira – Maya anuncia, no centro da sala. – Vocês vão contar três coisas sobre si. Duas devem ser verdade e uma deve ser mentira. A gente vai ter que adivinhar o que é verdade e o que é mentira, em sentido horário. Alguma pergunta?

Estreito os olhos.

– E como é que vou jogar esse jogo?

– Robbie, Debbie e eu vamos jogar por você. Nós três sabemos tudo o que há pra saber sobre você.

Reviro os olhos e me recosto no sofá. Robbie bate o ombro no meu e sorri.

– Mais alguma pergunta? – Quando ninguém fala nada, ela se senta ao lado de Anthony. – Tyler, eu o escolhi aleatoriamente pra começar.

Ele inclina a cabeça.

– Aleatoriamente?

– Sim. Vá. – Ela aponta para ele.

– Maya – censuro-a.

– Quero dizer, por favor, prossiga – ela se corrige.

Tyler apoia os cotovelos nos joelhos e se inclina para frente.

– Hum, deixa eu pensar. Nunca viajei pra fora do país. Tenho um irmão gêmeo. Sou fã do Green Bay Packers.

– Pensei que esse jogo fosse ser muito mais quente. – Debbie toma um gole do seu vinho.

Abafo uma risada.

Robbie estala os dedos.

– Irmão gêmeo é mentira.

– Sem chance. É nunca ter viajado pra fora – Maya fala.

– É melhor você não ser fã do Green Bay Packers no país dos Bears – Anthony provoca.

– Peyton, o que você acha? – Tyler pergunta, dando um sorrisinho.

Olho para Robbie e depois para Tyler.

– Estou com o Robbie. Não acho que você tem um irmão gêmeo.

Tyler aperta os lábios com firmeza e assente.

– Acertaram.

Robbie levanta a mão para mim. Fazemos um *high five* e depois ele aponta para Tyler.

– Pegamos você – ele fala.

– É fácil pegá-lo quando você fez um mergulho profundo sobre todos – brinco.

Robbie dá de ombros e ri. Olho para Tyler e sorrio, mas ele está sério, pensativo, com as sobrancelhas cerradas e os olhos apertados. Não sei o que pensar. Ele dá um longo gole na sua bebida.

– Nash, sua vez – Maya diz.

Olho para o Nash. Ele ajeita a postura e também toma um gole de sua bebida.

– Apimente um pouco esse jogo – Debbie pede.

Ele esfrega o braço, correndo os dedos pelas tatuagens coloridas.

– Morei na França por um ano. Já apareci na televisão. E já saí com uma celebridade. – Ele termina de falar com uma expressão estoica.

– Nossa. Não acredito que duas dessas coisas sejam verdade – Anthony fala com uma risada rouca. – Você é descolado, hein, Nash?!

Ele dá de ombros, modesto, mas um sorrisinho se espalha pelo seu rosto.

– Você pegou ele também? – Tyler pergunta para Robbie.

Olho de Tyler para Robbie. Os dois estão de cabeça erguida, inclinados para a frente, quase como se estivessem se desafiando. Não achei que esse jogo fosse ser tão sério.

– Acho que sim – Robbie diz. – É mentira que você saiu com uma celebridade.

– Eu acho que é a coisa da televisão – Maya fala, bebendo.

– O que acha, Peyton? – Nash pergunta.

Bato o dedo no queixo, pensando.

– É mentira que você saiu com uma celebridade.

– Acertou – ele fala, sem tirar os olhos de mim.

– Espere, em que programa você apareceu? Não pode ter sido no *The Bachelor*. – Debbie estreita os olhos, inclinando para observá-lo melhor. – Tenho certeza de que o reconheceria.

Nash sorri.

– Não, não participei de nenhum programa de namoro. Eu apareci no *Chopped: O desafio* do Food Network.

– Eu adoro *Chopped*. Você ganhou? – Anthony pergunta, empolgado.

– Não, fiquei em segundo lugar. Fui eliminado porque me esqueci de colocar um dos ingredientes no prato.

– Que merda, não acredito. Sinto muito – Anthony fala.

Nash assente.

– Foi uma merda. – E vira um gole da bebida.

– Certo, é a vez de Peyton – Maya diz.

Viro a cabeça para ela com tudo.

– Não, não estou jogando.

– Já disse que Robbie, Debbie e eu vamos falar por você.

Suspiro e olho para os rapazes. Tyler está com as costas apoiadas na cadeira, de braços cruzados. Parece que não quer estar aqui. Sorrio, mas ou ele não percebe ou me ignora. Nash cruza as pernas e volta a atenção para Maya, esperando que ela fale. Ele parece estar se divertindo mais do que Tyler.

– Vou começar – Debbie anuncia. – Peyton é a pessoa mais gentil que conheço, e, se vocês a magoarem, eu vou...

– Debbie – Maya a interrompe. – Não é assim que se joga. Você tem de falar alguma verdade ou alguma mentira sobre ela, e não o modo como se sente seguido de uma ameaça.

Ela franze as sobrancelhas.

– Mas é verdade.

– Então eu vou primeiro – Maya diz, balançando a cabeça. – Peyton tem pavor de aranha.

– Tenho? – pergunto.

Maya dá de ombros.

– Sua vez, Debbie.

– Hum, deixe-me ver. – Ela bate a unha insistentemente contra a taça de vinho. Quando tem uma ideia, seus olhos se iluminam. – Ah, já sei. Peyton é uma péssima cantora.

– Isso não é meio subjetivo? – Nash pergunta.

Debbie balança a cabeça.

– Nem um pouco. Uma vez, no karaokê, o DJ desligou o microfone dela de tão ruim que ela é. – Debbie dá risada e se recosta na cadeira.

Murmuro uma canção baixinho para verificar se ela está certa. Na minha cabeça, pareço afinada.

– Está cantarolando? – Maya pergunta.

– Não – minto.

– Então é verdade – Tyler diz, sorrindo. – Essa história é específica demais pra não ser verdade.

Debbie arqueia as sobrancelhas.

– Ou sou uma boa mentirosa.

– Robbie, sua vez. – Maya gesticula para ele.

Ele se ajeita no assento.

– Sempre que Peyton encontra uma moeda no chão, ela vira a cara para cima, para que a próxima pessoa que passar tenha boa sorte. – Robbie olha para mim e abre um sorrisinho.

Tyler dá risada.

– É mentira.

– Acho que a resposta é ter medo de aranha – Nash arrisca.

Ambos olham para mim, esperando que eu anuncie quem acertou.

– Eu não sei – falo, rindo.

– Nash está certo. É mentira que ela tem medo de aranha. – Robbie revela.

Tyler sorri, olhando para Robbie e depois para mim. Nash também sorri e bebe mais um gole.

– Eu canto tão mal assim?

– Ah, sim. Muito. – Debbie dá risada e se levanta. – Quem quer mais bebida? – ela pergunta, erguendo a taça. Tyler e Nash também erguem os copos e ficam em pé.

Robbie dá tapinhas no meu joelho e sussurra:

– Eu gosto de você cantando porque você é como eu. Em nossos duetos no karaokê, parecemos dois gatos de rua uivando e miando, implorando por restos de comida. – Ele abre um sorriso provocador.

Dou uma cotovelada nele.

– Somos tão ruins assim?

– Somos. É um castigo pra quem ouve. – Damos risada.

– Ei, Peyton – Tyler me chama.

Minha risada se esvai. Ele está parado na entrada do corredor com as sobrancelhas franzidas e olhos que se alternam entre mim e Robbie.

– Sim, Tyler – falo, levantando-me.

– Preciso ir. – Ele aponta para a porta.

– Está tudo bem?

– Sim, só preciso levar o Toby pra passear. – Ele olha para o pulso, apesar de não estar usando relógio. – Já faz um tempo que saí.

– Certo. Vou acompanhá-lo.

Ele concorda, mas não faz contato visual. Parece que está bravo e não sei por quê.

No alpendre, agradeço sua presença e digo que me diverti. Ele só murmura alguma coisa e não fala mais nada.

– Está livre esta semana? – Olho para ele.

Tyler passa a mão pelo rosto, desviando o olhar.

– Para sair com você?

Abaixo o queixo.

– Como assim?

Ele recua um passo e enfia as mãos nos bolsos, bufando.

– Quando concordei com isso, pensei que iria sair com você.

– Mas você vai.

– Não parece. Parece que estou saindo com toda uma comitiva. Robbie fez mergulhos profundos em nossa vida e Maya está organizando reuniões pra poder nos avaliar. Além disso, passei a festa toda consertando coisas na casa da Debbie, e não na sua companhia. Não parece que é você quem está tomando as decisões.

– Mas eu estou. Eles só estão me ajudando com tudo isso.

Será que Tyler não consegue ver como isso é difícil e desconcertante para mim? Eu não tenho memória. É como se estivesse sentada numa sala de aula 24 horas por dia, sete dias por semana, aprendendo sobre mim mesma. Não estou entendendo nada. No nosso último encontro, ele disse que seria paciente, então não sei por que mudou de comportamento desse jeito.

– O mergulho profundo de Robbie... – Ele me encara. – Se queria saber coisas sobre mim, por que não me perguntou?

– Não sei. É confuso. Porque não sei sobre o que já falamos e não falamos.

– Entendo isso. Eu sabia no que estava me metendo quando topei sair com você de novo. Pelo menos, pensei que sabia. É só que... – Tyler resmunga. – Não achei que fosse ser assim.

– Estou tentando – falo.

– Eu sei, acho que só pensei que essa decisão não seria difícil pra você. Pensei que perceberia que nossa conexão é forte... bem, era. – Ele suspira e olha para baixo.

– Está dizendo que não quer mais sair comigo?

– Não. Sei lá. Eu só... preciso ir. – Tyler aperta os lábios com força. Noto um brilho nos seus olhos, mas ele vira a cabeça e desce as escadas do alpendre. – Eu te mando um WhatsApp – ele fala, seguindo para o carro.

– Tyler – chamo-o, mas ele não responde. E nem me olha.

Fico enjoada no mesmo instante. O que estou fazendo? Ele está certo. Eu devia saber quem amo. Por quem meu coração bate. Devia saber com quem tenho a conexão mais forte. Não deveria ser uma decisão tão difícil, porque já a tomei antes. E, se eu não descobrir logo, não vai sobrar ninguém.

CAPÍTULO 16

Meus olhos se abrem vagarosamente. Pisco várias vezes, adaptando-me à luminosidade. Sinto um peso, algo sobre minha barriga. Olho para baixo e vejo que é o braço de Robbie. A pele dele é quente, parece que estou ao lado de uma fogueira, toda aconchegada e segura. Seu corpo está pressionado contra o meu de conchinha. Não pegamos no sono assim, então me pergunto em que momento durante a noite o muro de travesseiros ruiu por completo. Talvez Robbie estivesse tentando me consolar inconscientemente, sabendo que eu estava chateada. Fingi que estava tudo bem, porém ele percebeu. Acho que pensou que eu estava triste porque Shawn desistiu. Mas não foi isso. Foi o que Tyler disse. Pego meu celular e verifico as mensagens. Ele ainda não me escreveu.

Eu me levanto, afastando o braço de Robbie com cuidado. Ele nem se mexe quando saio da cama. Ele permanece deitado, quase ronronando enquanto dorme.

Vou até a cozinha e passo um café. É o primeiro que preparo depois da amnésia – de alguma forma, sei o que fazer. Moer os grãos. Encher o reservatório de água. Colocar o café moído dentro do filtro. Ligar a cafeteira. Olho para a geladeira e depois para o fogão. E me pergunto o que mais posso fazer. A casa está silenciosa, então sei que Robbie ainda está dormindo. Talvez eu possa surpreendê-lo com um sanduíche para o café da manhã. Algo simples como ovos, queijo e *bacon*. Meu amigo tem feito tanto por mim que acho que seria legal tentar fazer algo por ele, para variar.

Caminho pela cozinha reunindo os ingredientes. Acendo o fogo e coloco quatro fatias de bacon na frigideira. Corto duas fatias de pão e coloco-as na torradeira. O aroma de café com nozes preenche o cômodo, e eu o inalo.

Enquanto espero o *bacon* fritar, minha mente relembra os acontecimentos de ontem. Foi uma confusão. Talvez eu devesse ter ouvido o Robbie e esperado minha memória voltar antes de começar a sair com esses caras. Claramente eu não estava preparada, e não sei em que estava pensando quando concordei com tudo isso. Bem, eu sei, sim. Pensei que meu coração saberia. Afinal, é o trabalho dele. Amar e bombear sangue. É isso. Olho para o peito, fazendo uma careta, pois ele não está fazendo seu trabalho direito. Meu celular vibra no balcão e a tela se ilumina. É uma mensagem de bom-dia do Nash. Ele foi embora logo depois do Tyler, despedindo-se com um beijo na minha bochecha e fazendo planos para outro encontro. Ele não pareceu bravo como o Tyler. Preciso descobrir para quem eu estava correndo antes do acidente, e tem de ser logo. Antes que seja tarde demais... se é que já não é.

Abro a última mensagem que Tyler me mandou. É de ontem de manhã. Ele disse que estava com saudade. Respondi que eu também estava. E não há nada depois disso. Penso em escrever algo, alguma mensagem leve e casual, do tipo bom-dia ou como você está. Mas ele deixou claro que entraria em contato. Acho que precisa de espaço, de um tempo para pensar nas coisas. Sabia que isso seria difícil para mim, mas não pensei que seria difícil para eles também. Sirvo o café e me encolho. Está quente demais.

Três bipes altos soam por toda a casa. Dou um pulo de susto; a caneca de café escorrega da minha mão e se quebra no assoalho de madeira. Merda! Enquanto isso, o *bacon* queima, provocando bastante fumaça. Corro até o fogão para desligar a chama.

– Peyton! – Robbie grita.

Ouço seus passos no corredor e ele aparece de repente vestido só com as calças do pijama. Seus olhos desesperados se fixam em mim, depois no fogão e no alarme de incêndio instalado acima da mesa da cozinha, que está emitindo longos bipes agudos, sem parar. Ele escancara as portas da varanda, pega uma manta no sofá e começa a abaná-la perto do alarme. A fumaça se dissipa conforme ele a direciona para a porta. Fico parada ali, apoiada no balcão, observando-o, congelada. Até que o alarme para de tocar. Robbie respira fundo e joga a manta de volta no sofá.

– O que aconteceu? – ele pergunta.

Eu me sinto pega em flagrante fazendo algo errado.

– Estava tentando preparar o café da manhã pra você.

– Você está bem?

Olho para o café derramado no chão e para a caneca quebrada aos meus pés.

– Não se mexa – ele diz, disparando para o corredor.

Um instante depois, volta com uma toalha para limpar a bagunça que fiz.

– Desculpa – digo.

Ele me olha.

– Não precisa pedir desculpas, foi um acidente.

Ele abre um sorriso encorajador. O pão fica pronto na torradeira e tomo outro susto. Robbie se levanta quando termina a limpeza.

– E aí, o que você preparou pra mim? – ele pergunta, sorrindo.

– Hum, *bacon* queimado e pão esturricado – digo, olhando para o fogão e para a torradeira.

– Meu favorito – ele brinca, e não consigo evitar um sorriso.

Finalmente relaxo os ombros e dou um longo suspiro. Ele sai da cozinha com a toalha suja na mão, e sirvo café em uma caneca, tomando cuidado para não derrubá-la. Robbie liga a máquina de lavar e um instante depois, está parado na minha frente, agora de camiseta, passando as mãos pelos cabelos, que não estão tão bagunçados como sempre. Ofereço-lhe a caneca.

Ele bebe devagar, sem se encolher como eu. Deve ter maior tolerância à dor.

– Ainda está chateada por causa do Shawn? – Robbie pergunta.

Eu me ocupo lavando a frigideira na pia.

– Eu não cheguei a ficar chateada com isso – admito.

– Ah, então o que houve?

Esfrego a frigideira com mais força, pensando se devo contar sobre Tyler. Sei o que ele vai falar: que eu não devia ficar com ninguém até me sentir melhor. Que deveria terminar com todos. Mas talvez eu queira que ele diga tudo isso. Talvez precise ouvir essas coisas para que elas me façam acordar.

– Acho que o Tyler também caiu fora.

– O quê? Por quê?

– Ele foi embora bem bravo ontem. – Enxáguo a frigideira, coloco-a no escorredor e me viro para Robbie. – Ele não gostou de saber que você pesquisou sobre a vida deles e que a Maya organizou a festa pra poder avaliá-los.

Ele franze as sobrancelhas.

– Mas a gente só quer ajudar você.

– Foi o que eu falei. Mas ele disse que, se eu queria saber alguma coisa, devia ter perguntado. E que parecia que não era eu a responsável pela decisão.

– Isso é ridículo – Robbie desdenha. – Você tem uma lesão cerebral, é claro que seus amigos vão ajudá-la.

– Mas talvez vocês estejam ajudando demais. – Seco as mãos com um pano de prato e me sirvo de um pouco de café.

Ele inclina a cabeça.

– Você acha mesmo?

– Sei lá. Só acho que eu deveria saber quem amo e talvez esteja pensando demais em tudo isso porque vocês sempre têm tantas coisas pra falar... É confuso. E Tyler está magoado porque ainda não sei quem eu amo. – Bebo meu café devagar.

– Ah, então Tyler está bravo por você não tê-lo escolhido logo de cara. – Robbie revira os olhos.

– Acho que ele estava tão confiante na nossa conexão que pensou que eu também ficaria e que meu coração saberia logo. – Solto um suspiro e encaro a caneca.

– Então ele caiu fora?

– Não sei. – Dou de ombros. – Tyler disse que ia me escrever.

– Você devia terminar com ele – Robbie fala seriamente.

– O quê? Por quê? Não vou terminar com ele.

– Pois devia. Se ele não está a fim de ser paciente e compreensivo com a sua situação, ele não é o homem certo pra você. Você merece mais do que isso, Peyton. – O olhar de Robbie é intenso.

– Ah, para com isso. Tyler tem todo o direito de estar chateado. Seus sentimentos são tão genuínos quanto os meus. E eu devia usar meu tempo pra conhecê-los melhor, em vez de ficar dando atenção pra você e pra Maya. – Estreito os olhos sem querer.

– Desculpa por ter feito você perder tempo.

– Não foi o que eu disse. – Suavizo a expressão. – Só estou meio estressada com tudo isso. Não quero que ninguém sofra. Nem eu.

– É por isso que você não devia ter topado sair com esses caras de novo, pra começo de conversa. Em vez de focar em si mesma, está preocupada com eles. Eu disse que ia ser estressante, principalmente por causa da sua lesão.

– Você não pode me proteger de tudo, Robbie.

– Não estou tentando fazer isso. Só acho que, se qualquer um deles se importasse de verdade com você, não estaria a pressionando pra tomar uma decisão.

Eu sabia que ele diria isso. Robbie acha que sabe o que é melhor para mim. Mas isso não é só sobre mim. Há outras pessoas e sentimentos envolvidos.

– Só preciso que vocês me deem um pouco de espaço pra que eu resolva isso sozinha.

– Estou tentando ajudá-la, Peyton, pra que você não acabe ficando com um idiota qualquer.

– Robbie, acho que você é a última pessoa que deveria dar conselhos sobre relacionamentos – desdenho.

Ele inclina a cabeça.

– Como assim?

– Você nunca chegou perto de se declarar pra alguém, Robbie. Termina com as garotas por motivos idiotas, como o programa de que elas gostam ou o que comem. Então é claro que, pra você, qualquer motivo serve pra terminar com alguém. Nunca amou ninguém, então não tem como saber do que está falando. – Vou para a sala batendo os pés.

Talvez esteja sendo injusta, mas não consigo lidar com minhas emoções agora, e ele não está facilitando. É como se eu estivesse sendo puxada em várias direções, e cada pessoa quer algo diferente de mim. Robbie me segue.

– E o que você sabe sobre o amor, Peyton? Você nem sabe quem ama.

Viro-me para ele.

– É, você tem razão. Não sei quem eu amo, mas sei que amo. Sinto na minha pele, nos meus dedos e no meu coração. E sei que vale a pena lutar por isso. Vale a pena, apesar de toda a bagunça, confusão e frustração. Apesar de eu estar de saco cheio. Que droga, fui atropelada por causa disso, e não vou jogar isso fora só porque você acha que é o que eu devia fazer. – Quando termino de falar, estou a quinze centímetros de Robbie, encarando-o.

Ele me encara de volta sem expressão.

– O que foi, Robbie?

– Eu só queria que você fosse feliz. Só isso.

– Acho que você quer que eu seja infeliz como você, Robbie.

Eu me arrependo das palavras assim que elas saem da minha boca, mas fico congelada no lugar. Elas pairam no ar por tempo demais, e agora é muito tarde para pegá-las de volta. Não se pode desdizer algo que já foi dito.

Ele cerra a mandíbula como se quisesse mastigar as coisas que quer falar em voz alta. Seu pomo de adão sobe e desce e seus olhos ficam vítreos.

– Bem, então espero que você descubra quem é que você ama. – Ele dá um passo para trás. – Porque eu não ia querer que você terminasse como eu.

Tenho vontade de pedir desculpas e dizer que eu não estava falando sério. Que só estou com os nervos à flor da pele e confusa, e que acabei descontando tudo nele porque sei que ele aguenta. Não é nem um pouco justo, mas não sei como voltar atrás, não sei como explicar o que estou sentindo. As palavras ficam presas na minha garganta. Estou frustrada com ele por causa da indecisão dele com essa história toda. Um dia, Robbie é contra, no dia seguinte é a favor. Ele gosta de Tyler e depois não gosta. Deixou tudo mais confuso ainda para mim. Só que fui eu que aceitei a ajuda dele, pedi a opinião dele e quis que ele fosse protetor comigo em relação aos pretendentes. Então não é só culpa dele. É minha culpa também. Ele se vira de costas e faz as malas sem falar nada. As escadas rangem conforme Robbie desce, e a porta se fecha silenciosamente quando meu amigo vai embora.

CAPÍTULO 17

Faz dois dias que não vejo o Robbie. Ele não mandou mensagem nem ligou. Escrevi pedindo desculpas. Vi os três pontinhos aparecendo, como se ele estivesse digitando e apagando, mas não chegou nada. Passei as duas últimas noites na Debbie. Eu teria ficado sozinha em casa porque acho que não preciso de ninguém me vigiando. Mas, na verdade, talvez precise, porque vivo estragando tudo. Robbie falou para a Debbie que estaria ocupado com trabalho por um tempo e alguém tinha que assumir as noites. Sustentei a mentira e não contei para ela nem para a Maya sobre a briga. Só que Debbie sabe que tem algo errado. Ela tem um sexto sentido para isso, porém não se intromete.

Tyler também não me escreveu. Acho que já era. Nash foi o único que sobrou na minha vida. Não contei para ele, mas talvez eu conte. Ele sorri para mim por cima do ombro enquanto me sento na mesa de um pequeno restaurante italiano. O lugar é fofo e aconchegante. Eles preparam as massas na vitrine e não têm serviço de mesa. O chão é revestido por azulejos brancos e pretos, criando um efeito meio ilusório em que a gente pode se perder. Nash faz os pedidos no balcão. Ele está usando camisa branca, *blazer* azul-marinho e calças cáqui. Nunca o vi tão bem-vestido antes. Fico observando sua nuca. Dá para ver uma tatuagem colorida escapando por baixo do colarinho. Será que era para ele que eu estava correndo? Tento me imaginar correndo o mais rápido que consigo na direção dele. Para seus olhos brilhantes de avelã. Para seus braços cobertos de tatuagens. Para a sua mandíbula bem delineada. Visualizo a cena, mas não sei se é uma lembrança ou só minha imaginação.

Nash se vira na minha direção segurando uma plaquinha com o número do pedido. Ele sorri mais uma vez. É só um sorrisinho. E me obrigo a sorrir de volta. Estou feliz por ele estar aqui comigo, mas estou infeliz com todo o resto. Principalmente com o Robbie. Como é que consegui perder um amigo no meio disso tudo? Meu celular está virado para cima na mesa. Olho para a tela, torcendo para receber uma mensagem. No entanto, não recebo nada.

– O que você pediu? – pergunto.

Ele se senta na minha frente e ajeita o guardanapo no colo.

– Surpresa.

Espero que seja melhor que a última surpresa que tive – a festa onde não apenas um, mas dois pretendentes terminaram comigo.

– Estou feliz por poder trazê-la pra um encontro decente.

– Eu também.

Bebo água. Corro os olhos pelo salão, observando os outros casais nas mesas, entretidos em conversas, se olhando intensamente, dando risada e comendo, como se nada em volta deles importasse.

Acho que o amor deveria ser assim: apenas uma pessoa em foco, enquanto o mundo todo se derrete ao redor. Volto o olhar para Nash. Tudo à sua volta está tão nítido quanto ele.

– Nash – começo.

– Sim?

– Você está chateado por eu não ter me decidido ainda?

Ele franze as sobrancelhas.

– Não, por que eu estaria?

Arrumo o guardanapo no colo.

– Você acha que eu deveria saber quem amo?

– Como assim?

– Você acha que nossa conexão é tão forte que tinha de ser você?

Ele inclina a cabeça.

– Eu sabia que tinha sentimentos fortes por você, mas não sabia se era recíproco. Quero dizer… eu estava torcendo pra que sim.

Estudo o rosto dele como se estivesse tentando encontrar uma resposta para a pergunta cuja resposta eu já sei.

Não pode ser o Nash. Mesmo agora, ele não tem certeza sobre o que sinto, e eu também não. Não há a menor chance de que eu estivesse correndo para ele na noite do acidente, e acho que sei disso desde nosso primeiro encontro. Pensei que fosse pelo fato de ele ser tímido ou ficar nervoso, mas a verdade é que nossa conexão não é muito forte.

Sua expressão muda, quase murchando, como se soubesse o que estou pensando, como se soubesse que não é ele. Tyler estava tão certo sobre nós que ficou magoado por eu não sentir o mesmo. Mas eu sinto. Sabia que nossa conexão era mais forte, contudo, por algum motivo, eu não consegui falar. Não fui capaz de terminar com Nash e Shawn e de me comprometer com ele. Não sei por quê, mas tem de ser o Tyler. Era para ele que eu estava correndo.

– Sinto muito, Nash.

Ele comprime os lábios e balança a cabeça.

– Você é um homem maravilhoso, de verdade, um dos bons. Merece alguém que o ame por completo. – Minha voz falha. – Mas não era pra você que eu estava correndo na noite do acidente. Desculpe por ter demorado tanto pra entender isso.

Nash me encara.

– Tudo bem, Peyton. Não tem por que me pedir desculpas. – Ele se inclina para a frente e coloca a mão sobre a minha.

– Está bravo comigo?

– Nem um pouco. Minha mãe talvez fique, quando descobrir que não vou levar ninguém pra passar o Natal com a gente mais uma vez. – Ele ri. – Acho que me precipitei um pouco e falei de você pra ela. – Suas bochechas ficam coradas. – Se estiver livre, quem sabe você não topa fingir ser minha namorada?

Sorrio.

– Acho que já arranjei confusão demais na minha vida amorosa este ano.

– Ano que vem então.

Damos risada. Ele aperta minha mão de leve antes de afastar a sua.

– O que está esperando?

Olho para Nash, confusa.

– Vai. Vai contar pra ele como se sente.

– Tem certeza?

– Sim. Vou ficar bem. Além disso, estou faminto, e esses pratos são pequenos demais. – Ele abre um sorrisinho.

– Obrigada por ser tão legal, Nash. – Eu me levanto e coloco o casaco. – Quando a garota certa entrar na sua vida, ela vai sentir que ganhou na loteria ao conhecer você. – Aceno a cabeça e me viro, seguindo para a porta.

– Ei – ele me chama.

Paro e olho para trás.

– É como se eu fosse uma daquelas moedas que você vira pra outra pessoa encontrar – Nash diz, sorrindo. Desta vez, seu sorriso alcança os olhos.

*

Bato na porta três vezes, sem saber se ele vai atender. Ouço passos se aproximando do outro lado e unhas caninas fazendo barulho no assoalho de madeira. Até que a porta se abre e deparo com Tyler vestido com uma calça de moletom e camiseta branca. O cabelo está preso num coque baixo. Algumas mechas se soltaram, como se estivesse dormindo. Ele parece surpreso com a minha visita inesperada. Toby late uma vez. Assim que me reconhece, começa a abanar o rabo e a choramingar.

– O que está fazendo aqui? – Tyler pergunta.

Encaro-o, imaginando que estou correndo para ele o mais rápido que consigo, tão rápido que o mundo à minha volta se transforma em um borrão e tudo o que vejo é ele. E aqueles olhos verdes onde sei que me perdi. A barba aparada revela seu maxilar e o queixo fortes. Os ombros largos e os braços musculosos. Os longos cabelos escuros e macios feito penas. Consigo imaginar. É ele. É Tyler.

Ele passa uma mão pela cabeça e coça a nuca. A outra segura a porta como se não soubesse se deve abri-la ou fechá-la na minha cara.

– Terminei com o Nash – digo.

Seus olhos dançam pelo meu rosto.

– Sério?

Faço que sim.

– Sério.

Ele abre a boca. Os cantos dos lábios tremem.

– Então sou eu. Era para mim que você estava correndo.

– Sim, era. Tem que ser você.

Tyler exala com força e abre um sorriso tão grande que temo que seus lábios rachem. De repente, estou em seus braços, com o rosto pressionado contra seu peito. Seu coração está disparado, como se tivesse acabado de correr uma maratona. Respiro fundo, inalando seu cheiro, uma mistura de serragem e algo cítrico. Ele beija o topo da minha cabeça. Depois, coloca a mão debaixo do meu queixo e a ergue para que nossos olhares se encontrem.

– Eu sabia que era pra ser você e eu – ele sussurra.

Tyler se inclina e me beija, primeiro de um jeito suave e gentil, então com mais paixão, como se eu fosse o oxigênio que ele precisa respirar. Retribuo o beijo. Nossas bocas se abrem e se fecham. Minhas mãos passeiam pelo peito dele e se acomodam em volta do seu pescoço. Ele me pega de uma vez. Minhas pernas envolvem sua cintura. A porta se fecha atrás de nós, e nossos lábios não se desgrudam um segundo enquanto Tyler me carrega para o quarto.

CAPÍTULO 18

– Ora, ora, ora. Olha só quem voltou da jornada da vitória – Maya fala com um sorrisinho malicioso.

Coloco a mão sobre os olhos para observar o alpendre enquanto abro a porta do jardim. Maya e Debbie estão sentadas uma ao lado da outra usando jaquetas de couro. As duas sorriem para mim quando subo os degraus. Ainda estou usando as roupas de ontem. Meu cabelo está preso em um rabo de cabalo alto. Fiz de tudo para que a maquiagem ficasse no lugar, mas devo estar parecendo uma pintura do Picasso.

– Pensei que fosse a caminhada da vergonha – Debbie diz.

Maya balança a cabeça.

– *Nah*, isso está fora de moda. Agora a gente comemora nossas conquistas carnais. Sem vergonha.

Debbie concorda e olha para o relógio.

– Uau! Chegando em casa às nove horas da manhã. O encontro deve ter sido bom. – Ela sorri provocadoramente.

Minhas bochechas pegam fogo. Esfrego o rosto e me sento no muro de concreto e tijolo do alpendre.

– Como está o Nash? – Maya agita as sobrancelhas.

– Terminei com ele.

Elas se entreolham e depois olham para mim.

– Então com quem você estava? – Debbie pergunta.

– Com o Tyler.

Maya assobia baixinho.

– E você dormiu lá?

– Sim... mas não dormi com ele.

– Até parece – ela fala.

– É verdade, a gente não dormiu junto.

– Eu teria dormido. – Debbie dá risada.

Maya e eu trocamos um sorrisinho.

– Falei pra ele que queria esperar minha memória voltar. – Olho para os pés. – Só tenho uma semana de lembranças com ele, mas quero me lembrar de tudo.

– Que fofa – Debbie fala.

– Então ele é o seu homem? – Maya pergunta.

– Sim.

Debbie balança a cadeira para frente e para trás.

– E como está se sentindo?

– Aliviada.

– Sério? – Ela junta as sobrancelhas.

– Sim – digo.

O que há de errado nisso? Talvez não seja a palavra certa, ou talvez seja a emoção que estou sentindo neste momento. Estou aliviada.

Maya e Debbie trocam mais um olhar.

– Pensei que você estaria feliz, apaixonada, eufórica e empolgada – Debbie comenta.

– É, alívio é algo que a gente sente depois de ir ao banheiro ou quando chega em casa do trabalho, ou quando se livra de alguma multa – Maya acrescenta.

– Estou sentindo todas essas coisas. Mas principalmente alívio, por enfim ter resolvido isso.

Olho de uma para outra. Debbie aperta os lábios e me observa. Maya também me estuda com atenção.

– Estou feliz – esclareço, completando a afirmação com um sorriso largo.

Eu estou feliz, digo para mim mesma. Essa história toda não foi bem incomum. Não é sobre um garoto que conheceu uma garota e os dois se apaixonaram. É sobre uma garota que conheceu três garotos. Uma garota que teve amnésia e se esqueceu deles. Uma garota que saiu com todos eles de novo, eliminando alguns e enfim descobrindo quem ama de verdade. Então é claro que minhas emoções estão bagunçadas. A situação exige sentimentos complicados.

Elas me observam por alguns instantes antes de relaxar as expressões preocupadas e de abrir um sorriso. Debbie se aproxima e me dá um abraço.

– Que bom que está feliz. Tyler parece legal.

– Então sua memória voltou? – Maya pergunta.

– Não – respondo.

– Então como você soube que era ele?

– Porque eu sabia que não era o Nash. A gente nunca teve uma conexão muito forte. O *chef* é incrível, mas não é ele. E Tyler tinha tanta certeza sobre nós... nunca duvidou de que era para ele que eu estava correndo.

– Pobre Nash. – Maya franze as sobrancelhas.

– Espere, você acha que eu devia ter escolhido o Nash?

– Não. Você acabou de nos dizer que não era ele. Eu só gostei bastante dele – ela fala.

– Eu também – Debbie acrescenta. – Ele era tão fofo. Nash até me mandou a receita da sopa de frango depois da festa de ontem, porque eu só falava dela. – Ela sorri, lembrando-se dele com carinho. Depois pega minha mão e a aperta antes de soltá-la.

Cutuco as unhas.

– Eu me senti mal por terminar com ele, mas Nash foi gentil e compreensivo, e não fez eu me sentir pior do que já estava. Na verdade, fez com que eu me sentisse melhor. – Levanto a cabeça e olho para elas.

– Será que ele curte uma *cougar*? – Debbie ergue as sobrancelhas e dá risada.

– Debbie! – Maya diz.

– Como é que você sabe o que é isso? – pergunto.

– Tive outro acidente nos aplicativos de namoro – ela explica com um sorrisinho.

Damos risada.

Maya olha para mim e pergunta:

– E qual é o próximo capítulo pra você e o Tyler?

– Ele vai me levar pra jantar no meu aniversário.

– Legal. – Maya sorri.

– Ah, me lembrei. Tenho algo pra você – Debbie diz.

Ela levanta o dedo e vai para dentro da casa. Alguns instantes depois, volta com uma pequena caixa embrulhada em papel verde, enfeitada com um laço branco. Há um envelope enfiado embaixo dele.

– Aqui – ela fala, entregando-me o pacote.

Pego o presente e olho para o envelope exibindo meu nome. Reconheço a caligrafia de Robbie. Não sei como, mas reconheço. Sua letra é feia, porém legível.

– É do Robbie. – Debbie abre um grande sorriso. – Ele deixou aqui esta manhã. Como anda ocupado com o trabalho, não sabia se conseguiria entregar para você antes do seu aniversário – ela fala, com um tom de quem não acredita nas próprias palavras.

Olho para Debbie e depois para o presente. Sinto meu coração disparar, como se ele tivesse crescido e começado a correr, batendo contra a minha caixa torácica. Meu estômago dá uma cambalhota, e pisco para conter as lágrimas. Nunca deveria ter falado o que falei para ele. Não era verdade. Só estava confusa e sensível. Agora estou me sentindo péssima e triste. Estou com saudade dele, e estou brava comigo mesma pela forma como o tratei.

Maya se inclina na cadeira.

– E aí, não vai abrir?

– Não, vou esperar pra abrir no meu aniversário.

Ela resmunga e abana a mão.

– Você não é divertida. Queria ver o que é.

– Conhecendo o Robbie, o que quer que seja vai ser perfeito – Debbie diz.

Abraço o pacote, embrulhado com tanto esmero, como se realmente ele tivesse se dedicado, para garantir que estivesse impecável. Uma carranca se instala em meu rosto. Por mais que queira abrir o presente, não acho que mereço o que quer que esteja ali dentro… mesmo se for um pedaço de lixo.

CAPÍTULO 19

Tyler me escreve dizendo que está a cinco minutos de distância. Observo meu reflexo no espelho para garantir que minha maquiagem esteja uniforme e meu cabelo, volumoso. Levei horas para fazer esses cachos, mas pelo menos tive algo com o que me ocupar. Dou um passo para trás para verificar minha roupa nova: *body* branco de manga comprida com decote em formato de coração e *legging* de couro preto de cintura alta, presente de aniversário da Maya. Acho que é mais a cara dela, mas estou me acostumando. Arrumo o colar de ouro no meu pescoço. Ele é simples e delicado, com um pingente de coração que fica logo abaixo da minha clavícula. Foi um presente da Debbie e veio em uma daquelas lindas caixas de joias com forro de feltro. Soube que gastou mais do que deveria com isso. Quando eu disse que era demais, ela retrucou falando que isso não existe.

Sorrio para o meu reflexo.

– Feliz aniversário – falo para a mulher que me encara de volta.

É estranho. Vivi 32 anos, mas só tenho duas semanas de lembranças, e não faço ideia de como cheguei até aqui.

O presente perfeitamente embrulhado sobre o balcão na cozinha chama minha atenção. Pretendia abri-lo no meu aniversário, mas parece errado fazer isso sem a presença de Robbie. Meus pés me levam até ele. Pego o envelope e viro-o. No verso, está escrito: "Deixe este por último".

Sorrio. Claro que Robbie deixou instruções de como lidar com seu presente. Abro a caixa. Lá dentro, encontro uma pulseira adornada com moedas – de um, cinco e dez centavos. Há catorze delas espalhadas ao redor da pulseira. Ela tilinta quando a pego. Visto-a. Mexo a mão para que as moedas dancem. Olho para o envelope.

Abro-o e puxo o cartão e começo a ler as palavras que Robbie escreveu.

Peyton,

Você virou muitas moedas no seu caminho, deixando a sorte para os outros. Espero que não se importe por eu ter pegado algumas delas para mim – catorze, para ser mais exato, uma para cada ano com você. Porque esses têm sido os anos mais sortudos da minha vida. Feliz aniversário.

Com amor,

Seu amigo Robbie

Quando termino de ler, já não consigo mais enxergar as palavras. Meus olhos estão cheios de lágrimas e meus lábios estão tremendo. Não mereço esse presente. Não o mereço. Uma lágrima cai no cartão, pousando na palavra "amor". A tinta se espalha, e enxugo-a depressa. Estico o braço para admirar a pulseira, pensando na consideração do presente, em todo o planejamento e no tempo que Robbie levou para fazê-la.

Pego o celular na bolsa e fico olhando para a tela acesa. Quero ligar para ele, mas não sei se meu amigo vai me atender. Então escrevo uma mensagem:

Obrigada pelo presente, Robbie. Eu adorei, queria que você estivesse aqui.

Envio. Três pontinhos surgem no mesmo instante. Ele responde:

Que bom que gostou. Feliz aniversário, Peyton.

Sem *emoji*. Sem exclamações. Sem emoção. Solto um suspiro e escrevo:

Desculpe pela briga. Não quis dizer o que disse. Eu só estava frustrada e acabei descontando em você. Você não merecia aquilo. Esteve ao meu lado esse tempo todo e tenho sorte por ter você na minha vida.

Ele responde:

Me desculpe também. Eu que sou o sortudo.

As palavras levam um sorriso ao meu rosto. Escrevo mais porque não quero que a conversa morra. Recebo uma mensagem de Tyler avisando que chegou. Dispenso-a e termino de escrever:

E boas notícias, a gente não precisa mais se preocupar com o pacto, rá-rá. Eu finalmente descobri. Sinto muito mesmo por tê-lo culpado porque eu não sabia quem amo.

Os três pontinhos surgem e desaparecem, surgem e desaparecem. Tyler manda outra mensagem, que dispenso. Até que Robbie escreve:

Parabéns. Espero que esteja feliz.

Solto um suspiro pesado, releio as palavras, de novo e de novo. Ele foi seco e indiferente. Nem perguntou quem escolhi. Será que não está curioso? Robbie disse que me ajudaria. Disse que garantiria que eu ia escolher o homem certo só para provar que não estava tentando sabotar o nosso pacto. E agora não quer nem saber quem é. Digito uma mensagem raivosa, mas apago-a. Então digito uma mensagem cheia de perguntas. Apago-a também. Acabo escrevendo uma cínica, dizendo: "Estou feliz, obrigada". Lembro-me do que Debbie falou e apago essa também, ficando com:

Não importa o que aconteça, você sempre vai ser meu amigo, Robbie.

Ele só está com medo de me perder, e sei que o medo pode trazer o nosso pior à tona. Os três pontinhos surgem, seguidos desta mensagem:

Eu sei.

Espero que não seja algo leviano e que Robbie realmente saiba que eu sempre estarei na vida dele. Ele pode até estar chateado e amedrontado, mas vou provar isso para ele.

Escrevo para Tyler dizendo que estou descendo.

A pulseira tilinta quando visto o casaco. Era para ela me trazer sorte, mas, neste momento, não me sinto nem um pouco sortuda.

*

Estamos numa pequena lanchonete que serve sopas e sanduíches no West Loop. Tyler me deixa ali e vai até o caixa para fazer o pedido. Eles não têm serviço de mesa: fazemos os pedidos em uma ponta e retiramos a comida e as bebidas na outra. Somos os únicos aqui além dos funcionários atrás do balcão. As paredes são forradas de placas de rua antigas. Tyler enche dois copos na estação de bebidas.

– Aqui – ele diz, me oferecendo o copo e se sentando na minha frente. Ele coloca um canudinho no próprio copo e começa a beber.

Abro um sorrisinho.

– Parabéns – ele fala.

– Obrigada. – Desembrulho meu canudinho e o enfio no copo.

– Desculpe, queria levar você pra algum lugar mais legal, mas não consegui reservar nenhuma mesa assim em cima da hora nos restaurantes que pensei. – Ele inclina a cabeça.

– Tudo bem. Não me importo com isso – falo com sinceridade.

E me obrigo a sorrir porque quero que ele saiba que é verdade e que estou feliz de estar ali ao lado dele, apesar de estar triste pela situação com o Robbie. Não quero perder a amizade dele por causa dessa história. Um homem de meia-idade usando avental se aproxima da mesa e coloca uma cesta na frente de cada um de nós. Ele acena a cabeça e deseja bom apetite antes de voltar para o balcão. Para mim, há batatas fritas em rodelas e um sanduíche Reuben. Tyler pega seu sanduíche de almôndegas e dá uma mordida. Ele geme de satisfação enquanto mastiga.

– Vá em frente. – Ele gesticula para a minha comida.

Experimento meu Reuben.

– Está uma delícia – digo depois de dar a primeira mordida.

– Sabia que você ia gostar.

– Como você sabia? – Arqueio as sobrancelhas.

Ele dá de ombros e abre um sorriso.

– Porque é o melhor. Todo mundo gosta. – Ele dá outra mordida caprichada.

Pressiono os lábios, obrigando-os a se curvarem para cima. Comemos em silêncio, fazendo contato visual de vez em quando. Tyler termina antes de mim e se recosta no assento. Limpo a garganta e passo o guardanapo na boca.

– Quando lhe contei que tinha terminado com o Nash, você disse que sabia que era pra ser você e eu.

– Isso. – Ele toma um gole da bebida.

– Como você sabia?

– Porque somos ótimos juntos.

Pego as últimas batatas da cesta e as enfio na boca.

– Tem um bar ali na esquina. A gente devia ir pra lá depois – ele sugere.

Concordo de leve.

– Eles têm uma ótima seleção de cervejas.

– Ah, eu ainda não posso beber. Ordens médicas. – Termino de comer o sanduíche e coloco o resto na cesta, deixando duas mordidas para trás.

– Então vai sobrar mais pra mim. – Tyler ri. E suga o canudinho, que faz barulho, indicando que a bebida acabou. Ele balança o copo e tenta de novo, produzindo o mesmo barulho. – Vou pegar um refil – ele diz, levantando-se.

Olho para as sobras do sanduíche, pensando no que Debbie me contou sobre essa mania e por que Robbie sempre come o que eu deixo no prato. A lembrança traz um sorriso no meu rosto e uma dor no meu coração. Queria que ele estivesse aqui agora.

– Você está linda – Tyler diz, sentando-se segurando o refrigerante.

– Obrigada.

– Curti o estilo. – Ele gesticula para a minha roupa.

Olho para baixo.

– Maya me deu a calça de aniversário. Não é muito minha cara, mas falei pra ela que ia usar hoje.

– Ela tem bom gosto.

Movo o pingente do colar de um lado para o outro.

– E Debbie me deu isto.

– É lindo.

Estico o braço e as moedas tilintam uma contra a outra, cintilando sob a luz fluorescente. Robbie dedicou muito tempo e cuidado para fazer essa pulseira.

– E ganhei esta do Robbie.

Tyler se inclina para frente para ver melhor.

– É por isso que homens não deviam escolher joias. – Ele dá risada e vira seu refrigerante.

Franzo o cenho, recolho o braço e coloco-o sobre o colo para escondê-lo.

– Ele que fez.

Os ombros de Tyler sacodem enquanto fala em meio às gargalhadas.

– Dá pra ver por que Robbie é atuário, e não joalheiro.

– Eu gostei. – Respiro fundo e levanto o queixo. – Além disso, é a intenção que conta.

Ele olha para o relógio e depois para mim.

– Pelo menos agora sei que suas expectativas não são tão altas – Tyler provoca.

Sei que ele está só brincando, mas talvez eu não esteja no clima. Abro um sorriso forçado. Os cantos dos meus lábios tremem de esforço, no entanto sustento a postura.

– Terminou? – ele pergunta.

– Sim. – Empurro a cesta para ele. – Quer o resto?

Ele se levanta.

– *Nah*, estou cheio. – Ele pega a cesta e vai até a lixeira. As últimas duas mordidas caem no lixo. Depois, Tyler empilha a cesta de plástico sobre as outras e se vira para mim. – Vamos?

– Não – falo sem nem pensar. A palavra simplesmente sai, rápida e forte, como se tivesse um motor a jato alimentando-a. 3... 2... 1... decolar.

Tyler me olha confuso.

– Ah, você ainda está com fome? Posso pedir mais comida. – Ele aponta para o cardápio no quadro acima do balcão.

Balanço a cabeça. Isto não está certo. Nas minhas entranhas e no meu coração, eu sei. Sinto a dor alojada ali, como se ainda estivesse esperando algo. Encaro-o. Ele parece tão confuso quanto eu, que começo a me imaginar correndo. Os músculos da minha perna explodem. O ar frio de Chicago enche meus pulmões enquanto ofego, precisando de mais. Meu coração dispara, batendo contra as costelas. Embora esteja olhando para Tyler, não consigo imaginá-lo na cena. Ele abana a mão na frente do meu rosto, como se estivesse tentando me arrancar de um transe.

– Peyton, você está bem?

Volto a mim, piscando várias vezes.

– Não é você – solto.

Suas sobrancelhas grossas quase se tornam uma só.

– Como assim?

– Não era pra você que eu estava correndo naquela noite. Não pode ser você.

Tyler inclina a cabeça, aproximando-se da mesa.

– Como assim? Você disse que que era eu – ele fala baixinho.

– Eu sei, mas estava errada.

– Sua memória voltou de repente? – Ele passa a mão pelo cabelo.

– Não, ainda não me lembro de nada. Só sei que não era você.

– Como? – Seus olhos se transformam em fendas, e não sei nem se Tyler consegue me ver.

– O homem por quem eu estava disposta a arriscar a vida só pra declarar meu amor teria... terminado meu sanduíche. – Assim que as palavras saem da minha boca, percebo como são bobas.

Só que, no fundo, sei que não são bobas para mim.

– Você acha que eu não sou o homem certo pra você porque eu não quis comer o resto da sua comida? É isso que cachorros fazem, não namorados.

– É mais do que isso. – Levanto o queixo. – Não consigo explicar, mas sei no meu coração, e não preciso recuperar a memória pra saber que não é você que eu amo.

– Nossa. – Ele dá um passo para trás e passa a mão pelo rosto, puxando a pele para baixo. – Você é bem estranha, Peyton.

– Desculpe-me. Eu queria...

– Pode se poupar – ele me interrompe, abanando a mão com desdém. – Não preciso ouvir o mesmo discurso outra vez.

Inclino a cabeça.

– Como assim, outra vez?

Ele solta um suspiro pesado e desvia o olhar antes de me encarar. Seus olhos estão turvos de frustração.

– Você terminou comigo na véspera do acidente – ele fala, bufando.

– O quê? E por que diabos você apareceu no hospital dizendo que era meu namorado se eu já tinha terminado com você?

– Eu fui reconquistá-la, e, quando descobri sobre a amnésia, pensei que era uma oportunidade... o destino.

– Não era o destino. Era mentira. Era você se aproveitando de alguém. E sendo uma pessoa terrível – grito.

Não acredito que ele havia feito algo tão baixo. Como não percebi antes?

Tyler dá um passo para trás.

– Não sou o vilão aqui. Foi você que me enganou, Peyton. Apareceu na minha casa outro dia dizendo que me amava e que eu era o homem certo pra você. E agora está terminando comigo, sem mais nem menos.

– Eu não sabia que já tinha terminado com você uma vez – sibilo.

Tyler dá de ombros.

– Pois não é culpa minha se você não se lembra.

– Mas é culpa sua ter mentido pra mim. – Levanto mais o queixo.

É por isso que eu estava tão confusa. Tyler estava mentindo na minha cara esse tempo todo, me manipulando. Tenho certeza de que foi dele que falei para a Debbie, aquele com quem eu ia terminar porque sempre o pegava em mentirinhas. Acontece que terminei mesmo com ele. Tyler só não me contou. Sobre o que mais ele mentiu?

– Espera, a gente chegou a dormir juntos?

Seus ombros murcham um milímetro, mas eu percebo.

– Tecnicamente falando, sim – ele revela, acenando a cabeça com firmeza.

– Como assim, tecnicamente falando?

– Você pegou no sono e dormimos um ao lado do outro.

– Ah, minha nossa! Você disse que a gente tinha transado, Tyler. O que tem de errado com você?

– Nossa, que sacanagem – o homem atrás do balcão comenta, olhando para Tyler.

– Não tem nada de errado comigo. Eu só estava tentando mostrar como nossa conexão era… é forte. – Tyler se aproxima de mim, esticando o braço para pegar minha mão. Eu recuo.

– Não. Estou terminando com você… de novo. – E me dirijo para a saída.

O atendente me deseja boa-noite. Retribuo o cumprimento, ao abrir a porta.

– Se sair por essa porta, Peyton, a gente nunca mais vai voltar. – Tyler aponta o dedo para mim.

Ele cruza os braços e comprime os lábios. Não sei dizer se está delirando ou se seu ego é tão gigante que suga todo o ar à sua volta, deixando seu cérebro sem oxigênio.

– Que bom – digo, e saio para o ar frio da noite de Chicago.

A porta se fecha atrás de mim, e me encontro exatamente no lugar do acidente.

CAPÍTULO 20

Penso em mandar uma mensagem para Maya, Robbie e Debbie contando o que aconteceu. Sei que largariam tudo para estar aqui comigo. Bem, talvez Robbie não, neste momento. Não, meu amigo viria mesmo assim. Mas não faço nada. Acho que só quero ficar sozinha. Aperto o casaco e caminho sem rumo pelas ruas iluminadas de Chicago. Carros e ônibus passam por mim. Buzinas soam sem parar, revelando a impaciência e a frustração das pessoas. Se eu tivesse uma buzina agora, estaria fazendo o maior barulho. Passo por vários casais de mãos dadas, apoiados um no outro, trocando sussurros e sorrisos. Não consigo evitar sentir inveja. Como é que no ínfimo espaço de uma semana eu fui de três namorados para zero? Bem, tecnicamente, foram dois. Três, se perguntar para Tyler. Como eu estava tão certa sobre quem eu amava antes do acidente e agora não faço a menor ideia?

Espero o semáforo de pedestres abrir no cruzamento. Observo os arranha-céus cintilantes que parecem perfurar o céu escuro. A lua está cheia hoje, toda orgulhosa lá no alto, implorando para ser apreciada. O sinal fica verde e eu atravesso a rua. Vejo um homem corpulento parado na esquina, de calça de moletom e uma jaqueta velha e enorme. Ele está segurando uma placa de papelão rasgado em que se lê "Ando sem sorte. Qualquer coisa ajuda!". Sua pele é marcada pelo tempo, mas seus olhos são bondosos.

Sem nem pensar, pego o dinheiro que tenho na bolsa e o ofereço para ele. O homem sorri e inclina a cabeça, olhando para a minha mão.

– É tudo o que eu tenho – digo.

– Eu sei, Peyton. Você sempre oferece tudo o que tem. – Seu sorriso se alarga enquanto pega o dinheiro.

Fico perplexa. Observo seu rosto, em busca de alguma lembrança, mas não me vem nada. Estou prestes a lhe perguntar como ele sabe meu nome, porém o homem fala antes de mim.

– Você contou pra aquele homem que o ama?

– Desculpe, o quê?

Ele levanta e abaixa os ombros, balançando a cabeça.

– Ah, você não se lembra de mim. Não tem problema. Não sou alguém muito memorável mesmo. Boa noite. – Ele abaixa a cabeça de leve e se vira.

– Não, espere. Não é você. Eu não me lembro de nada – explico. – Sofri um acidente duas semanas atrás e perdi a memória.

Ele se volta para mim e me olha de um jeito peculiar.

– Está tirando sarro da minha cara?

– Não. Fui atropelada antes de me declarar para o tal homem.

– Que merda, e eu aqui pensando que eu é que estava na pior. – Ele esfrega a mandíbula. – Sou Hank, aliás. – Ele estende a mão grande e cheia de calos para mim.

– Prazer em conhecê-lo... de novo – digo, balançando sua mão.

– Igualmente. – Ele olha em volta e depois para mim. – O que está fazendo aqui sozinha? – Ele enfia as mãos nos bolsos.

– Acabei de terminar com alguém porque não amo ele. – Dou risada.

– Dá pra ver que você não ama mesmo – ele diz.

– Sério? Como?

– Da última vez em que a vi, você estava chorando porque um homem disse que te amava, e você falou que não sentia o mesmo. Mas claramente sentia. Desta vez, não tem um brilhinho de lágrima nos seus olhos. – Hank sorri. – Por isso.

– Eu estava chorando?

– Ah, sim. Feito um bebê recém-nascido. – Ele dá risada. – Eu disse: você deixou seu cérebro falar pelo seu coração. Estava com tanto medo de que as coisas fossem terminar que nunca nem permitiu que começassem. Mas, como eu lhe disse antes, é melhor viver com um coração partido do que nunca deixar ninguém entrar, pra começo de conversa.

Minha mente começa a formigar, como se tivesse sido estimulada ou recebido um cutucão. Sinto uma tontura tão forte que acho que vou cair no chão. Hank percebe e agarra meu ombro, mantendo-me em pé.

– Você está bem? – ele pergunta.

Faço que sim. A tontura passa rapidamente, e minha mente fica tão sadia e forte que tenho quase certeza de que eu poderia voar, se quisesse. Fico toda arrepiada, e não é porque estou com frio, e sim porque estou viva. Finalmente vejo... a noite do acidente. E a memória que me foi roubada, que venho perseguindo esse tempo todo, se desenrola na minha frente, em uma espécie de exibição privada. Não sei como me esqueci disso. Pisco várias vezes, olhando para Hank e seus olhos gentis.

– Tem certeza? – ele pergunta.

– Eu me lembrei – respondo. – Eu me lembrei de quem eu amo.

Balanço a cabeça várias vezes e sorrio feito o Gato da Alice, mas, em vez de cair na toca do coelho, estou enfim saindo dela. Não acredito que demorei tanto para enxergar o que estava bem na minha frente. Lágrimas brotam nos meus olhos de uma só vez, como se meu coração as estivesse bombeando para fora de mim. Elas escorrem pelo meu rosto, porém eu não as enxugo.

– Então o que está esperando? Vai logo contar pra ele.

– Certo, certo, eu vou. Obrigada, Hank.

Antes de sair correndo, eu lhe dou um abraço.

Ele me abraça de volta.

– Obrigado, Peyton.

Quando me afasto, trocamos um sorriso.

– Beleza, agora vai. – Ele dá tapinhas no meu ombro.

Viro-me e os músculos da minha perna explodem enquanto disparo a toda velocidade. Meus pulmões sugam o ar frio da noite e meu coração bate forte dentro do peito.

– Não seja atropelada de novo – Hank grita, dando risada. Suas palavras ecoam pelas ruas de Chicago.

Também dou risada, choro e corro, sentindo uma miscelânea de emoções, reservada apenas para quando o coração fala por si. Meus sapatos chutam o solo e me carregam para onde eu devia estar esse tempo todo. No cruzamento, o semáforo fecha e, desta vez, espero, lembrando-me do que aconteceu da última vez. Estou determinada a não ser a namorada de Tyler de novo. Os carros passam enquanto recupero o fôlego. Pego o celular na bolsa e digito uma mensagem para Maya rapidamente dizendo quem eu amo, só para garantir.

No mesmo instante, ela responde com um: “Sabia!”.

Sorrio e guardo o celular. O sinal abre e saio correndo de novo, mais rápido agora. Tenho medo de ser tarde demais, de ele já ter seguido em frente ou mudado de ideia depois que parti seu coração.

Abro a porta do prédio e avanço até o elevador. Aperto o botão várias vezes, no entanto ele não se mexe, parado em algum andar. Uma placa ao lado de uma porta fechada chama minha atenção: "Escada". Respiro fundo e disparo, subindo dois degraus por vez. Estou exausta, mas não vou parar até o meu amor estar bem na minha frente, ouvindo meu coração finalmente lhe dizer a verdade.

Bato na porta veloz e furiosamente. Talvez ele não esteja em casa. Não ligo e continuo a bater.

Até que a porta se abre e ali está ele, parado diante de mim com uma expressão perplexa. Vejo-o com nitidez, completamente em foco. Tudo à sua volta vira um borrão, como se o próprio Monet tivesse pintado seu mundo. Já olhei seus olhos azuis um milhão de vezes e, de alguma forma, não enxerguei o que estava bem na minha frente. O amor da minha vida, o motivo dos meus relacionamentos anteriores não terem dado certo. Porque não eram com ele. Eles não eram Robbie.

– Peyton – ele fala.

Seu rosto está tomado de preocupação, e me dou conta de que devo estar parecendo uma louca. Corri mais de um quilômetro para chegar ali, rindo e chorando durante o caminho todo.

– Eu me lembrei – digo.

– Do quê?

– De você. Você disse que me ama. Lembrei!

Suas bochechas ficam coradas e ele abaixa a cabeça, como se estivesse constrangido.

– Então você também se lembrou de que disse que não sente o mesmo, de que somos só amigos.

Quando Robbie levanta a cabeça, vejo tristeza em seu olhar e me sinto péssima por tê-lo magoado desse jeito. Seus olhos estão vítreos, assim como na noite do meu acidente – a noite em que menti para ele.

– Eu sei, mas não era verdade.

Robbie suspira e balança a cabeça. Uma lágrima cai do canto do seu olho e dou um passo para a frente, querendo enxugá-la. Não quero ser o motivo das suas lágrimas. Robbie ergue as mãos para me afastar.

– Peyton, não. Você só está confusa. Estou dizendo, você não me ama. Deixou bem claro naquela noite. Você falou isso mais de uma vez.

– Mas era pra você que eu estava correndo quando fui atropelada, Robbie.

Encaro-o.

Ele balança a cabeça de novo.

– Não.

– Sim.

Dou mais um passo para frente. Robbie abaixa as mãos, mas dá para ver que ainda não acredita em mim. O que não é culpa dele, pois sei que o machuquei muito quando menti.

– Eu me lembrei. Era você, Robbie. Sempre foi você. Estava com muito medo de amá-lo porque não queria perder você. Não tenho mais medo. Prefiro te amar por um minuto do que amar qualquer outra pessoa pela vida toda.

Robbie me encara. Sem piscar, seus olhos observam os meus, como se estivesse esperando a bomba explodir e eu retirar tudo o que disse. Mas não vou fazer isso. Meu coração pertence a ele, quer ele o aceite, quer não. Mesmo que ele diga que é tarde demais e meu coração se parta em dois, metade sempre será dele.

– Eu o amo, Robbie. Eu o amo desde aquela noite em que fizemos o pacto na universidade. Desculpe-me por ter levado tanto tempo pra perceber.

Meu lábio treme e uma lágrima escorre. Ele não fala nada, só fica me olhando. Nem sei se está me ouvindo ou se ele se importa com o que estou falando. Acho que é tarde demais. Como é que não percebi antes? Nestas últimas semanas, me senti tão próxima de Robbie, nossa conexão era inegável. Caminhar ao lado dele era como assistir ao sol nascendo, e adormecer com ele era como entrar num sonho. Nunca precisei da minha memória para amá-lo, eu só precisava me lembrar de que o amava.

Robbie enfia as mãos nos bolsos da calça. Não sei mais o que dizer para que ele acredite em mim. Não sei se um dia vai acreditar. Mas ele tem de acreditar. Já perdi tempo demais. Então Robbie tira a mão do bolso, mantendo-a erguida e com os dedos fechados, com a palma para cima. O que ele quer? Jogar pedra, papel e tesoura? Não sei o que fazer nem o que falar.

Devagar, ele abre a mão, revelando uma moeda.

Depois, Robbie sorri, e enfim entendo o que ele quer. Jogo a moeda para o alto e sorrio de volta.

– Você achou essa moeda no *campus* no nosso primeiro ano e me deu logo antes de eu fazer uma prova em que eu tinha certeza de que ia reprovar. Você falou que essa era toda a sorte de que eu precisava, e desde então a carrego comigo. Mas não preciso mais dela. – Ele me olha nos olhos. – Porque tenho você.

A lembrança volta de repente, exposta bem na minha frente como se fosse um filme. Não acredito que Robbie tenha guardado a moeda esse tempo todo.

– Mas você não passou – falo entre lágrimas e risadas.

– Bem, ela não é uma moeda mágica. – Ele também ri.

Olho para seus olhos azuis, sem querer desviar deles nunca mais. Seu olhar se intensifica e seu rosto fica sério. Desta vez, não deixamos nada ficar no nosso caminho. Ele se aproxima, abre o zíper da minha jaqueta e a desliza pelos meus ombros e meus braços. Ela cai no chão. Passo a mão pelo seu peito e por seus ombros, querendo tocar cada parte dele para compensar todo o tempo que poderia ter passado amando-o. Robbie me abraça e me puxa para si. Minha pulseira tilinta quando coloco os braços em volta do pescoço dele.

Até que seus lábios encontram os meus. É ali que eles deviam ter estado esse tempo todo. Seu beijo é caloroso, apaixonado e explosivo; nunca experimentei nada igual antes. O mundo ao nosso redor desaparece. É o *big bang* das nossas vidas.

É elétrico.

Não, é melhor do que isso.

É mágico.

CAPÍTULO 21

DOIS MESES DEPOIS

– Está pronta? – Robbie pergunta da sala.

Bem, na verdade, da nossa sala desde a semana passada. Passo perfume no pescoço e me observo no espelho. Sorrio para a mulher que me olha de volta, porque agora sei quem ela é. É o reflexo da vida que vivi, das pessoas que amei e das memórias que carrego comigo. Ela é minha mãe e meu pai. Meus amigos e meus inimigos. Meus fracassos e meus sucessos. Posso não me lembrar de tudo sobre ela, mas não preciso disso para saber quem ela é. Quase todas as minhas memórias voltaram. Só que as lembranças não tornaram a brotar na minha cabeça de uma vez. Infelizmente, isso só acontece nos filmes. Elas retornaram aos pouquinhos, como se páginas de um diário estivessem sendo enviadas pelo correio. Sinto como se tivesse vivido toda minha vida outra vez nos últimos dois meses, relembrando e saboreando cada pedaço dela, tanto os momentos bons quanto os ruins.

Prendo a pulseira em volta do pulso e a ajeito. As moedas tilintam umas contra as outras. O som me leva de volta à primeira vez em que Robbie e eu nos beijamos e meu corpo reage imediatamente. Minha pele fica toda arrepiada e meu coração dispara como se eu estivesse de novo naquela cozinha. Nem a amnésia poderia arrancar essa memória de mim. Sempre vou me lembrar daquela noite, porque ela mora no meu coração.

Robbie envolve os braços em volta de mim. E me sinto em casa. Ele planta beijos calorosos na minha pele enquanto acaricia meu pescoço.

– A gente vai se atrasar – ele sussurra.

– Ah, se a gente já vai se atrasar de qualquer forma, então é melhor nos atrasarmos pra valer.

Viro-me para ele. Meu olhar salta dele para a cama e abro um sorriso malicioso.

Ele segue meu olhar e sorri.

– Você é malvada.

– Só porque você é bom demais.

Robbie se inclina e pressiona os lábios contra os meus, me puxando para si. Nossos corpos derretem um no outro enquanto nos beijamos, nos despimos e nos jogamos na cama.

*

Chegamos meia hora depois. Robbie segura minha mão enquanto subimos os degraus do alpendre, tomando cuidado para não escorregarmos no gelo ou na neve. Lembro-me da noite em que tive que carregá-lo por estas escadas. Ele estava bêbado demais para se manter em pé e quase não consegui levá-lo para casa. Sorrio com a lembrança.

– Por que está sorrindo? – ele pergunta, olhando para mim.

– Por nada. – Dou risada. – Você nem vai se lembrar.

Ele aperta minha mão e também sorri.

– Acha que somos os últimos?

– Com certeza não. Maya sempre está atrasada.

Não bato à porta, porque estou em casa.

– Oi – Robbie e eu falamos, entrando na casa de Debbie.

Tiramos os casacos e os sapatos.

– Que cheiro maravilhoso – Robbie fala.

– É mesmo. É familiar, mas não consigo identificar o que é.

Ouço passos se aproximando no assoalho de madeira. Debbie aparece na sala de blusa vermelha e calça de couro preta. Seu cabelo está preso e seus lábios estão cobertos por batom vermelho. Músicas natalinas ressoam baixinho de uma caixa de som.

– Aí estão vocês – ela diz, esticando os braços.

Dou-lhe um abraço apertado e peço desculpas pelo atraso.

– Vocês chegaram bem na hora, estamos servindo a mesa – ela fala, abraçando Robbie.

– Debbie, onde você arranjou essa roupa? – pergunto.

Ela se vira para mim devagar e dá risada.

– Ah, essa coisa velha? – Ela se aproxima e sussurra: – Maya me deu. Ela disse que preciso caprichar agora que estou namorando de novo.

Robbie e eu damos risada.

– É a cara dela – comento. – E onde está seu par?

– Na cozinha. Maya e Anthony estão na sala de jantar.

Troco um olhar com Robbie.

– Somos os últimos.

– Tecnicamente, sim. Mas falei pra Maya que o jantar seria meia hora antes, pra que ela chegasse na hora. – Debbie abre um sorrisinho. – Venham. – Ela gesticula para nós e nos conduz pelo corredor.

Na sala de jantar, Maya e Anthony estão sentados um ao lado do outro. Assim que me vê, ela se levanta e corre para me abraçar.

– Você botou Debbie numa calça de couro – sussurro.

– Botei – Maya admite. – Ela elogiou a minha um dia, dizendo que gostaria de ter tido coragem de usar algo assim quando era jovem, então comprei uma pra ela.

– Sinceramente, ela está se saindo melhor do que eu. – Dou risada.

Nós nos afastamos, sorrindo uma para a outra.

– E aí, como está sendo morar com o Robbie? – Ela aponta a cabeça para ele.

Olho para Robbie. Ele e Anthony dão as mãos e se cumprimentam com aquele meio abraço, meio tapinha nas costas típico dos rapazes. Rindo, os dois vão até o bar, onde meia dúzia de garrafas abertas de vinho estão expostas. Debbie certamente sabe dar um jantar.

– Melhor, impossível – conto para Maya. – Não consigo mais me imaginar dormindo sem ele ao meu lado.

– O amor a deixou brega. – Ela gargalha.

– Com certeza. – Também dou risada.

– Que bom que vocês finalmente estão juntos. Levou tempo demais. – Ela dá batidinhas no meu ombro.

– Eu sei. Às vezes, a gente não enxerga o que está na nossa cara.

– Certo, alguém arranja um drinque e uma lobotomia pra essa mulher. – Maya brinca. – Ela virou um clichê ambulante.

– Peyton. – Uma voz grave e familiar me chama.

Viro-me e deparo com Hank vestido com um suéter e uma calça bonita. As roupas são bem diferentes daquelas que ele usava na noite em que o conheci, mas todo o resto ainda é o mesmo: seus olhos bondosos, seu sorriso contagiante e sua presença exalando simpatia.

– Oi, Hank. Como você está? – Abraço-o bem apertado.

– Ótimo. E me sentindo o homem mais sortudo do mundo – ele diz.

Robbie oferece uma taça de vinho tinto para mim e outra para Hank quando nos afastamos. Eles se cumprimentam e Hank e eu brindamos.

– Está gostando da casa nova? – pergunto.

Ele olha para o teto e depois para mim, abrindo um sorrisinho.

– Para ser sincero, não tenho passado muito tempo lá.

Hank tem ficado na minha casa nas últimas sete semanas. Como eu estava dormindo todas as noites com Robbie, achei que fazia sentido oferecer o apartamento para ele, já que eu não estava lá. Ela se tornou sua casa oficial uma semana atrás, quando me mudei. Robbie arranjou um emprego para Hank na empresa onde trabalha, no departamento de vendas. Ele está trabalhando lá há pouco mais de um mês e já é um dos principais vendedores. Não estou nem um pouco surpresa. Afinal, ele me convenceu a seguir o meu coração, algo que eu nunca tinha feito antes.

Debbie entra na sala de jantar carregando uma cesta de pãezinhos recém-saídos do forno. Ao passar atrás de Hank, ela deposita um beijo na bochecha dele. Hank e Debbie acabaram ficando amigos, e a amizade logo floresceu em um relacionamento. Também não fiquei surpresa.

– Ah, deixe-me ajudar, querida – Hank fala, colocando a taça na mesa e pegando a cesta dela.

– O que eu fiz pra merecer você? – Debbie pergunta, sorrindo de orelha a orelha.

Ele se inclina para lhe dar um beijo rápido.

– Eu poderia me perguntar o mesmo.

Ela fica corada e se vira para a mesa.

– Certo, pessoal, podem se sentar. Contratei uma pessoa para preparar um jantar pra gente, e ele está pronto pra trazer a comida.

Hank e eu trocamos um olhar e acenamos um para o outro com a cabeça, o nosso jeito de agradecer por sermos os lembretes de que precisávamos para seguir nosso coração e amarmos enquanto estivermos vivos. Robbie e eu nos sentamos um ao lado do outro, na frente de Maya e Anthony. Debbie e Hank se sentam cada um em uma ponta da mesa. Robbie me dá a mão, como sempre. Não preciso nem olhar para ele para saber que está sorrindo, assim como eu.

– Agora você tem gente que trabalha pra você, Debbie? – Maya pergunta.

Ela faz que sim.

– Sim. Agora que tenho namorado, meu tempo é bastante limitado. – Debbie dá uma piscadela para Hank. Ele fica corado e bebe seu vinho.

A porta da sala de jantar se abre e uma mulher da minha idade entra. Ela é pequena, tem cabelo escuro e olhos castanho-claros. Carrega uma bandeja de canapés e sorri para cada um de nós enquanto a coloca no centro da mesa.

– Oi, gente. Sou a Maddie. Para começar, temos *bacon* recheado com tâmaras, queijo de cabra à esquerda e pão de cebolinha à direita. As sopas já estão vindo – ela fala, balançando a cabeça.

Agradecemos e começamos a comer, servindo os pratos e passando-os pela mesa.

– Isto está incrível, Debbie – Anthony diz, mordendo um *bacon*.

Maddie sai da sala. Um instante depois, a porta se abre de novo, deixando escapar um rangido agudo.

– Boa noite – alguém fala. Reconheço a voz no mesmo instante.

Eu me viro para Nash, vestido com uma camisa preta de *chef*. Ele está trazendo uma bandeja cheia de tigelas de sopa de frango e macarrão, exalando um aroma familiar.

Sorrimos um para o outro.

– Debbie, você contratou o ex da Peyton pra preparar a nossa ceia? – Maya pergunta.

– Qual é o problema? Ele é o melhor *chef* da região, e nem pode ser considerado ex. Sem querer ofender, Nash. – Debbie inclina a cabeça.

– Não ofendeu. – Ele ri.

– Tudo bem – digo. – Que bom ver você, Nash.

– Igualmente. – Ele percorre a mesa, colocando uma tigela de sopa diante de cada um. Quando se aproxima de mim e de Robbie, ele pergunta: – Vocês estão juntos?

Sorrimos e assentimos.

Ele também sorri.

– Que bom. Sinceramente, quando vi vocês dois interagindo na festa pós-coma, eu fiquei me perguntando como é que vocês não estavam juntos. Fico feliz por ter dado certo.

– Obrigado, amigo – Robbie diz.

– E você, Nash? Está saindo com alguém? – pergunto.

Ele vai até a ponta da mesa, segurando a bandeja vazia contra o peito.

– Na verdade... – Ele aponta para a porta. – Vou levar a Maddie pra passar o Natal com a minha família semana que vem.

Todos comemoramos e batemos palmas. A atenção faz suas bochechas corarem.

– Mulher de sorte – Debbie comenta. – Se Hank não tivesse aparecido na minha vida, eu ia procurar você.

Maya e eu damos risada.

– Também sou um cara de sorte. – Hank sorri para Debbie.

Nash levanta a mão.

– Não fiquem tão animados. Estamos só fingindo namorar, pelo bem da minha mãe. É meu presente pra ela, apesar de ser mentira. Assim ela vai poder passar as festas sem se preocupar comigo nem querer me empurrar pra alguém.

– Aposto que vocês vão acabar juntos – Debbie diz. – Esses namoros falsos sempre terminam em casamento. Aliás, foi assim que arranjei meu primeiro marido. No final, o motivo de ele ser um namorado de mentira tão bom era porque era um mentiroso nato. O que não vai ser o caso da Maddie.

Todos rimos, e Nash fala:

– Sim, vamos torcer pra que não seja. Estarei na cozinha preparando o próximo prato. Por favor, aproveitem a sopa. – Ele acena e sai da sala de jantar.

– Sempre gostei dele – Robbie diz.

– Eu também – concordo. – Ele é boa gente.

– Sabe quem não é? – Debbie estreita os olhos. – Aquele tal de Tyler. Ele me mandou uma fatura cobrando o "conserto" da minha pia. – Ela sinaliza as aspas com os dedos.

Maya fica de boca aberta.

– Ele não fez isso!

– Fez, sim.

– E você pagou? – pergunto.

– Claro que não. Mandei uma fatura cobrando o sanduíche que preparei. – Ela abre um sorrisinho.

– Eu seria capaz de pagar cem dólares por um sanduíche seu – Robbie diz.

– Foi exatamente o valor que cobrei – Debbie fala com firmeza.

– Esta é minha garota – Hank fala.

Debbie sorri para ele. Depois, limpa a garganta e fica em pé, erguendo a taça.

– Antes de atacarmos a sopa, vamos fazer um brinde.

Levantamos nossas taças e olhamos para ela.

– Um brinde às novas memórias criadas – ela fala.

– Um brinde também às antigas – Maya sugere, olhando para mim com um sorrisinho provocador.

Damos risada, brindamos e bebemos. Olho para Robbie, sorrindo e me lembrando das palavras que Hank me disse na noite do acidente:

Siga seu coração. Ele nunca vai errar o caminho.

Robbie é a prova disso.

AGRADECIMENTOS

Primeiramente, gostaria de agradecer aos meus leitores. Tenho os melhores leitores do mundo (não você, Scott), e é por causa de vocês que posso fazer o que amo. Se este é o primeiro livro de minha autoria que você lê, agradeço por me dar uma chance. Se já leu um dos meus suspenses e veio parar nesta comédia romântica, agradeço por se juntar a mim nesta jornada.

Obrigada a toda a equipe da Montlake pela oportunidade de me aventurar em um novo gênero! Um agradecimento especial a Anh Schluep por ler meus outros livros e acreditar que eu poderia escrever uma história de amor. Você viu potencial em mim quando ninguém mais viu, e, se não fosse por você, eu nunca teria escrito uma comédia romântica, pelo menos não por um tempo. Muito obrigada à minha editora, Charlotte Herscher, por sua visão e *feedback* inestimáveis. Você tornou este livro muito melhor!

Sempre peço para algumas pessoas lerem meu trabalho antes de enviá-lo ao agente ou ao editor, só para garantir que não seja um desastre total. Agradeço a Cristina Frost e Bri Becker por se sacrificarem lendo o primeiro rascunho. Aliás, sinto muito.

Agradeço à minha agente, Sandy Lu, por defender meu trabalho independentemente do gênero, e por me apoiar dentro e fora das páginas!

Por fim, agradeço ao meu marido, Drew, também conhecido como "Pretérito perfeito de Draw", por ser minha inspiração para o personagem de Robbie. Eu não seria capaz de escrever uma história de amor se não tivesse uma linda história com você.

Este livro foi composto com tipografia Adobe Garamond Pro e
impresso em papel Off-White 80 g/m² na Formato Artes Gráficas.